Auf dem Gräftenhof

Impressum

Deutsche Originalausgabe:

LV.Buch im Landwirtschaftsverlag GmbH
Hülsebrockstr. 2–8, 48165 Münster
+49 2501 801-0
Deutschland
buch@lv.de
www.lv.de

1. Auflage 2025

Gestaltung: Anne Gäng, LV MediaPro im Landwirtschaftsverlag GmbH
Titelgestaltung: Bettina Tiedemann, LV MediaPro im Landwirtschaftsverlag GmbH
Titelmotiv: Wandgemälde von Andreas Raub, Standort Burg Kakesbeck, fotografiert von Cornelia Höchstetter
Titelhintergrund: GettyImages, Akintevs
Lektorat: Marit Obsen
Herstellung: LV MediaPro im Landwirtschaftsverlag GmbH, Anja Luszek-Hoffmann (Ltg.), Ingo Feyka
Druck: GGP Media GmbH, Pößneck

ISBN: 978-3-7843-5805-5

FSC www.fsc.org
MIX
Papier | Fördert gute Waldnutzung
FSC® C014496

ARNOLD PESCH

Auf dem Gräften-Hof

DAS VERMÄCHTNIS

Roman

LV.Buch

Alle Personen, der Gräftenhof selbst und die Handlungen sind frei erfunden. Sollten Ähnlichkeiten mit lebenden oder verstorbenen Personen bestehen, sind sie nicht beabsichtigt.

Der Roman behandelt das Geschehen auf zwei Höfen im Münsterland in den 1950er- und 1960er-Jahren.

Diese Jahre waren für die Entwicklung der Landwirtschaft allgemein und auch im Münsterland bedeutsam. In Europa und besonders in Deutschland veränderte sich die Welt und mit ihr vieles Altbekannte, auch die Menschen.

Im Münsterland siedelten die Bauern in sogenannten Bauerschaften. Aber die Höfe selbst waren Einzelhöfe und wie Inseln eingebettet in die münsterländische Parklandschaft.

Der Typus Hof mit einer umgebenden Gräfte ist im Münsterland weit verbreitet. Charakteristikum ist ein Wassergraben (die Gräfte), der die Hofstelle ganz oder in Teilen umgibt und vor allem im Mittelalter als Schutz vor angreifenden Feinden diente. Vorbild für diese Art Hof waren die Adelssitze im Münsterland, die heute noch existierenden Wasserburgen.

Gewidmet
meinen Kindern Uta und Christoph
sowie meinen Enkelkindern Julia und Annika
und meiner Frau Karin

Den Roman habe ich geschrieben, bevor Russland die Ukraine überfallen hat.

WER SICH EINMAL DEM SCHICKSAL ÜBERLASSEN HAT,
DER IST BEFREIT.
– Hermann Hesse

Jahre der Erneuerung

Der Zweite Weltkrieg war nun vierzehn Jahre vorbei. Franziska und Johannes Große-Bawinkel schlenderten trotz des heißen Sommertages Hand in Hand über ihren Hof in Richtung der reifen Kornfelder. Sie bewirtschafteten den großen Bawinkelschen Hof, der außerhalb der Ortschaft lag. Hier lebten sie mit ihren drei Kindern Ludger, Barbara und Alexa und mit Franziskas Mutter Martha im Kötterhaus, ihrem Altersruhesitz. Franziskas Vater Ludger Bernhard Große-Bawinkel war vor drei Jahren an einer Lungenentzündung verstorben. Er hatte ihnen den Hof vererbt, obwohl Franziska einen verwundeten Soldaten, aus der Ukraine stammend, geheiratet hatte.

Als sie zum Hof zurückkehrten, setzten sie sich in den Schatten einer Eiche, der Eiche, die Franziskas Großvater 1902 für seinen Sohn Ludger Bernhard gepflanzt hatte. Johannes lehnte sich an den Stamm, Franziska schloss träumerisch die Augen, bis Johannes' Stimme sie aufschreckte.

„Liebes, mich quält die Frage: Warum hat dein Vater uns kurz vor seinem Tod den Hof vermacht?

Franziska küsste ihn. Sie sprachen nicht zum ersten Mal darüber, es war Teil ihrer gemeinsamen Geschichte, die sie pflegten. „Mein Bruder Franz und unser jüngerer Bruder Bernhard waren beide im Krieg gefallen, sie hatten sich freiwillig gemeldet. Und mein Vater hat dir vertraut, wie er mir später gesagt hat."

„Franziska, du machst mich verlegen."

„Er wusste, dass ich dich liebte, und du hattest ihm seinen Enkel geschenkt, unseren Ludger, den künftigen Erben, und zwei Jahre später unseren Sonnenschein Barbara." Sie lehnte sich an ihn.

„Johannes, es war eine besondere Zeit, als du zu unserer Familie gestoßen bist. Der Krieg tobte, täglich flogen die englischen Bombergeschwader über unser Land. Ich habe dich im Lazarett in Münster schwer verwundet zum ersten Mal gesehen und mich unsterblich in dich verliebt."

„Du hast mich gesund gepflegt, sonst säße ich jetzt nicht hier bei dir."

Sie lächelte. „Erzähl weiter, Johannes. Ich bin neugierig."

„Im Juni 1941 hatte Hitler die Sowjetunion überfallen. Das deutsche Heer drang rasch weiter vor und wollte wegen der Ölquellen ans Schwarze Meer. Wir Schwarzmeerdeutschen wurden zum Heer eingezogen, die Ukrainer russischer Herkunft kämpften später als Partisanen gegen die Deutschen. Bei meinem ersten Fronteinsatz wurde ich schwer verwundet und kam in das Lazarett bei Münster, in dem du mich gefunden hast."

„Als die englischen Bomber Münster immer häufiger bombardierten, habe ich dich auf unseren Hof geholt, und du hast, als du halbwegs wieder gut laufen konntest, meinem Vater bei der Arbeit geholfen."

Johannes winkte ab. „Schon, aber uns den Hof vermachen? Unglaublich."

Franziska küsste ihn erneut. „Ich war schwanger, als du ihn um meine Hand gebeten hast. Das Kind musste einen Namen haben. Wir durften heiraten, meine Eltern waren unsere Trauzeugen. Der Bürgermeister runzelte zwar die Stirn, aber er unterschrieb unsere Urkunde. Mein Vater und meine Mutter betrachteten dich als ihren Sohn, und dieser Hof brauchte einen Mann", neckte sie ihn liebevoll. „Zum Glück hast du nur kurz gezögert, als mein Vater von dir verlangte, meinen Namen anzunehmen, wie es bei den großen Höfen im Münsterland üblich ist."

„Dein Vater war ein aufrechter und mutiger Mann. Erinnere dich, Franziska, wie er den englischen Piloten Major Farlay, der mit dem Fallschirm auf unserem Feld gelandet war, vor den Nazis versteckt hat."

„Mein Vater verachtete die Nazis."

„Das ist wahr." Johannes stand auf und zog sie hoch. „Lass uns zurückgehen, die Kinder warten, und im Stall gibt es Arbeit."

Wegen seiner Kriegsverletzung, die ihn noch immer ein wenig humpeln ließ, reichte sie ihm den Arm, und so gingen sie zurück zum Hof.

Barbara, die älteste Tochter von Franziska und Johannes Große-Bawinkel, erlebte in ihrer Kindheit und Jugend intensiv die Jahre der Erneuerung auf dem elterlichen Hof.

Der Sommer im Jahr 1959 war sehr heiß und trocken. In diesem Jahr regnete es im Juni, Juli und August kaum. Das Gras verfärbte sich braun, Wiesen und Felder dürsteten in der langen Trockenperiode nach Regen. Im Teich auf dem Hof stand nur noch eine schmutzige, stinkige Pfütze, die selbst die Enten mieden.

Täglich füllte Barbaras Vater die Tröge für die Kühe auf den Wiesen mit frischem Wasser aus dem Waldsee. Die Getreidefelder waren trotz der Trockenheit ein wogendes Meer gelber Ähren, kein Gewittersturm oder Platzregen hatte sie zu Boden gedrückt. Der fette, lehmige Boden speicherte genügend Wasser, wenn die Halme auch kürzer waren als in regenreichen Jahren. Die Natur half sich selbst. Drei Wochen früher als in anderen Jahren begannen sie mit der Getreideernte, da das Korn ausgereift war.

Die Felder waren nun abgeerntet.

Vor zwei Jahren hatten ihre Eltern für ihren Hof einen Claas Mähdrescher gekauft, da der Knecht gekündigt hatte. Die Textilindustrie erblühte im Münsterland und warb die Arbeitskräfte ab. Höherer Verdienst und eine geregelte Arbeitszeit, auch wenn es eine Fünfundvierzig-Stunden-Woche war, lockten viele. Die Landwirte waren gezwungen, ihre Höfe zu mechanisieren, um die Arbeit zu schaffen.

Auf einer Messe für landwirtschaftliche Maschinen, die ihr Vater gemeinsam mit ihrem Bruder Ludger besuchte, hatte Johannes Große-Bawinkel das Ungetüm zum ersten Mal gesehen und seiner Frau begeistert davon erzählt. Damit konnten sie die Ernte allein bewältigen und mit weiteren modernen Maschinen den Hof ohne fremde Hilfe bewirtschaften, zumal Ludger sie unterstützte. Auf den Bauernhöfen halfen die Kinder schon früh mit, vor allem in der Erntezeit und im Stall bei den Tieren.

Durch den Kauf des Mähdreschers brauchten sie das Getreide nicht mehr mit dem Mähbinder zu schneiden, in Garben aufzustellen und zu warten, bis es zum Einfahren abtrocknete, sodass die Gefahr einer Missernte sich verringerte.

Als der Mähdrescher zum ersten Mal zum Einsatz gekommen war, hatten Barbara, ihre jüngere Schwester Alexa und Oma Martha das Ungetüm bestaunt, das sich mit ohrenbetäubendem Lärm wie ein Nimmersatt durch das reife Kornfeld fraß. Kein Drescher würde in den nächsten Tagen auf dem Hof stehen, wo sie alle, wie in den Jahren zuvor, schwitzend und verstaubt den ganzen Tag schufteten. Benachbarte Bauern kamen, um sich das Gefährt anzuschauen. Für kleinere Höfe lohnte sich wegen des hohen Preises nur der gemeinsame Erwerb, oder sie verpflichteten ein Lohnunternehmen, das die Notwendigkeit technischen Fortschritts in der Landwirtschaft ebenfalls erkannt hatte.

Zu gegebener Zeit würde der damals zwölfjährige Ludger von den Eltern den Hof übernehmen wie zuvor seine Mutter von ihrem Vater und der Vater vom Großvater. So jedenfalls hofften seine Eltern.

Bis zum Dreißigjährigen Krieg ließ sich nachweisen, dass ihr Hof im Besitz der Familie war.

Seine Eltern drängten Ludger, das Gymnasium zu besuchen. Er meinte, er brauche kein Abitur, um auf dem elterlichen Hof zu arbeiten.

„Ludger, die Welt hat sich nach dem Krieg geändert. Die Völker in Europa rücken näher zusammen und sprengen die starren Grenzen. Sie haben erkannt, dass sie nur in einem Miteinander überleben werden. In der europäischen Wirtschaftsgemeinschaft sind wir Konkurrenz ausgesetzt und müssen uns umstellen, wenn wir bestehen wollen. Was du in der Schule lernst, kann dir niemand nehmen."

Diese weitblickenden Worte seines Vaters verstand Ludger nicht. Mit Murren beugte er sich dem Willen der Eltern, obwohl es ihn auf die Felder trieb und er lieber mit Barbara durch die Wälder streifte und die Tiere beobachtete.

Im Ort selbst gab es kein Gymnasium. So radelte er morgens bis zur Bushaltestelle, um von dort aus in die Stadt zu fahren. Ein Jahr später begleitete Barbara ihren Bruder, bis sie zur Hildegardisschule in Münster wechselte.

Sie empfanden tiefe Ehrfurcht vor der Schöpfung, wenn sie an Sonntagen nach dem Gottesdienst auf ihren Feldern die Saat prüften und die reifen Ähren zwischen ihren Handflächen zerrieben. Ihr Vater blies die Spelzen fort und steckte ihrer Mutter Korn für Korn in den Mund.

„Jedes Wesen, ob Pflanzen oder Tier, hat einen Zweck. Der Weizen, um zu wachsen, Frucht zu bringen und uns zu ernähren. Er treibt und drängt zur Reife, bis er vollkommen ist", belehrte sie ihr Vater.

Hörten sie einen Vogel in der Hecke zwitschern, verharrten sie, um seinem Gesang zu lauschen. Im Wald wusste ihr Vater genau, in welchem Dickicht das Rehwild am Tage stand. Um der Witterung der Muttertiere auszuweichen, die im Mai oder Juni ihre Kitzen abgesetzt hatten, näherten sie sich den Lagerplätzen aus entgegengesetzter Windrichtung.

Franziska und Johannes leiteten ihre Kinder an, nicht achtlos Blumen zu zertreten oder junge Baumtriebe abzuknicken. Sahen sie auf ihren Spaziergängen mit den Kindern einen Vogel, der mit einem Halm, einem kleinen Zweig oder einem Wurm im Schnabel in eine Hecke flog, verfolgten sie seinen Flug und entdeckten bald sein Nest. Vorsichtig bogen sie die Zweige auseinander, um die Eier zu zählen oder um zu schauen, wie viele Jungen im Nest hockten und die Schnäbel gierig, auf Futter wartend, aufsperrten. Einmal zeigte der Vater ihnen das Ei eines Kuckucks im Nest einer Goldammer. Es war grau-braun gesprenkelt wie die anderen Eier, nur größer. Immer seien die Kuckuckseier so gefärbt wie die des Vogels, dessen Nest der Brutschmarotzer sich ausgesucht hatte.

„Ich hasse den Kuckuck!“, rief Barbara damals empört, als der Vater ihnen erklärte, dass der Kuckuck keine eigenen Nester baue, sondern sich die Nester von Singvögeln wie der Grasmücke, dem Rotschwanz oder der Goldammer aussuche, um sein Ei dort abzulegen. Dabei würde das Weibchen ein oder zwei Eier des Geleges aufpicken und auffressen, um Platz für das eigene zu schaffen, und später würde der junge Kuckuck seine vermeintlichen Geschwister aus dem Nest schubsen, da er größer und kräftiger sei.

So lehrte ihr Vater sie, die Tiere zu beobachten, aber sie nicht zu stören.

„Die Welt um uns ist voller kleiner und großer Wunder, ihr müsst sie nur sehen. Geht immer mit offenen Augen durch die Natur.“

Ihr Buchenmischwald mit dem Waldsee war ein Paradies. Nach dem Krieg, als Brennholz knapp war, hatte ihr Großvater mehr Bäume gefällt als in den Jahren zuvor und die dickeren Zweige und

Äste liegen lassen. Als die Notzeit vorbei war, forsteten in anderen Wäldern die Besitzer die freien Flächen mit schnell wachsenden Fichten auf. Barbaras Großvater und ihr Vater waren dagegen.

„Unser Boden ist zu kostbar für Nadelbäume, denn unter ihren dichten Zweigen, die die Sonnenstrahlen nicht durchdringen können, ist der Wald tot."

Ludger Große-Bawinkel stimmte seinem Schwiegersohn zu: „Einen Wald pflanzt man für spätere Generationen!"

So setzten sie Buchen, Eichen und vereinzelt Lärchen und an den Waldrändern Ahorn, Hainbuchen und Wild- und Traubenkirschen. Später überließen sie den Wald sich selbst. Diese Naturverjüngung gilt noch heute als Vorbild für besonders wertvolle Wälder.

Mit ihren Nachbarn Maria und Wilhelm Schulze-Westhoff, die auf dem benachbarten Gräftenhof lebten, pflegten Franziska und Johannes ein freundschaftliches Verhältnis. Sie halfen sich gegenseitig, wenn es erforderlich war. Die Kinder nannten die Nachbarn Tante und Onkel. Franziska besuchte ihre Nachbarin so oft wie möglich und schloss sie in die Arme, wenn Tränen in ihren Augen aufstiegen. Sie verstand den Kummer der älteren Frau. All die Jahre hatte sie sich ein Kind gewünscht. Als sie dann im Alter von dreiundvierzig noch einmal schwanger geworden war, war sie überglücklich gewesen. Zuvor hatten Maria und Wilhelm Schulze-Westhoff, der elf Jahre älter war als seine Frau, zwei Kinder durch Frühgeburten verloren und die Hoffnung, ein Kind als Nachfolger für ihren Hof zu bekommen, bereits aufgegeben.

Am Tag der Geburt eilte Franziska, wie es in der Nachbarschaft auf dem Land üblich war, ihrer Nachbarin zu Hilfe.

„Was ist es?", fragte Maria, als sie zu Atem kam und dem Schrei des Kindes lauschte.

„Ein Junge!“, antwortete die Hebamme.

Marias Augen strahlten und füllten sich vor lauter Glück mit Tränen. „Wir haben einen Erben! Wilhelm wird …“

Weiter kam sie nicht, denn die Hebamme unterbrach sie. „Aber!“

„Was aber?“

Franziska erinnerte sich an die weit aufgerissenen Augen ihrer Freundin, als die Hebamme sagte: „Der Junge ist nicht gesund, er hat die englische Krankheit, das Down-Syndrom.“

Diese Nachricht hatte Maria, noch atemlos und erschöpft von den Wehen, die die ganze Nacht gedauert hatten, wie ein Faustschlag getroffen. Sie schlug die Hände vor ihr Gesicht und schluchzte hemmungslos. Franziska setzte sich auf die Bettkante, zog den Kopf der Freundin auf ihren Schoß und strich ihr das schweißnasse Haar aus ihrer Stirn.

Nach langen, bangen Minuten stammelte Maria: „Was wird Wilhelm sagen? Er wünscht sich so sehr einen Erben für unseren Hof.“

Franziska wusste keine Antwort, sondern hielt still diese enttäuschte Frau, die in einen dunklen Abgrund stürzte. Neun Monate hatte sie sich auf dieses Kind gefreut, immer wieder davon gesprochen, die Hände auf den schwellenden Leib gelegt und zu ihr gesagt: „Der Bub steckt voller Leben!“

Sie war überzeugt, sie würde einen Knaben gebären.

Franziska wagte nicht, sie zu trösten, sie könne noch einmal schwanger werden und ein gesundes Kind bekommen. Maria gab nach endlosen Minuten selbst die Antwort: „Der Herrgott hat es nicht gewollt. Nun sind wir zu alt.“

Der Herrgott? In diesem Moment hätte Franziska schreien mögen: „Warum bist Du so grausam?“

Erinnerte sie sich an die Geburt ihrer drei Kinder, durchströmten sie unbeschreibliche Glücksgefühle. Beim ersten Schrei des Neugeborenen waren alle Schmerzen vergessen und verwandelten sich in einen Taumel der Glückseligkeit. Eine Königin war sie, die der Welt neues Leben schenkte. Sie hatte drei gesunde Kinder, ihrer Nachbarin war kein einziges vergönnt. Es gibt ein Grauen, das die Vernunft nicht bändigen kann und gegen das alles Tröstende machtlos ist. Und ein Grauen war es für Maria.

Als Wilhelm an das Bett seiner Frau trat, in deren Arm das Neugeborene schlummerte, und ihre roten Augen sah, begriff er. Er erstarrte zu einer Säule. Seine Nasenflügel bebten und er presste seine Finger zusammen, dass die Gelenke knackten. Eine bedrohliche Stille breitete sich im Raum aus. Franziska stockte der Atem. Unendlich langsam bewegte sich Wilhelm auf das Bett seiner Frau zu. Dann kniete er sich hin und barg seinen Kopf in ihren Armen. Ein Zittern durchlief seinen Körper. Marias Hand glitt durch seine Haare. Zeit und Raum versanken. Der Bauer legte seine Hände behutsam auf den schlafenden Säugling und zeichneten ein Kreuz auf seine Stirn; über Marias Gesicht glitt ein Lächeln. In dieser Stunde haderten sie nicht, sie beugten sich dem Schicksal, das ihnen auferlegt wurde. Sie klagten ihren Gott nicht an. Das Leben auf dem Hof und der Umgang mit der Natur hatten sie gelehrt: Es gab Regen und Sonnenschein, gute Ernten und Missernten, Licht und Dunkelheit, Leben und Tod. Das Schicksal übertrug ihnen die Verantwortung für das Leben ihres Kindes.

Franziska vermochte die Tränen ihrer Rührung nicht zu verbergen. Trotz dieser maßlosen Enttäuschung wurde sie Zeugin einer tiefen Liebe.

„Naichsten Sundag laot wi Paol döpen“, sagte Wilhelm. Pauls Namen hatten er und Maria lange vor der Geburt bestimmt.

Franziska blieb noch bei Maria sitzen, als ihr Mann bereits gegangen war, und hielt ihre Hand. Morgen würde sie wieder nach ihr schauen und ihr helfen, bis sie das Bett verlassen konnte. Sie war im Begriff zu gehen, als Wilhelm erneut ins Zimmer trat, seiner Frau einen Kuss auf die Stirn drückte und mit seiner rauen Hand das Gesicht des Kleinen streichelte. Franziska wollte diese Innigkeit, die die beiden jetzt brauchten, nicht stören und erhob sich, um sich aus dem Zimmer zu schleichen.

Da drehte sich der Bauer um und nahm Franziskas Hand. „Franziska, mien Wunsk is, dat Johannes Pauls Dööppate is."

Franziska hörte die Worte wohl, aber schaute ihn verständnislos an.

„Franziska, Dään, vösteist usse Platt nich mäer? Ich möchte, dass Johannes Pauls Taufpate wird. Als unser nächster Nachbar steht euch das zu."

Im ersten Moment wollte Franziska die Bitte abwehren und erwidern, das stehe zuerst den Verwandten zu. Dann nickte sie. Ihr war bewusst, Wilhelm übertrug ihrem Mann eine große Verantwortung. Das zeugte von dem Vertrauen, das Johannes bei seinem Nachbarn genoss, obwohl er bei anderen Bauern in der Gegend immer noch als Fremdling galt. „Ich werde es Johannes sagen."

Ohne zu zögern, nahm Johannes die Patenschaft an. Ihm waren seine Pflichten, wenn den alten Leuten etwas zustoßen würde, bewusst. Franziska ahnte, dass Johannes sie ernst und gewissenhaft erfüllen würde.

Diese Zeit kam. Mit dem Gräftenhof übernahm die Familie auch die Verantwortung für Paul.

Will ih den Hof hebben?

Wie immer hörte Johannes die Morgennachrichten im Deutschlandfunk, nachdem er die Kühe gemolken und mit Franziska gefrühstückt hatte. Es war der 13. August 1961.

„In den frühen Morgenstunden haben bewaffnete Einheiten der Grenzpolizei und Betriebskampfgruppen der DDR damit begonnen, die Grenze zwischen Ost- und West-Berlin mit einer Mauer abzuriegeln."

Johannes erbleichte und ergriff Franziskas Hand. Seit einigen Wochen berichteten die Medien täglich über die Massenflucht der Menschen aus der DDR in den Westen. Ihr Sohn Ludger hatte im Mai mit seiner Klasse eine politische Bildungsreise nach Berlin gemacht, eine Pflichtübung aller Gymnasiasten kurz vor dem Abitur. Und er hatte ihnen danach erzählt, dass man in Berlin eine Anspannung spüre. Beim Vortrag im Schöneberger Rathaus sei ihnen dringend ans Herz gelegt worden, bei der Rundfahrt durch Ostberlin nicht aus dem Bus auszusteigen und vor allem keine Volkpolizisten zu provozieren.

Der Rundfunksprecher verlas den Text, mit dem der DDR-Rundfunk am Morgen den Bau kommentiert hatte: *„In Berlin sind heute von der Regierung der Deutschen Demokratischen Republik beschlossene Maßnahmen wirksam geworden, die den Schutz der DDR vor westlicher Wühlarbeit gewährleisten und auch die Sicherheit der Staaten des sozialistischen Lagers garantieren werden. Im Einzelnen ordnen das Innen- und Verkehrsministerium sowie der Magistrat von Groß-Berlin an, dass zur Unterbindung der feindlichen Tätigkeit revanchistischer und militaristischer Kräfte an den Grenzen der DDR einschließlich der Grenze zu den Berliner Westsektoren eine solche Kontrolle eingeführt wird, wie sie an den Grenzen jedes souveränen Staates üblich ist. Durch eine verlässliche Be-*

wachung und wirksame Kontrolle wird damit der vom Westen ausgehenden Wühltätigkeit der Weg verlegt. Die genannten Grenzen dürfen von Bürgern der Deutschen Demokratischen Republik nur noch mit besonderer Genehmigung überschritten werden."

„Wenn das stimmt, stehen wir am Rande eines Krieges. Die Menschen sind während der letzten Wochen aus der DDR geflohen, weil sie frei sein wollen." Johannes schüttelte betroffen den Kopf.

Auch Ludger verfolgte bleich die Geschehnisse.

Am Abend und an den nächsten Tagen schauten sie sich die Sondersendungen im Fernsehen an. Vor drei Jahren hatten sie sich auf Drängen von Ludger ein Gerät gekauft.

„Ihr müsst nicht nur auf dem Hof mit der Zeit gehen, sondern auch in eurer Wohnung!"

Seitdem schauten Franziska und Johannes gemeinsam mit Ludger und Barbara die abendliche Tagesschau, während die achtjährige Alexa, ihr Nesthäkchen, zusammengerollt wie ein Kätzchen auf dem Schoß ihres Vaters schlummerte oder, wenn Oma Martha anwesend war, in deren Arm. Sonntags war Oma Martha für gewöhnlich zum Mittagessen bei ihnen, auch sie interessierte sich für das politische Geschehen in der Welt und blieb gern bis zum Abend.

Nach dem sonntäglichen Hochamtsbesuch drängte Johannes die Familie, nach Hause zu fahren, um sich den „Internationalen Frühschoppen" mit Werner Höfer anzuschauen. Dadurch verschob sich das gemeinsame Mittagessen um eine Stunde.

Zwei Tage nach Beginn des Mauerbaus empörte sich Johannes: „Wo bleiben die Westmächte? Warum sagt der amerikanische Präsident John F. Kennedy nichts? Warum schweigt der französische Präsident Charles de Gaulle? Auch Bundeskanzler Adenauer protestiert nicht."

Endlich, nach drei Tagen, lauschten sie im RIAS gespannt der Rede von Willy Brandt, dem Regierenden Bürgermeister von Westberlin, der zu den Maßnahmen in seiner Rede vor Tausenden vor dem Rathaus Schöneberg zu einer Protestkundgebung versammelten Menschen Stellung bezog.

„Die Sowjetunion hat ihrem Kettenhund Ulbricht ein Stück Leine gelassen. Sie hat ihm gestattet, seine Truppen einmarschieren zu lassen in den Ostsektor dieser Stadt. Sie, die Sowjetunion, hat ihrem Kettenhund die Vollmacht gegeben, internationales Recht zu brechen. Die Panzer, die in Stellung gebracht wurden, um die Massenflucht aus der Zone zu stoppen, diese Panzer haben unter ihren Ketten den gültigen Viermächtestatus Gesamtberlins zermahlen. (…) Unser Volk wird jetzt von der Geschichte gewogen, und wehe uns, wenn wir durch Gleichgültigkeit, durch Bequemlichkeit, durch Trägheit oder durch moralische Schwäche diese Probe nicht bestehen! Dann nämlich werden die Kommunisten nicht am Brandenburger Tor Halt machen. Dann werden sie auch nicht an der Zonengrenze stehen bleiben und nicht am Rhein.“

„Na endlich“, war der Kommentar von Johannes. „Drei Tage hat es gedauert, bis die Westmächte sich zu den Sperrmaßnahmen äußern. Was nützen da noch die Proteste? Panzer werden die Amerikaner nicht auffahren, um die Mauer niederzureißen. Dazu ist es zu spät, sie riskieren keinen Krieg.“

Die Antwort Ulbrichts auf Willy Brandts Rede ließ nicht lange auf sich warten.

„Manche Bürger haben gefragt, ob es denn unbedingt notwendig gewesen sei, bei unseren Maßnahmen, die ja schließlich auch eine pädagogische Lektion waren, mit Panzern und Geschützen aufzufahren. Ich möchte es ganz unmissverständlich sagen: Jawohl, es war notwendig. (…) Den Provokateuren ist von vornherein die Lust genommen, gefährliche Zwischenfälle heraufzubeschwören. (…) Für manche Leute war es sicherlich recht nütz-

lich, zur Kenntnis zu nehmen, dass die deutsche Arbeiterklasse nicht mehr wehrlos ist, sondern über Panzer und Geschütze und über alles, was zur Verteidigung notwendig ist, verfügt."

Johannes konnte kaum an sich halten. „Nun hat der Kalte Krieg ein Symbol: die Mauer quer durch Berlin, ein Bollwerk, gebaut für die Ewigkeit. Schrecklich! Da werden menschliche Bande zerrissen, das muss zu Schmerz und Verbitterung führen."

Eine Woche später hielten die NATO-Truppen Manöver auch in ihrer Gegend ab. Es war wie im Krieg. Panzer durchwühlten Felder und Wiesen und postierten sich an angeblich strategisch wichtigen Stellen.

Auf ihrem Hof hatte sich ein Funk-Bataillon eingenistet, getarnt vor Blicken und geschützt unter den Vordächern der Scheunen; Tiefflieger donnerten über sie hinweg. Das Übungsschießen der sich „bekämpfenden" Soldaten währte die ganze Nacht.

Franziska spürte die Unruhe ihres Mannes. Sie wusste, im Stillen dachte er an sein Zuhause in der Ukraine. Die Ungewissheit um seine Eltern und Geschwister quälte ihn. Seine Anfrage beim DRK-Suchdienst und seine Briefe blieben ohne Antwort. Den Kontakt wiederherzustellen, hatte er schon im Lazarett versucht, aber vergeblich.

Sie hoffte, eines Tages mit ihm gemeinsam seine Heimat besuchen zu können, wenn die politischen Verhältnisse es erlaubten. Dort mussten Spuren seiner Familie sein, die er in den Kriegswirren verloren hatte.

„Meine Heimat ist hier, Franziska. Dieser Hof, mit unseren Kindern und dir", antwortete er, als sie ihn darauf ansprach.

„Du kannst die Jahre deiner Jugend nicht wegwischen, als hättest du sie nicht erlebt", hielt sie dagegen. Er nickte traurig. Mit einem aufmunternden Lächeln ergänzte sie: „Johannes, deine Frau ist neugierig. Ich möchte diese Zeit aus deinem Leben kennenlernen, auch wenn du mir schon so vieles erzählt hast."

„Später, nicht jetzt."

Im politisch unruhigen Jahr nach dem Mauerbau und ein Jahr später, es war Kalter Krieg, versäumten Franziska und Johannes mit ihren Kindern nie den Sonntagsgottesdienst. Diese Stunde war ihnen heilig. Gott war der Geber aller Gaben, er war der Schöpfer, der alles wachsen und gedeihen ließ. Diesen Glauben lebten sie ihren Kindern vor und hofften, den Boden für eine gute Saat bereitet zu haben. In der Kirche, einer gotischen Hallenkirche aus dem vierzehnten Jahrhundert, hatten sie ihre angestammten Plätze mit Namensschildern auf der Bank. Generationen vor ihnen hatten hier gebetet.

Als sie eines Sonntags im August 1962 nach dem Gottesdienst mit der Kutsche an den Feldern entlangfuhren, betrachtete Johannes mit Sorge die Äcker seines Nachbarn Schulze-Westhoff. Es schmerzte ihn, wenn er sah, wie der Zweiundsechzigjährige sich mit der Ernte abmühte. Im letzten Jahr hatte er sich beim Schleppen der Kornsäcke einen Leistenbruch zugezogen.

Als Johannes ihn im Krankenhaus besuchte, meinte Wilhelm mit einem verschmitzten Lächeln: „Johannes, ich gehe auf die siebzig zu. Nicht einmal einen Zentner Weizen kann ich noch heben. Wie soll das weitergehen?" Unausgesprochen blieb die Frage: Wer sorgt dann für Paul?

„Wilhelm, werde erst mal wieder gesund", erwiderte Johannes.

Wilhelm hatte genickt, doch etwas bohrte seitdem in seinem Innern.

Johannes verstand die Sorge des Nachbarn um den körperlich und geistig beeinträchtigten Sohn. Was sollte aus Paul werden?

Sie hielten an, und Johannes deutete auf die Felder. „Maria und Wilhelm kommen in diesem Jahr mit der Ernte nicht zurecht. Es stehen immer noch etliche Morgen Weizen und Hafer auf dem Halm."

Franziska fasste die Hand ihres Mannes. „Johannes, wir haben die Ernte eingebracht. Biete Wilhelm und Maria an, ihre Felder zu mähen. Sollte das Wetter umschlagen, verdirbt ihnen sonst das Korn. Nach diesen heißen, trockenen Tagen werden bald Gewitter aufziehen. Ein Platzregen wird das reife Korn niederwalzen, und am Ende verfault es."

„Ich werde morgen zu Wilhelm fahren und mit ihm reden."

Barbara sah überrascht auf, als nur Stunden später zur Kaffeezeit die Kutsche ihres Nachbarn Schulze-Westhoff auf den Hof rollte. Ihre Eltern saßen im Garten; der Vater war in seinem Schaukelstuhl eingenickt, ihre Mutter las in einem Buch.

Dass die Westhoffs an einem Sonntagnachmittag unangemeldet zu Besuch kamen, musste einen besonderen Grund haben.

Auch Franziska und Johannes waren erstaunt und führten die Nachbarn in den Garten, wo sie den Kaffeetisch unter der schattigen Linde deckten, im Glauben, ihre Nachbarn wollten bei ihnen anfragen, ob sie den Mähdrescher ausleihen durften, oder ob es Johannes und Ludger möglich wäre, ihnen bei der Ernte zu helfen. Doch die beiden machten ein ernstes und feierliches Gesicht. Maria Schulze-Westhoff plauderte auch nicht munter drauflos wie bei anderen Besuchen, sondern hakte sich bei ihrem Mann ein.

Paul trottete hinter ihnen her. Er war mit seinen acht Jahren ein kräftiger Bursche. Wie bei früheren Besuchen lief er lachend auf Barbara und Alexa zu, klatschte auffordernd in die Hände und rief: „Reiten!"

Weil es sehr warm war, wollten Barbara und ihre Schwester lieber im Waldsee schwimmen. Der Vater hatte einen Steg in den See gebaut, und so konnten sie dort nach Herzenslust im Wasser toben oder sich auf den Brettern in die Sonne legen.

Aber ein strenger Blick ihrer Mutter genügte, um das Vorhaben auf den Abend zu verschieben, wenn der Besuch gegangen war.

Ludger und sein Cousin Conrad waren im Haus; Ludger hatte dieses Jahr Abitur gemacht und bereitete sich jetzt auf sein Studium an der Landwirtschaftshochschule in Soest vor. Der ein Jahr ältere Conrad, der nach dem Krieg und der Flucht aus Oberschlesien mit seiner Schwester Eva und seiner Mutter Walburga, einer entfernten Cousine ihres Opas, einige Zeit Zuflucht auf dem Große-Bawinkelschen Hof gefunden hatte, studierte Pädagogik an der Hochschule in Münster und kam an den Wochenenden und in den Semesterferien häufig zu ihnen, um Ludger zu helfen.

Aus dem Stall holten Barbara und Alexa das Sattelzeug für die drei Pferde und liefen mit Paul zur Koppel. Die zwei Haflinger und Selma, die Stute ihrer Mutter, trabten zum Gatter und ließen sich satteln.

Ein Teil der Wiese war abgetrennt, dort hatten die Geschwister einen Parcours mit Hindernissen in verschiedenen Höhen aufgebaut.

Das kleinere der beiden Haflinger reckte schnuppernd den Kopf und leckte Pauls Hände, woraufhin der Junge sich geschickt am Sattelzeug hochhangelte und vergnügt lachte, als er zwischen den Mädchen losritt.

Barbara band die Zügel seines Pferdes an Selmas Sattelzeug fest, damit Pauls Pferd nicht ausbrechen konnte, falls der Junge es zu ungestüm antrieb.

Paul strahlte und jauchzte; er war glücklich, wie immer, wenn er mit anderen Kindern zusammen war, die ihn nicht abwiesen. Er beugte sich vor, umspannte mit seinen Armen den Hals des Tieres, kuschelte sich an und liebkoste das Pferd wie einen guten Freund.

Maria und Wilhelm Schulze-Westhoff lehnten sich beruhigt zurück und genossen Kaffee und Kuchen; sie wussten ihren Sohn in guter Obhut.

Das waren die seltenen Augenblicke, in denen sie nicht auf ihn achtgeben mussten.

Der achtjährige Paul war zu anderer Zeit unberechenbar. Maria durfte nichts auf dem Herd oder Tisch stehen lassen, er zog es zu sich, um nachzuschauen, was im Gefäß war, und in seiner tollpatschigen Art riss er so manchen Topf auf die Erde. Sich selbst überlassen, hockte er vor sich hin murmelnd in einer Ecke des Zimmers und zerriss Zeitungen in kleine Schnipsel, warf sie hoch, um sie wieder aufzufangen.

Franziska und Johannes spürten die Unruhe und das Zaudern ihrer Nachbarn, die sich ständig anblickten, wie um sich gegenseitig aufzufordern, nun endlich zu beginnen.

Wilhelm Schulze-Westhoff nahm seine Aktentasche, die er neben seinem Stuhl abgestellt hatte, und legte sie auf seinen Schoß. Mit einem großen weißen Taschentuch wischte er sich den Schweiß von der Stirn, obwohl es an diesem Nachmittag nicht so schwül war wie in den letzten Wochen.

Johannes brach schließlich das Schweigen. Wie immer sprachen sie Hochdeutsch miteinander. Johannes verstand zwar das Plattdeutsche, weil die anderen Landwirte sich bei Versammlungen in ihrer Mundart unterhielten, aber sprechen konnte er diese Sprache nicht. Franziska lachte oft, wenn er es mit einzelnen Worten versuchte oder Besuch freundlich mit „Chuat choan“, „Alles Gute“ verabschiedete. „Johannes, du lernst es nie, das CH so schön im Rachen zu rollen wie ich.“

Er tippte dann liebevoll mit seinen Fingern auf ihre Nasenspitze. „Ich weiß, mein Liebling, ich werde nie ein richtiger Münsterländer werden."

„Meinst du?" Seine Frau zwinkerte amüsiert.

„Wilhelm, was habt ihr auf dem Herzen?", ermunterte Johannes seinen Nachbarn jetzt. „Kommt ihr mit der Ernte nicht zurecht? Franziska und ich haben beschlossen, euch zu helfen. Das Wetter verspricht morgen gut zu werden. Wenn der Tau abgetrocknet ist, mähe ich euren Weizen und am nächsten Tag den Hafer."

Die alten Leute schauten sich wieder an; Maria nahm die Hand ihres Mannes. „Wilhelm, nun sag es schon."

Wilhelm räusperte sich und wischte sich mit dem Taschentuch über seine Augen. „Franziska, Johannes." Er stockte, seine Augen wurden wässrig. „Will ih den Hof hebben?"

In seiner Aufregung hatte er Plattdeutsch gesprochen. „Wollt ihr den Hof haben?", wiederholte er hastig.

Johannes und Franziska schüttelten heftig den Kopf. Sie erschrak über dieses Angebot und protestierte: „Nein, Wilhelm, das geht nicht. Ihr habt einen Sohn. Paul ist euer Erbe."

Maria hob flehend ihre Hände. „Franziska, Johannes. Hört doch erst einmal zu!"

Sie schwiegen eine lange Zeit. Jeder starrte in eine andere Richtung.

Von der Wiese klang das Lachen der Kinder zu ihnen herüber.

Die Kaffeetasse in Franziskas Hand zitterte, sie stellte sie ab. Mit glühendem Gesicht protestierte sie erneut: „Maria, Wilhelm. Das könnt ihr nicht machen. Seit Generationen lebt eure Familie auf dem Gräftenhof. Es ist der größte Hof weit und breit. Die Bauerschaft trägt euren Namen. Eure Familie lebt länger hier als unsere. Ihr habt Verwandte, fragt die."

Zu anderer Zeit hätte Wilhelm stolz die Geschichte seiner Familie erwähnt. Jetzt lachte er abschätzig. „Verwandte! Sicher, die kommen, wenn es etwas zu holen gibt. Nach Pauls Geburt haben sie uns gemieden, als ob wir eine ansteckende Krankheit hätten. Dachten wohl, wir würden sie belästigen. De wilt usse Geld, mäer nicht!", brach es aus ihm hervor. „Die verkaufen den Hof, teilen sich das Geld, und das ist es dann gewesen." Er schlug mit der Hand auf den Tisch. „De kriecht nix!"

Sein Gesicht glühte vor Empörung. „Noamen! Watt sinn Noamen", schimpfte er. „Unsere Vorfahren haben dieser Gegend den Namen gegeben, nicht wir."

Maria schaute Franziska an. Sie hatten Tage gebraucht, um sich zu diesem Schritt durchzuringen. Darum bat sie mit flehender Stimme: „Franziska, lasst uns darüber reden!"

Franziska und Johannes erkannten die Entschlossenheit ihrer Nachbarn. Es war nicht die Ernte und die Bitte um Hilfe.

Wenn Franziska ihre Nachbarin besuchte, saß diese häufig grübelnd in der Küche am Tisch, die nicht aufgeräumt war. Bei Pauls Bewegungsdrang war das kaum möglich.

Franziska ahnte, dass Maria sich in diesen Momenten um die Zukunft sorgte. Trotz seiner acht Jahre war Paul wie ein kleines Kind, das noch einnässte und nur wenige Worte sprach. Während sie sich unterhielten, sprang er manchmal unverhofft auf den Schoß der Mutter, küsste sie ab, um dann wieder zu seinem Spielzeug zurückzukehren.

Paul besuchte seit einem Jahr die Sonderschule im Dorf, an der Conrad sein Schulpraktikum absolvierte. Zu Conrad hatte er Vertrauen, weil der am Wochenende häufig bei ihnen auf dem Hof war und sich gern um Paul kümmerte.

„Wie habt ihr euch das gedacht?"

Franziska stellte diese Frage. Johannes schwieg.

Nun sprudelte es aus Maria und Wilhelm Schulze-Westhoff heraus. Sie befreiten sich von einer Last, die auf ihren Schultern lastete.

„Wir schaffen klare Verhältnisse und machen einen Kaufvertrag, über die Summe werden wir uns einigen."

„Ihr habt Kinder und könnt den Hof vererben. Dann ist er in guten Händen."

„Wir mieten uns vom Erlös eine kleine Wohnung in der Stadt, und vom Rest leben wir."

„Das Haus wird uns zu groß, wir schaffen weder die Arbeit auf den Feldern und im Stall noch im Haus."

„Und Paul? Was ist mit Paul?", unterbrach Franziska den Redeschwall.

„Paul zieht natürlich mit uns in die Stadt."

Franziska widersprach: „Nein, Maria, Wilhelm, so geht das nicht. Wir können das nicht annehmen. Bietet euren Hof über einen Makler an, wenn ihr entschlossen seid, ihn aufzugeben. Wir können euch nicht das zahlen, was Grund und Boden und euer Haus wert sind."

„Ich will keinen Makler dabeihaben", wehrte Wilhelm ab. „Deine und Johannes' Einwilligung reichen. Über den Preis werden wir uns auch einig werden, Maria und ich müssen nur wissen, dass ihr unser Angebot annehmt." Er streckte ihnen die Hand entgegen. Ein Handschlag unter Bauern war wie ein Vertrag.

Weder Franziska noch Johannes ergriffen sie.

Der Gräftenhof, dessen Ländereien und Waldgebiet an die ihren anschlossen, war um vieles größer als ihr eigener; ein Bach, der den Waldsee mit seinem klaren Wasser speiste, bildete die natürliche Grenze zwischen den Gehöften. Es bestanden alte Wegerechte, und zwischen den beiden Familien hatte es zumindest in dieser Generation und in der Generation der Eltern keine Streitereien gegeben.

Zwischen Wilhelm und den angrenzenden Höfen des Bauern Große-Brinkhoff und des Fürsten zu Trendelburg hatte es nach der Verabschiedung des Flurbereinigungsgesetzes von 1953 Auseinandersetzungen beim Landtausch gegeben. Ziel des Gesetzes war, eine Arrondierung der Höfe und Ländereien durch Tausch zu erreichen.

Die Besitzungen des Fürsten zu Trendelburg durchschnitt damals eine Straße, der Gräftenhof lag inmitten seiner Ländereien. Der Fürst forderte einen Tausch von Ländereien. Dadurch wäre das Wohngebäude des Gräftenhofs an den Rand der Besitzungen gedrängt worden.

Wilhelm wehrte sich mit der Begründung, seine Familie würde dieses Land seit Generationen bewirtschaften; er habe seine Äcker sorgsam gepflegt und keinen Raubbau betrieben.

Ein weiterer Nachbar, nämlich Große-Brinkhoff, stritt mit ihm um die Grenzziehung zwischen den Höfen. Er behauptete, die Hainbuchenhecke mit ihren knorrigen Stämmen und den mehr als zweihundertjährigen einzelnen Eichen stünde auf seinem Grund, oder zumindest sei die Mitte der Hecke die Grenze.

Alte Katasterunterlagen und Notizen in Wilhelms Familienbuch bewiesen jedoch, dass seine Vorfahren die Hecke zu Beginn des neunzehnten Jahrhunderts nach dem endgültigen Erwerb ihres Hofes auf ihrem Grund als Grenze zum Nachbarn gepflanzt hatten. Jede nachfolgende Generation setzte die Hecke von Zeit zu Zeit auf den Stock, sodass die Stämme frisch ausschlagen konnten. Wilhelm betrachtete diese Hecke als Kleinod.

Sie stritten erbittert vor Gericht.

Der Richter entschied zugunsten von Wilhelm, nachdem er einen Schnatgang mit allen Beteiligten unter Aufsicht eines Schiedsmanns angeordnet hatte.

Selbst Einwände seines Nachbarn, nach denen die zu Bäumen ausgewachsene Hecke den Rain seiner Felder unzulässig beschattete, lehnte der Richter ab und empfahl der Landschaftsbehörde, die Hecke als Naturdenkmal einzustufen.

Diese Niederlage verzieh Große-Brinkhoff seinem Nachbarn nie. „Recht moat Recht bliewen!", sagte Wilhelm damals, Recht muss Recht bleiben, auch wenn Große-Brinkhoff ihn fortan einen sturen Dickkopf schimpfte.

Diese Gedanken gingen Franziska durch den Kopf, und sie musste lächeln.

Johannes wiederum dachte daran, wie die Nachbarn eine solche Nachricht aufnehmen würden. Sollten Franziska und er, der Fremdling, diesen Hof übernehmen, wäre es weit und breit der größte mit mehr als tausend Morgen Land. Mit modernen Maschinen ließe sich zwar die Arbeit bewältigen, und sie könnten Äcker, Wiesen und Wald effektiver nutzen. Gleichzeitig waren sie dem Neid der anderen Bauern ausgesetzt. Man würde ihnen Erbschleicherei oder das Ausnutzen einer Notlage unterstellen.

„Wilhelm, dein Angebot ehrt uns, aber lass gut sein, es geht nicht", sagte er schließlich ernst.

Franziska ergänzte: „Ihr macht uns ein großzügiges Angebot, und euer Vertrauen ehrt uns. Aber nein." Sie pochte auf den Tisch. „Paul gehört auf diesen Hof. Ihr könnt ihm sein Zuhause nicht wegnehmen. In der Stadt wird er krank. Der Junge ist euer gesetzmäßiger Erbe. Das ist gut so."

Fast grob entgegnete Wilhelm: „Franziska, Johannes ist zwar Pauls Taufpate, aber wenn wir nicht mehr da sind, wird ein gerichtlich bestellter Vormund Paul in ein Heim stecken und dann den Hof als Ganzes oder in Teilen verkaufen oder verpachten, um die Kosten für Pauls Unterbringung zu decken. Dann reiben sich andere die

Hände. Der Fürst zu Trendelburg und Große-Brinkhoff warten doch nur auf eine solche Gelegenheit, um ihren Teil zu ergattern. Du erinnerst dich, beim Prozess wegen der Flurbereinigung machten sie gegen mich gemeinsame Sache, doch die Schiedskommission hat am Ende unsere Position anerkannt."

Franziska schmunzelte erneut. Wilhelm hatte anscheinend ähnliche Gedanken wie sie gehabt. So war das eben bei den Bauern, wenn es Streitigkeiten gegeben hatte. Die konnten sie nicht vergessen und belasteten oft die nachfolgen Generationen.

Marias Augen füllten sich mit Tränen. Sie wusste, Franziska hatte recht. Wilhelm und sie konnten sich umgewöhnen, aber für Paul würde der Umzug in die Stadt in einer Katastrophe enden.

Viele Nächte lang hatte sie wachgelegen und gegrübelt, was aus Paul werden sollte. Es bräche ihr das Herz, ihn in einem Heim oder in einer beschützenden Werkstatt zu wissen. Ein gerichtlich bestellter Vormund würde dies veranlassen. Doch ihr Sohn brauchte Zuwendung und Liebe, dann war er glücklich.

In letzter Zeit fiel ihr die Arbeit schwer, obwohl sie erst dreiundfünfzig Jahre alt war. Die Finger schmerzten; Arthrose in den Gelenken machte ihr zunehmend zu schaffen. Früher hatte sie ihrem Mann im Stall und bei der Ernte geholfen. Wenn sie unter der Kuh saß und der weiße Strahl in den Eimer spritzte, war das für sie wie Musik.

Doch seit Pauls Geburt beanspruchte der Junge ihre ganze Hinwendung und Kraft.

Bei aller Mühsal vertiefte ihr Kind jedoch ihre Liebe zu ihrem so schwer enttäuschten Mann. Pauls Glück und seine Zufriedenheit hatten für sie beide größere Bedeutung als der Hof.

Ihr Mann akzeptierte ohne Murren die Bürde, die ihnen das Schicksal auferlegt hatte. Doch die Sorgen lasteten wie schwere

Steine auf seinem Herzen. Das sah sie, wenn er in die Ferne starrte und sich mit der Hand über die Stirn strich, um dunkle Gedanken zu verscheuchen.

Früher ging er mit weit ausholenden Schritten über die Felder, bückte sich, um feuchte Erde aufzuheben und sie wie ein Geschenk zu betrachten.

Kam er dann zum Mittagessen in die Küche, legte er seine rauen, feuchten Hände an ihre Wangen und sagte: „Mia, wat sin wie riek. Ruk es, usse Grund duftet mäer äs usse Roausen“ - Sind wir nicht reich? Unser Grund und Boden duftet intensiver als unsere Rosen.

Wilhelms Lebenstraum, den Hof seiner Familie an seinen Sohn weiterzugeben, wie es sein Vater und dessen Vater vor ihm getan hatten, war zerronnen. Er war Landwirt mit Leib und Seele, da kannte er sich aus, das war seine Berufung.

Mit Pauls Geburt war sein Vermächtnis ins Wanken geraten. Er scheiterte nicht an diesem Schicksal und zerbrach nicht an ihm. Seine Fürsorge und Hinwendung galten nun diesem zerbrechlichen Leben. Doch mit den Jahren wurde beiden eins immer klarer: „Maria, wat soll wii maaken?“, fragte Wilhelm. „Wie müët för ussen Suon sourgen. He kann den Hoff nich hollen.“

Ja, sie mussten für ihren Sohn vorsorgen. Er konnte den Hof nicht führen. Diese Gedanken plagten auch Maria, und sie war ihrem Mann dankbar, dass er seine Sorgen aussprach.

Nach seinem Leistenbruch im letzten Jahr quälte er sich zusehends bei der Arbeit und erledigte nur noch die notwendigsten Dinge. Früher hatte er peinlich darauf geachtet, dass Haus und Ställe sauber und gepflegt waren.

Die Gräfte musste dringend gereinigt werden, im Torhaus regnete es durch, und die Fensterrahmen begannen zu faulen. Nach dem Krieg hatten dort zunächst zwei Flüchtlingsfamilien gewohnt, dann war Walburga mit ihren Kindern Conrad und Eva für einige Jahre einzogen. Im Torhaus hatten sie mehr Platz, nachdem die anderen Flüchtlingsfamilien im Ort eine Wohnung gefunden hatten.

Jetzt stand das Haus seit Jahren leer.

Der Bauernhof mit Garten und Gräfte war Pauls heile Welt, in der er geborgen war.

Er suchte in den Ställen die Nähe der Tiere, und diese suchten ihn; er half auf seine tollpatschige Art seinem Vater, was Wilhelm mit Geduld ertrug.

Maria rührte es, wenn Paul nachmittags Holz für das Herdfeuer ins Haus holte und die Scheite so sorgfältig neben dem Kamin aufschichtete, als wären es seine Spielbauklötze. War sie mit ihm im Garten, pflückte er Blumen, kam mit ausgestreckten Armen zu ihr gelaufen und lallte in seiner kindlichen Sprache: „Mama, lieb!"

Diese kleinen Aufgaben würden ihm in einer städtischen Umgebung fehlen. Franziska hatte recht, nicht auf dem Hof zu leben, sondern isoliert in der Stadt, wäre für ihn eine Qual. Seine heile Welt gäbe es nicht mehr.

Wilhelm Schulze-Westhoff ließ nicht locker; er hatte es sich in den Kopf gesetzt, heute zu einer Entscheidung zu kommen. „Vom Verkauf können wir unseren Lebensunterhalt bezahlen und für Paul vorsorgen. Wenn wir nicht mehr da sind, wird er genug haben. Johannes, du bist sein Taufpate und wirst schon aufpassen."

Johannes stand auf und stellte sich hinter den Stuhl seiner Frau. Die vor Jahren angenommene Ehre wuchs durch die Worte seines Nachbarn zu einem Gebot, dem er sich nicht entziehen konnte. Das widerspräche seinem Pflichtgefühl und seiner Würde.

Er wusste, Franziska würde ihn tatkräftig unterstützen.

Sie verstand diese Andeutung ihres Nachbarn anders und fragte nach: „Wilhelm, es stimmt, Johannes ist Pauls Taufpate und wird sich immer um euren Sohn kümmern. Denkt ihr etwa daran, Johannes als Pauls Vormund einzusetzen?"

„Daran haben wir tatsächlich gedacht und uns beim Notar erkundigt", antwortete Maria nach einem raschen Blickwechsel mit ihrem Mann. „Wir können nur unsere Absicht bekunden, nach unserem Tod würde ein Vormundschaftsgericht darüber entscheiden. Ebenso würde das Gericht dann über den Hof bestimmen. Wir wollen ihn in guten Händen wissen."

Franziska dachte an ihre drei Kinder, wie es wäre, wenn sie vom elterlichen Hof vertrieben würden oder ihn verlassen müssten. Sie waren jedoch gesund, und die Zeit würde ihre Wunden heilen. Paul brauchte seine gewohnte Umgebung.

„Ihr müsst einen Weg finden, um auf dem Hof zu bleiben", betonte sie. „Wenn ihr Paul sein Zuhause nehmt, wenn ihm die Tiere fehlen, dann wird er krank."

„Maria und ich sind da, wenn wir in die Stadt ziehen. Wir nehmen sein Spielzeug mit, er bekommt einen Hund, und wir räumen sein Zimmer so ein wie auf dem Hof. Sein Zuhause ist doch da, wo wir sind. Die wichtigste Bezugsperson für Paul ist Maria."

Maria schwieg.

Franziska beobachtete, wie sich Johannes Stirn kräuselte. Das kannte sie bei ihm, wenn er intensiv nachdachte.

„Franziska hat recht", sagte er, als hätte er die letzten Sätze gar nicht wahrgenommen. „Bleibt auf eurem Hof wohnen. Wir pachten Felder und Wald, damit habt ihr ein gesichertes Einkommen, und Paul behält sein Zuhause. Alles andere wird die Zeit zeigen."

Wilhelm strich sich mit der Hand durch sein Gesicht und schaute seine Frau an, sie nickte. Diese Möglichkeit schienen sie bereits bedacht zu haben.

„Johannes, wir machen keine halben Sachen. Der Hof besteht nicht nur aus Grund und Boden. Kauft ihn uns ab. Ihr seid jung, habt Ideen, Ludger studiert Landwirtschaft und wird euch nachfolgen. Für Maria und für mich wäre es beruhigend zu wissen, dass der Hof in gute Hände übergeht, nicht aufgeteilt wird und nicht verkommt."

Von der Reitwiese schallte das Lachen der Mädchen und Pauls Stimme herüber, der sein Pferd mit „Hü" und „Hott" antrieb.

Maria und Wilhelm standen auf.

„Wir schauen nach Paul", sagte Wilhelm nachdrücklich. „In der Zwischenzeit könnt ihr überlegen."

Franziska sah den beiden nach, wie sie zur Koppel gingen. Wenn sie ihre Nachbarn besuchte, kam Paul auf sie zugelaufen und umschlang sie mit beiden Armen. Als er noch kleiner war, hatte Franziska ihn dann hochgehoben und geherzt.

Auch Johannes behandelte Paul wie seinen eigenen Sohn. Geduldig ermunterte er ihn beim Reiten und lehrte ihn im Waldsee das Schwimmen.

An Johannes' Gesicht erkannte Franziska, dass ihr Mann ernsthaft über die verschiedenen Optionen nachdachte.

Er legte seine Hände auf ihre Schulter. „Franziska, Liebste, trink deinen Kaffee. Ich bin gleich wieder da." Er drehte sich um und ging humpelnd zum Haus.

Aber er ging nicht hinein. Sondern hielt mit erhobenem Haupt auf die Eiche neben dem Haus zu, „Opa Ludgers Baum", wie ihre Kinder sie nannten.

Franziska beobachtete, wie ihr Mann sich an den Stamm der fast hundertjährigen Eiche lehnte, und lächelte.

Hielt ihr Mann Zwiesprache mit ihrem verstorbenen Vater, der ihn 1944 aufgenommen und nach seiner Gesundung vor den Nazis versteckt hatte? Der es zugelassen hatte, dass seine Tochter sich in ihn verliebte und ihn heiratete? Der ihnen vor Jahren diesen Hof vermacht hatte?

Welche Antworten suchte er dort am Baum?

Sie wurde ungeduldig. Doch ehe sie ihm nachgehen konnte, kam Johannes schnellen Schrittes zurück. Er setzte sich neben sie und ergriff ihre Hände. Dann sagte er, jedes Wort betonend: „Wilhelm und Maria scheinen fest entschlossen zu sein, den Hof abzugeben."

Sie nickte. Diesen Eindruck hatte sie auch. Die Frage war nicht ob, sondern wie und an wen.

Er schaute sie eindringlich an. „Franziska, wärst du einverstanden, wenn wir den Gräftenhof in Erbpacht mit lebenslanger Leibrente übernehmen?"

Es schien ihm ernst damit zu sein.

„Und was wird mit Paul, Maria und Wilhelm?"

„Wir schlagen ihnen vor, dass sie vom Haupthaus in den Fachwerkspeicher ziehen, und garantieren ihnen dort ein lebenslanges Wohnrecht. Diese Vereinbarung gilt auch für Paul."

Sie schauderte. Das war also das Ergebnis der stillen Zwiesprache mit ihrem verstorbenen Vater. „Ist es das, was du dir an der Eiche meines Vaters ausgedacht hast?"

„Ich habe mich gefragt, wie dein Vater sich verhalten hätte."

„Hat er dir eine Antwort gegeben?"

„Ja, Franziska: Ja."

„Johannes, wie stellst du dir das vor?", wagte sie zu fragen.

Er antwortete umgehend und drückte dabei ihre Hände. „Das Haupthaus ist ohnehin zu groß für sie. Steht es zu lange halb leer, werden die alten Gemäuer feucht. Wenn nicht etwas geschieht, werden die beiden alten Leute und besonders Paul krank. Wir können den Fachwerkspeicher für sie umbauen. Der Hof wird so viel abwerfen, dass wir die Leibrente bezahlen können."

Nach kurzem Überlegen stimmte Franziska zu.

Sie gab Johannes einen Kuss. Er schlang die Arme um sie.

„Franziska, Liebste, wir schaffen das!“

Sie warteten auf die Rückkehr von Maria und Wilhelm.

„Setzt euch“, forderte Franziska ihre Nachbarn auf und goss beiden noch eine Tasse Kaffee ein.

Johannes schaute Franziska an und bedeutete ihr mit einem Kopfnicken, den beiden alten Leuten, die sie erwartungsvoll anblickten, zu sagen, wie sie sich entschieden hatten.

„Maria, Wilhelm: Wir machen euch einen Vorschlag. Wir bieten euch an, den gesamten Hof in Erbpacht zu übernehmen. Ihr und natürlich auch Paul erhaltet lebenslanges kostenloses Wohnrecht, nicht im Haupthaus, sondern im Fachwerkspeicher, den wir für euch renovieren.“

Es dauerte einen Moment, bis Maria und Wilhelm die Tragweite dieses Vorschlags erfassten.

Das war mehr, als sie erwartet hatten.

Franziska und Johannes waren keine Fremden für Paul; sie würden ihn wie einen Sohn annehmen, sollten sie nicht mehr da sein.

Wilhelm sprang auf, mit klopfendem Herzen streckte er seine Hand aus. „Euer Wort gilt, mehr brauchen wir nicht, schlagt ein.“

„Wilhelm, hör erst einmal zu“, wehrte Franziska ab. „Johannes, erklär du, wie wir es uns denken.“

Wilhelm setzte sich wieder, und Franziska und Maria lehnten sich entspannt zurück, während Johannes die Pläne erläuterte.

„Das Haupthaus muss dringend renoviert werden. Wir müssen uns auch Gedanken über die künftige Nutzung machen, aber erst einmal bauen wir den Fachwerkspeicher zur Wohnung für euch um. Maschinen und Vieh kaufen wir ab, so habt ihr Bargeld für die Einrichtung und den Kauf neuer Möbel, die ihr eventuell braucht. Für Felder, Wiesen und Wald zahlen wir euch zusätzlich eine lebenslange Rente, die abhängig ist vom Ertrag des Hofes."

Für den Kauf der beweglichen Güter würden sie ein Darlehen aufnehmen müssen, das wusste Franziska. Johannes würde sich auf keinen Handel einlassen, der Maria und Wilhelm um einen Teil ihres Besitzes prellte.

Die Sorge um Paul, sein Patenkind, musste diese Idee in ihm geweckt haben.

Wilhelm stand auf und umarmte zuerst Franziska, dann Johannes, dabei klopfte er ihm auf den Rücken und sagte: „Min Jung, du bist en prima Kerl, und wenn Paul, Maria und ich nicht mehr da sind, gehört euch der Hof mit allem Drum und Dran. Ihr habt Erben, vielleicht möchten Barbara oder Alexa irgendwann auf dem Gräftenhof einziehen und dort leben, wer weiß."

Aus seiner Aktentasche zog er einen Katasterauszug des Gräftenhofs und legte ihn auf den Tisch. „Das wird euer Gräftenhof sein. Morgen gehen wir gemeinsam zum Notar und besiegeln, was wir verabredet haben." Er wischte sich über die Stirn. „Nu bruuk ik 'nen Schnaps."

„Wilhelm, überstürze nichts", mahnte Johannes und stand auf, um die Flasche aus dem Haus zu holen. „Du weißt, Franziskas Onkel Leo betreibt in Münster eine Kanzlei. Wenn du einverstanden bist, soll er den Vertrag ausarbeiten."

Wilhelm und Maria wechselten einen Blick und stimmten zu.

Maria hatte bisher geschwiegen. Die Idee, weiter auf dem Hof leben zu können, wenn auch im umzubauenden Speicher, und Paul so in seiner gewohnten Umgebung zu wissen, begeisterte sie. Eine schwere Last wurde dadurch von ihr genommen. Sie zog den Katasterauszug zu sich heran. Zwischen all den Plänen befand sich auch ein Grundriss des Speichers.

Auch Wilhelm stand nun auf und ging mit Johannes zuerst in die Ställe. Franziska schaute ihnen nach. Die Männer liefen einträchtig nebeneinander her, es hätten Vater und Sohn sein können.

Den restlichen Nachmittag schmiedeten Maria und sie Pläne für den Umbau des Speichers.

Als Franziska und Johannes abends allein waren, fragte sie: „Willst du die Höfe zusammenlegen?"

„Will ich? Franziska, wollen wir?"

Sie beschlossen, die Höfe getrennt zu lassen.

„Barbara oder Alexa könnten sich später für die Landwirtschaft interessieren und vielleicht so einen tüchtigen Mann bekommen wie ich."

Er zog sie an sich und küsste sie. „Du bist eine kluge Frau, Franziska."

Im ersten Moment war Franziska erschrocken gewesen, als er die Erbpacht und die Rente für Felder und Wiesen vorschlug. Durch ihren Hinweis auf Paul hatte sie wohl diesen Gedanken in ihm geweckt.

Jetzt war sie froh darüber. In entscheidenden Momenten ihres gemeinsamen Lebens offenbarte ihr Mann seine tiefe Gottesfürchtigkeit, die ihn trug und prägte. Christ sein war für Johannes tätige Nächstenliebe.

Solange Maria und Wilhelm lebten, würde Paul in seiner kleinen Welt glücklich sein, sie schufen ihm ein Paradies. Später würde ihnen diese Aufgabe zufallen.

Johannes würde Paul nie aus diesem Paradies vertreiben, sondern es für ihn lebenswert erhalten.

Aber wer würde diese Aufgabe übernehmen, wenn Johannes und sie einmal nicht mehr waren? Ludger?

Er würde den elterlichen Hof bewirtschaften und sicher auch die Ländereien des Gräftenhofs.

Paul brauchte jedoch mehr als nur eine Bleibe.

Bei Gelegenheit würde sie darüber mit Johannes sprechen und im Familienrat mit Ludger, Barbara und Alexa beraten, wenn auch ihre jüngste Tochter dafür alt genug war.

Die Geschichte der Höfe

Gemeinsam mit ihren älteren Kindern, Alexa schlief bereits, blätterten sie in den Unterlagen, die Maria und Wilhelm Schulze-Westhoff ihnen überlassen hatten. Franziska und Johannes vertieften sich in die Katasterkarten, während Ludger und Barbara die alten Urkunden studierten.

Sie öffneten eine verstaubte Mappe, deren Leder an einigen Stellen gebrochen und mit zwei Leinenstreifen zugebunden war. Ludger befeuchtete einen Finger mit Speichel und rieb das eingeprägte Wappen auf dem Einband blank; ein Eichenlaubkranz, der ein zur Seite geneigtes Haus umrahmte, das sogleich als Gräftenhof zu erkennen war, darunter die Schriftzeichen Westhof.

„Schau mal!“, er stupste seine Schwester in die Seite, „Westhof, mit einem F geschrieben.“

Ihre Mutter sah von den Katasterblättern auf. „Sie besitzen den westlichsten Hof unseres Kirchspiels, darum heißen sie so“, erklärte sie. „Irgendwann ist daraus ‚Westhoff‘ geworden.“

„Das ist doch das Konterfei von Napoleon.“ Barbara hatte in der Mappe ein Buch entdeckt, verziert mit einem Kupferstich des französischen Kaisers in seiner typischen Haltung, die rechte Hand in seine Weste geschoben, und mit dem quer getragenen Zweispitz, Napoleons Hut. „Was hat Schulze-Westhoff mit Napoleon zu tun? Hat der Franzose während seiner Feldzüge auf dem Hof übernachtet?“

„Zeig her!“ Ludger griff nach dem Buch und blätterte darin. „Code Napoleon. Das ist ja großartig. Wir haben im Geschichtsunterricht über die Preußischen Reformen und die Bauernbefreiung gesprochen. Dieses Gesetzbuch war die Grundlage für alle Neuerungen. Napoleon führte es in den Gebieten ein, die er eroberte und besetzte.“

In der Mappe entdeckte er eine Urkunde.

„Mama, haben wir für unseren Hof auch die Freikaufurkunde?"

Die Euphorie ihrer Kinder steckte auch Franziska und Johannes an. Franziska erinnerte sich an den Tag, an dem sie diesen Begriff das erste Mal gehört hatte. Wie alt war sie gewesen? Sieben Jahre oder acht? In der Welt tobte die Weltwirtschaftskrise, die im Herbst 1929 begonnen hatte. Ihr Vater beschäftigte damals zusätzlich zu den zwei Knechten und drei Mägden für die Feldarbeit und in den Ställen hin und wieder Männer, die übers Land zogen und Arbeit suchten. Er nahm sie, wenn er wusste, Zuhause hungerten Frau und Kinder. Lohn in bar gab es nicht, dafür Naturalien wie Kartoffeln, Getreide und, wenn sie geschlachtet hatten, ein Stück Fleisch.

Sie hatte im Büro ihres Vaters auf seinem Schoß gesessen. Mit geheimnisvoller Miene hatte er seinen Jugendstilschreibtisch aus dunkler Eiche mit den kleinen bunten Glasfenstern geöffnet. Seine Hand verschwand hinter dem Türchen, es klickte, und im Innern öffnete sich ein geheimes Fach.

Ihr Vater lächelte, als er etwas daraus hervorholte und zu ihr sagte: „Meine Prinzessin, jetzt zeige ich dir etwas Kostbares."

Mit den Händen strich er eine alte Urkunde glatt.

Damals hatte sie die Bedeutung und auch die Worte des Vaters nicht begriffen.

„Franziska, mit dieser Urkunde wurden deine Vorfahren freie Bauern. Sie hatten sich von Frondiensten freigekauft. Das Land, das sie bisher bewirtschafteten, gehörte ihrem Grundherrn, dem Fürstbischof von Münster. Sie erwarben es als Eigentum. Napoleon hat diese Befreiung verfügt."

Ihr Vater sprach den Namen Napoleon mit Hochachtung aus.

„Kind, wir hungern nicht wie diese armen Menschen draußen auf unseren Feldern, die von schamlosen Spekulanten um Brot und

Arbeit gebracht wurden. Haus, Grund und Boden sind unser Eigentum, sie werden uns immer ernähren. Vergiss das nie, Franziska, und danke dem Herrgott dafür!"

Franziska stand auf und ging in das ehemalige Arbeitszimmer ihres Vaters, das sie und Johannes nun als Büro nutzten. Sie kam mit der Freikaufurkunde zurück.

„Ludger, hier ist unsere Urkunde, ausgestellt im Jahr 1807."

Auf dem Tisch legten sie die beiden Dokumente nebeneinander. Sie unterschieden sich nur in den Anreden.

„Aber was hatte Napoleon damit zu tun?", wollte Barbara wissen, ihre Neugierde war geweckt, wie immer, wenn etwas den Hof ihrer Eltern betraf.

„Schwesterchen, pass auf, ich erkläre es dir."

Barbara schob in ihrer typischen Art die Hände unter das Kinn, um ihren Kopf zu stützen, und blickte ihren Bruder an.

Franziska betrachtete ihre beiden Ältesten lächelnd. Wie unterschiedlich sie doch in ihrem Äußeren wie auch in ihrem Charakter waren! Ludger blauäugig mit blondem, fast rötlichem Schopf, Barbara wie ihr Vater mit schwarzen Haaren, die sie kaum bändigen konnte, und sprühenden grünen Augen wie Franziska.

Ludger war besonnen, selten brachte ihn etwas aus der Fassung, er verfolgte gradlinig seine Ziele; ihre Tochter hingegen brauste auf, wenn ihr etwas nicht passte oder zuwider war. Diesen Charakterzug hatte Franziska ihr vererbt. Leid rührte sie bis zu Tränen an. Wie ihr Vater konnte Barbara mit weit geöffneten Augen träumen, und die Welt um sie versank.

Ludger zeigte, was er gelernt hatte.

„Am 21. März 1804 erließ Napoleon sein Gesetzbuch, den ‚Code Napoleon', der nicht nur für Frankreich gültig war. In diesem Code steht, dass jeder Mensch frei ist, der volljährig ist. Im Mittelalter gehörten Grund und Boden den Adligen, Kirchen oder Klöstern, die Bauern waren Leibeigene und pachteten das Land vom Lehnherrn. Nach Napoleons Siegen galt dieses Gesetzbuch auch in den Rheinbundstaaten, dem Königreich Westfalen und dem Großherzogtum Berg, zu dem unser Gebiet hier gehörte. Auch in den restlichen preußischen Gebieten wurden danach die Gesetze Napoleons übernommen."

„Das stimmt." Franziska legte ein weiteres Blatt auf den Tisch. „In den Unterlagen eures Großvaters befindet sich auch dieses Edikt des preußischen Königs Friedrich Wilhelm III., das berühmte Oktoberedikt vom 9. Oktober 1807. Diese Verordnung hat kein Geringerer als Freiherr vom Stein ausgearbeitet. Sie war eine Reaktion auf die Niederlage Preußens gegen Napoleon in der Schlacht bei Jena und Auerstedt im Jahr 1806. Große Gebietsverluste, erdrückende Tributzahlungen an Frankreich und das Bestreben, sich im Kreis der Großmächte zu behaupten, nötigten die preußische Staatsführung zu Modernisierungen, die auf den Ideen der Aufklärung beruhten."

Barbara nahm die Urkunde und las laut: „Edikt zum erleichterten Besitz des Grund-Eigentums. §10. Nach dem Datum dieser Verordnung entsteht fernerhin kein Unterthänigkeits-Verhältniß, weder durch Geburt, noch durch Heirath, noch durch Übernehmung einer unterthänigen Stelle, noch durch Vertrag. §11. Mit der Publikation der gegenwärtigen Verordnung hört das bisherige Unterthänigkeits-Verhältniß derjenigen Unterthanen und ihrer Weiber und Kinder, welche ihre Bauergüter erblich, oder eigenthümlich, oder Erbzinsweise, oder Erbpächtlich besitzen, wechselseitig gänzlich auf. §12. Mit dem Martini-Tage Eintausend Achthundert und Zehn (1810) hört alle Unterthänigkeit in Unsern sämtlichen Staaten auf. Nach dem Martini-Tage 1810 giebt es nur freie Leute, so wie solches auf den Domainen in allen Unsern Provinzen schon der Fall ist, bei denen aber, wie sich von selbst versteht, alle Verbindlichkeiten, die ihnen als freien Leuten vermöge des Besitzes eines Grundstücks, oder vermöge eines besonderen Vertrages obliegen, in Kraft bleiben.“ [1]

„Unser Gutsherr war bis zum Sieg Napoleons der Fürstbischof von Münster“, erklärte Franziska. „Napoleon enteignete Kirchen und Klöster und entschädigte mit dem Grund und Boden Adlige, die linksrheinische Güter verloren hatten, weil Napoleon dort eine französische Provinz installierte.“

Barbara schaute ihre Mutter an und sagte: „Wenn ich dich richtig verstehe, kamen die Bauern vom Regen in die Traufe. Nur der Lehnsherr wechselte.“

Franziska lächelte. „Nur für kurze Zeit, dann galt der Codex.“

„Mama, sag, hast du Geschichte studiert?“

„Nein, Kind, euer Großvater hat mir alles erzählt und jede Einzelheit erklärt. Er war stolz, ein freier Bauer zu sein“, sagte sie. „Uns Kinder lehrte er, wie kostbar Grund und Boden sind, und dass wir verantwortungsvoll mit der Natur, die uns anvertraut ist, umzugehen haben.“

„Und warum besitzt der Fürst zu Trendelburg hier noch immer so unendlich viel Land?“

Barbara wollte jetzt alle Zusammenhänge wissen.

Ludger lachte. „Meinst du, die Adligen verzichteten ohne Proteste auf ihre Rechte? Die Bauern mussten sich freikaufen. Da sie kein Geld hatten, traten sie Grund und Boden teilweise an die ehemaligen Lehnsherren ab.“

Barbaras Augen glühten; dieser Freikauf weckte ihren Zorn. „Was mussten unsere Vorfahren hergeben?“

Diese Frage konnte Franziska nicht selbst beantworten. In den Unterlagen des Gräftenhofs fanden sie jedoch ein Blatt mit Flurbezeichnungen, auf dem sowohl der Westhof wie auch der Hof

[1] Edikt. Den erleichterten Besitz und den freien Gebrauch des Grundeigentums sowie die persönlichen Verhältnisse der Land-Bewohner betreffend. Memel, den 9. Oktober 1807

Bawinkel vermerkt waren. Schraffierte Flächen rahmten beide Höfe ein, die ja aneinandergrenzten.

„Das scheint das abgetretene Land zu sein."

„Das ist ja fast die Hälfte!" Barbara tippte empört auf die Schraffur. „Darum besitzt der Fürst so viel Land rund um unser Dorf und will immer noch mehr haben!"

Sie blätterten weiter in den Unterlagen und fanden, was der Westhof seinem früheren Grundherrn, dem Fürsten zu Trendelburg, liefern musste.

Die jährliche Pacht betrug einen Malter Roggen, einen Malter Hafer, sechs Hühner, zwei Gänse, ein Schwein, einen Hammel, ein Pfund Flachs sowie jede Woche einen Tag Spanndienst.

Im Code Napoleon zu lesen, bereitete Barbara zunächst Mühe. Es dauerte, bis sie sich an den ungewohnten Druck gewöhnt hatte. Doch die Formulierungen im Text gefielen ihr: „Wir bezeichnen es als Naturrecht, dass wir den Menschen als moralisches Wesen behandeln, d. h. als ein vernunftbegabtes und freies Wesen, das dazu bestimmt ist, mit anderen vernunftbegabten und freien Wesen zusammen zu leben."

Die Wortwahl entspricht zwar nicht mehr dem heutigen Sprachgebrauch, dachte sie, aber so ähnlich könnte es auch in unserem Grundgesetz stehen.

Bei der Überschrift „Von den wechselseitigen Rechten und Pflichten der Ehegatten" stutzte sie. „Hört mal her", sagte sie und las vor: „‚Der Mann ist seiner Frau Schutz, und die Frau ihrem Manne Gehorsam schuldig.' Und weiter: ‚Die Frau kann ohne Genehmigung ihres Mannes nicht vor Gericht auftreten, selbst dann nicht, wenn sie eine öffentliche Handelsfrau ist', also selbst einen Beruf ausübt. Das würde ich mir nicht gefallen lassen!", empörte sie sich.

Franziska lächelte über den Zorn ihrer Tochter. „Damals war eine andere Zeit. Beim Apostel Paulus steht: ‚Die Frau sei dem Manne untertan', und die Bibel war im Mittelalter die Richtschnur für das Zusammenleben der Menschen. Darum gab es auch Knechte und Untergebene, Sklaven und Freie."

„Mit mir nicht!", platzte Barbara heraus.

„Die Bauern hatten keine Rechte. Selbst bei einer Heirat musste der Lehnsherr um Erlaubnis gebeten werden, und man sagt, manche von ihnen beanspruchten für sich das Recht der ersten Nacht, auch hier bei uns im Münsterland."

„Was bedeutet das denn?"

„Nicht der Bräutigam, sondern der Lehnsherr verbrachte die Hochzeitsnacht mit der Braut."

„Ist ja pervers!"

„So war das im Mittelalter. Nun verstehst du, warum die Befreiung der Bauern durch Napoleon mehr bedeutete als nur den Freikauf von Abgaben."

Der Gräftenhof

Leo Große-Bawinkel, Notar und Franziskas Onkel, hatte einen Vertrag ausgearbeitet, dem beide Seiten ohne Bedenken zustimmen konnten. Das lebenslange Wohnrecht für Maria, Wilhelm und ihren Sohn Paul wurde ins Grundbuch eingetragen, und die Höhe der Erbpacht an den Ertrag des Hofes gekoppelt.

Maria und Wilhelm Schulze-Westhoff erhoben keine Einwände; und man sah mit Spannung den Umbauarbeiten am Hauptgebäude und dem Fachwerkspeicher entgegen.

Der Gräftenhof war auf einer Insel erbaut, umschlossen von einem Wassergraben, der Gräfte. Darin floss der Bach, der die Ländereien von denen des Bawinkelschen Hofs trennte und den Waldsee speiste. Mächtige Bäume, Buchen, Eichen und Kastanien, säumten die Ränder der Gräfte. Näherte man sich dem Hof auf der leicht ansteigenden Zufahrtsallee, so versteckte sich das Haus hinter einem Erdwall, der hinter der Gräfte das Hofgelände schützte. Im Süden überspannte als einziger Zugang eine Brücke den Wassergraben, flankiert von zwei mächtigen, alten Eichen. Bevor man das Innere der Insel betrat, durchschritt man ein Torhaus, das die Brücke und den Hof bewachte.

Massive Grundmauern aus rötlichen Steinquadern trugen die zwei Stockwerke des Haupthauses, die aus weißem Sandstein gemauert waren.

Die Bauweise war ungewöhnlich für einen Bauernhof, der in dieser Gegend meistens aus einem lang gestreckten Fachwerkhaus bestand und zweigeteilt war, eine Seite für das Vieh, die andere Seite für die Menschen. Ins Auge fielen die x-förmigen Eisenanker an den Außenwänden, die die Deckenbalken der Innenräume in den Außenwänden verklammerten und ihnen Halt gaben. Über vier Stufen betrat man eine breite Eingangsdiele. Wie in allen Bauernhäusern befand sich an der Rückwand dieses Raumes ein Herdfeuer.

Die Feuerstelle war im Boden eingelassen, und durch einen breiten Kamin, eingerahmt von zwei Sandsteinsäulen, zog der Rauch ab. Vom hinteren Wohnraum des Hauses aus gelangte man in einen großen Garten, der bis an die Gräfte reichte, genutzt als Gemüse- und Blumengarten.

Liebevoll hatte Maria ihn angelegt und gepflegt. Das Rosenbeet war ihr besonderer Stolz.

Franziska und Johannes wollten das Typische dieses Bauernhauses erhalten.

Die Stallungen und Scheunen für Maschinen und Vieh hatten die Vorfahren von Maria und Wilhelm Schulze-Westhoff am Rande der Insel erbaut, sodass sie den Blick auf das Wohnhaus nicht beeinträchtigten.

Genügend Raum und Platz bot das etwa sechs Morgen große Areal, das nahezu kreisrund war; nur an einer Stelle wand sich die Gräfte um eine kleine Halbinsel, die man erst entdeckte, wenn man den Fachwerkspeicher umrundet hatte.

Nahe beim Torhaus hatte Wilhelm eine Hofkapelle gebaut, nachdem Maria ihm eröffnet hatte, sie sei trotz ihrer dreiundvierzig Jahre schwanger. Nach Pauls Geburt hängte er dort ein schlichtes Holzkreuz auf.

Im Frühjahr 1965 bezogen Maria und Wilhelm mit Paul den umgebauten und renovierten Speicher. Man merkte den beiden alten Leuten ihre Erleichterung an. Die Verantwortung für den Hof hatten sie abgegeben, und die Sorgen um die Zukunft ihres Sohnes quälten sie nicht mehr.

Franziska und Johannes hatten beim Umbau des Speichers die Wünsche von Maria und Wilhelm berücksichtigt. Maria erhielt neben der großen Eingangsdiele eine großzügige Küche mit daran anschließendem Esszimmer. Die Rückseite teilten sie in ein Arbeitszimmer für Wilhelm und einen großzügigen Wohnraum, in den sie einen Kamin einzogen. Wilhelm sollte abends nicht auf sein Herdfeuer verzichten müssen.

Der ältere Nachbar bewunderte das Fingerspitzengefühl, das Franziska und Johannes beim Umbau und der Renovierung bewiesen. Von den sechs Fenstern auf der Rückseite entfernten sie eines der beiden mittleren für eine Tür, die auf eine Terrasse und in den Garten führte. Zwischen Speicher und Gräfte erstreckte sich eine freie Fläche von etwa zwei Morgen Land, die Johannes, da Maria den Wunsch nach einem eigenen Garten geäußert hatte, zunächst umpflügte und dann mit einer Buchenhecke einzäunte.

Paul wich nicht von Johannes' Seite und setzte, als dieser die jungen Buchenstämmchen pflanzte, jedes mit einem Jauchzer in die Erde, goss aus seiner Kanne Wasser in die Grube und trampelte den Boden fest, dass die feuchte Erde an seinen Beinen hochspritzte.

„Fest, fest", betonte er bei jedem Stampfen.

„Gut machst du das, Paul!"

„Paul gut", bestätigte er und zeigte mit einem Finger auf sich.

Nachdem Johannes für Maria den Boden vorbereitet hatte, begann sie, das Stück Land in Parzellen, Rabatten, wie Maria sie nannte, zu teilen und mit Buchsbaum einzugrenzen. Zwischen vier Quadraten verliefen rechtwinklig die Wege, die ihr Mann mit weißem Kies auffüllte und die sich im Zentrum in einem Rondell vereinten, das Maria mit Rosen bepflanzte.

„Johannes, Maria erfüllt sich mit ihrem Bauerngarten einen Traum", sagte Wilhelm. Er stand neben Johannes auf der Terrasse des Speichers und beobachtete seine Frau und seinen Sohn, der ihr half.

Franziska und Johannes zeigten in keiner Weise, dass sie nun die Besitzer des Gräftenhofs waren, sondern Johannes besprach sich mit Wilhelm, was zu tun sei. Der ließ es sich nicht nehmen, auf den Feldern oder in den Ställen zu helfen. Seit ihm die Sorgen um Hof und Sohn genommen waren, bereitete ihm die Arbeit wieder wie in früheren Jahren Freude.

„Wilhelm, langsam! Du bist nicht mehr der Jüngste", ermahnte ihn Maria oft.

Sein Herz bereitete ihm mehr und mehr Sorgen. Es schlug unregelmäßig, stolperte, und er bemerkte von Zeit zu Zeit kleine Aussetzer. Übernahm er sich bei der Arbeit, raste es, und er musste sich hinsetzen und Atem schöpfen.

Maria drängte ihn, den Doktor aufzusuchen. Seit Kriegsende praktizierte Dr. Welzel in ihrem Ort. Wilhelm und Dr. Welzel waren gleichaltrig, sie hatten gemeinsam die Volksschule besucht. Maria gab nicht nach, bis Wilhelm an einem Sonntag nach dem Hochamt in seine Praxis ging. So war das bei ihnen auf dem Land, der Doktor hielt auch am Sonntagmorgen Sprechstunde. Manche Leute spotteten: „Die Bauern gehen sonntags zum Doktor, weil sie sich am Samstag die Füße gewaschen haben."

Dr. Welzel hörte Wilhelm ab und forderte ihn auf, ein paar Kniebeugen zu machen. Nach der fünften brach Wilhelm nach Luft schnappend ab; Schweiß trat auf seine Stirn, und er ließ sich auf einen Stuhl fallen.

„Wilhelm, dein Herz ist schwach geworden, du musst kürzertreten. Die schwere Arbeit und der Krieg haben ihre Spuren hinterlassen."

Es war nicht nur der Krieg, schon gar nicht die Arbeit. Es waren die Sorgen um Paul, die sein Herz aufgefressen hatten.

„Willst du mich in den Lehnstuhl verbannen? Nee, Anton, ik wiet, ik bin en ollen Man, aober Dummen draien? Nee, nich mäet mi!"

Sein Schulfreund betrachtete ihn mit besorgter Miene. Er verschrieb ihm Medizin. „Morgens und abends eine Pille, Wilhelm. Mehr nicht. Viel hilft nicht viel, hörst du? Wenn du mehr nimmst, wird es gelb und rot vor deinen Augen flimmern."

„Wat füörn Gifttüüg verschriffst du mi??"

„Kein Giftzeug, Wilhelm, sondern Digitalis, Fingerhutblätter. Geh zu Hans, unserem Apotheker, der wird sie machen. Oder drehen, wie wir das nennen."

Zu Dr. Welzel gingen sie auch, wenn sie sich um Pauls Gesundheit sorgten. Vor zwei Jahren hatte Wilhelm den Doktor gefragt: „Anton, welche Lebenserwartung hat Paul?"

„Paul ist nicht krank, er hat ein gesundes Herz. Wenn er keine schwerwiegende Infektion bekommt, was kritisch wäre, kann er nach heutigem Kenntnisstand vierzig oder fünfzig Jahre alt werden." Dr. Welzel schwieg einen Moment, dann ergänzte er: „Aber geistig wird Paul immer ein Kind bleiben, auch wenn er körperlich ein Mann ist."

„Anton, schenk mi rienen Wien in und sägg en deutliches Waord", forderte Wilhelm. Dr. Welzel sollte kein Blatt vor den Mund nehmen.

„Ihr solltet für Paul vorsorgen und ein beschützendes Heim für ihn suchen."

Wilhelm schüttelte resolut den Kopf und klopfte mit den Fingern auf den Schreibtisch des Arztes. „So lange Maria und ich leben, bleibt der Junge bei uns. Auf dem Hof ist Paul glücklich."

„Und was kommt danach?" Der Arzt schaute ihn skeptisch an.

„Der liebe Gott wird einen Weg finden", gab Wilhelm zur Antwort.

„Dein Wort in Gottes Ohr, Wilhelm." Dr. Welzel schlug ihm aufmunternd auf die Schulter.

Er wusste ja nichts von dem Vertrag beim Notar und dem Versprechen, das Johannes und Franziska Maria und Wilhelm kurz zuvor gegeben hatten. So wunderte er sich über die Gelassenheit seines Schulfreundes.

Als sämtliche Umbauarbeiten am Speicher beendet waren und sie sich wohnlich eingerichtet hatten, luden Maria und Wilhelm Johannes und Franziska zum Kaffee ein. Es war ein sonniger Sonntagnachmittag. Maria deckte auf der Terrasse mit Blick in ihren neu angelegten Garten den Tisch.

Mit dieser Einladung hatten Franziska und Johannes gerechnet. Bald nach dem Vertragsschluss hatte Johannes Franziska gefragt: „Was schenken wir Maria und Wilhelm als Andenken an diesen Tag?"

Sie saßen nebeneinander auf dem Sofa, Franziska ruhte in seiner Armbeuge, geborgen. Glücklich und voller Dankbarkeit besprachen sie die anstehenden Arbeiten auf dem Hof und was als Nächstes auf dem Gräftenhof zu tun sei. Franziska richtete sich auf und blickte ihrem Mann in die Augen. „Ich sehe es dir an, Johannes. Welcher Gedanke spukt schon längst in deinem Kopf herum?"

„Rate, mein Liebstes!"

Sie versetzte seiner Nasenspitze einen Stups. „Das ist bei dir unmöglich. Du heckst Dinge aus, die niemandem im Traum einfallen, wie mit der Erbpacht des Gräftenhofs."

Johannes nahm ihre Hände und schaute sie mit seinen dunklen Augen an, die sie wie in früheren Jahren verwirrten. „Mein Vorschlag, liebste Franziska ist dieser: Wir lassen für die Station nahe dem Speicher eine Madonna schnitzen, eine Schutzmantelmadonna mit Kind."

Das war einer dieser unbeschreiblichen Augenblicke in ihrem gemeinsamen Leben, von denen es so viele gab.

Sie stimmte begeistert zu.

Am nächsten Tag fuhren sie zur Schnitzerin, die am Ortsrand ihre Werkstatt betrieb, und äußerten ihren Wunsch. Während des Gesprächs entwarf die Künstlerin die Figur auf einem Blatt Papier. Vier Wochen später bestaunten sie die fertige, aus Eichenholz geschnitzte und dezent kolorierte Madonna.

Maria trug auf dem Arm ihr Kind, das den Betrachter mit wachen Augen anschaute, wo er sich auch befand.

Die Schnitzerin stand abseits und wartete mit einem Lächeln auf Franziskas und Johannes' Reaktion.

Franziska stockte der Atem, als sie die Gesichter ihrer drei Kinder sah, die auf der rechten Seite aus den Falten des Gewandes herausschauten, daneben Johannes und sie. Auf der linken Seite waren Maria, Wilhelm und Paul dargestellt. Unter den Füßen der Madonna erstreckte sich ein Kornfeld, und seitlich davon grasten Tiere, wie sie auf jedem Bauernhof lebten: Pferd, Kuh, Schwein, Hühner und Enten. Tränen traten in ihre Augen, und Johannes legte den Arm um ihre Schulter.

Diese Madonna überreichten sie Maria und Wilhelm bei ihrem Besuch. Die beiden alten Leute waren gerührt über diese Geste. Gemeinsam gingen sie zur Station und stellten die Madonna auf. Von diesem Tag an schmückten frische Blumen das Marienbild.

Franziska hatte zusätzlich ein Rosenbäumchen für das Rondell gekauft. Paul rannte sofort los und holte einen Spaten.

„Ich Loch", rief er und ergriff Franziskas Hand. „Tante Franziska, komm, mein Garten!" Mit dem Finger pochte er dabei gegen seine Brust, zeigte aufgeregt auf die hintere Rabatte des Gartens und stürmte los.

Maria hatte für ihn ein Beet abgeteilt und es mit Buchsbaum umpflanzt. Paul bückte sich, riss ein Radieschen aus der Erde und hielt es Franziska hin. „Für dich! Ich gesät."

Franziska hockte sich hin, rieb das Radieschen mit der Hand sauber und biss hinein. „Mmm, lecker!"

Paul pflückte noch ein Radieschen. Franziska putzte es für ihn ab und hielt es ihm hin: „Das ist für dich, Paul."

Maria betrachtete wehmütig ihren munteren Sohn. Wenn er doch nur gesund wäre.

Sie schüttelte den Kopf und verscheuchte die trüben Gedanken; sie sollten diesen Nachmittag nicht verderben. Dankbar war sie, Paul gut aufgehoben zu wissen, wenn sie und ihr Mann einmal nicht mehr lebten. Nicht nur Franziska und Johannes würden ihrem Versprechen gern nachkommen, sondern auch deren Kinder, da war sie sich sicher.

Maria erzählte Franziska mit einem Lachen, dass Paul nachmittags, wenn er aus der Sonderschule zurückkam, stets zuerst in den Garten eilte, um alle Rabatten nach Unkraut abzusuchen. Sie hatte ihn gelehrt, Gemüse und Unkraut zu unterscheiden.

Diese natürlichen Dinge begriff Paul ohne Mühe, und Maria freute sich über jeden Fortschritt ihres Sohnes. Vor allem aber freute sie sich, wenn er glücklich und zufrieden war.

„Mama, Garten sauber", rief er, wenn er danach ins Haus gerannt kam, nahm seine Mutter an die Hand und zog sie zu den Beeten. Dieses Spiel wiederholte sich täglich. Anschließend harkte er die Wege zwischen den Beeten; kein Fußabdruck durfte zu sehen sein.

Von der Terrasse überblickte man nicht nur den neu angelegten Garten, sondern sah bis zum Horizont, der sich über Feldern und Wiesen weitete.

Nachdem Paul sein Stück Erdbeerkuchen gegessen hatte, er pickte die Früchte einzeln mit seinen Fingern vom Kuchen und steckte sie schmatzend in den Mund, spielte er zu ihren Füßen mit den weißen Kiessteinen.

Der Speicher war renoviert und Maria, Wilhelm und Paul eingezogen.

Nun stand der Gräftenhof leer. Franziska und Johannes fragten sich: „Was machen wir mit dem Gräftenhof? Wir können das wunderbare Haus nicht leer stehen lassen. Wenn es nicht bewohnt und beheizt wird, zieht Feuchtigkeit in die Wände, und ohne eine Grundsanierung ist es nicht möglich, den Gräftenhof sachgerecht und vernünftig für die nächsten hundert Jahre zu renovieren, auch wenn wir selbst nie einziehen werden. Dafür brauchen wir einen Fachmann."

Barbara begeisterte sich für das „Herrenhaus", wie sie es bezeichnete, das so ganz anders war als die üblichen Wohnhäuser der Bauernhöfe in dieser Gegend, anders auch als ihr Elternhaus mit den lang gestreckten Gebäuden und dem zum Hof hingewandten Tennentor. In früheren Zeiten hatten Mensch und Tier unter einem Dach gelebt. Auf der Tenne standen auf der einen Seite die Pferde in ihren Boxen, auf der anderen Seite die Kühe. Um den Hof herum gruppieren sich die übrigen Ställe und Scheunen für das Korn und die Maschinen.

„Es klingt so, als ob du einmal in diesem Haus wohnen möchtest", neckten ihre Eltern sie.

„Warum nicht?", antwortete sie keck. „Ludger wird doch der künftige Besitzer unseres Hofes."

Nachdem Maria und Wilhelm Schulze-Westhoff mit Paul in den Speicher gezogen waren, untersuchten Barbara und Ludger, denn auch er war neugierig, als Erstes die gusseiserne Platte, die an der Rückseite der Feuerstelle in die Wand eingelassen war.

Wenn Barbara früher die Nachbarn besuchte, brannten Buchenscheite im Kamin. In den Schulferien war sie häufig hier gewesen.

„Barbara, besuche Tante Maria, sie freut sich", hatte ihre Mutter häufig gemahnt.

„Muss das sein?“, murrte sie, wenn sie sich mit ihrer Freundin Susanne verabreden wollte. Sie wusste, sie sollte Tante Maria entlasten und mit Paul spielen. Als er laufen konnte, baute sie mit ihm Burgen im Sand, im Winter einen Schneemann oder ruderte zu seiner großen Freude mit ihm auf der Gräfte in einem hölzernen, schwerfälligen Kahn, wobei er Papierschiffchen ins Wasser setzte oder ein Boot mit Segel hinter sich herzog. Ihr Vater hatte es ihm zu seinem vierten Geburtstag geschnitzt.

Eine dicke Ruß- und Staubschicht verdeckte die Verzierungen der Herdfeuerplatte, die sie mit einer Drahtbürste säuberten.

„Ludger, schau mal: Das gleiche Wappen wie auf der Dokumentenmappe.“

Sie rieben das Metall blank, um nach einer Jahreszahl zu suchen, und fanden sie schließlich. Ihr Finger glitt ehrfürchtig über die Zahl: 1685.

„Mama, dieses Haus muss vierzig Jahre nach dem Dreißigjährigen Krieg erbaut worden sein“, sagte Barbara beeindruckt.

Nun verstand Franziska, warum dieser Hof ein Aussehen wie eine kleine Wasserburg hatte. Nach den Wirren dieses verheerenden Krieges hatten die Erbauer klug vorausgeschaut.

Im nächsten Frühjahr, 1966, beauftragten sie einen Architekten mit der Renovierung des Gräftenhofs, einen jungen Mann namens Hubert Berghaus, der sich erst vor Kurzem im Ort niedergelassen hatte. Im ersten Entwurf offenbarte sich sein Wunsch, das Haus nach neuesten Gesichtspunkten umzugestalten.

Franziska und Johannes bremsten ihn, sie wollten die alte Substanz möglichst erhalten, da der Hof in dieser Form einmalig war.

Nach und nach begeisterte sich auch Hubert Berghaus für diese Aufgabe. Barbara bettelte bei ihren Eltern, während der Besprechungen anwesend sein zu dürfen; schweigend lauschte sie den Diskussionen.

Bei der Bestandsaufnahme kroch der Architekt in alle Winkel des Hauses. Er fertigte Skizzen der Räume an und trug die Maße ein.

Barbara ging ihm mit Zollstock und Wasserwaage zur Hand, den ganzen Tag begleitete sie ihn, da sie Ferien hatte.

Ebenso trottete Paul hinter ihnen her. Nach einiger Zeit lernte er, den Zollstock anzulegen, und war stolz, wenn Barbara ihm auf die Schulter klopfte.

Nur ihre Freundin Susanne hielt Barbara in diesen Sommertagen hin und wieder davon ab, dem Architekten bei der Bestandsaufnahme zu helfen. Dann fuhren sie zum Waldsee, um dort zu schwimmen. Anschließend lagen sie nebeneinander im Gras und träumten.

„Hat Hubert dich schon geküsst?"

Barbara setzte sich abrupt auf und lachte. „Susanne, du spinnst! Er ist viel zu alt für mich. Mich reizt seine Arbeit, seine Planungen für den Gräftenhof."

„Ich finde ihn überhaupt nicht zu alt. Wenn du nicht meine Freundin wärest, würde ich ihn dir ausspannen."

„Da gibt es nichts auszuspannen."

Sie bauten Fantasiegebäude für die Zukunft.

„Barbara, wovon träumst du? Die jungen Männer machen Stielaugen, wenn sie dich sehen."

„Wer denn, Susanne?"

„Warte das nächste Hoffest ab. Die Jungs werden sich darum reißen, mit dir zu tanzen."

Susanne sah Barbaras Zukunft auf dem Gräftenhof. Mit ihren fast zwanzig Jahren träumten beide von einer großen Familie mit Kindern.

Seit dem vorletzten Herbst fuhr Barbara zusammen mit ihrer Freundin täglich mit dem Bus nach Münster zur Hildegardisschule, um bei den Nonnen Hauswirtschaft zu lernen. Ihre Eltern hatten sie gedrängt, auf dem Gymnasium zu bleiben und das Abitur zu machen, doch sie ließ sich nicht beirren: „Ich will wissen, wie man einen Hof wirtschaftlich führt und welche neuen Methoden es gibt."

„Welchen Hof?"

Barbara zuckte mit den Schultern.

„Dann solltest du das Abitur machen und Betriebswirtschaft studieren."

„Was soll ich da, unter lauter Männern? Wenn es notwendig ist, kann ich das später in der Abendschule nachholen."

Sie interessierte sich nicht so sehr für Sprachen oder höhere Mathematik, sondern befasste sich lieber mit praktischen und nützlichen Dingen. Bestaunte die kleinen und großen Wunder der Natur, den Wechsel der Jahreszeiten, das Reifen der Ernte, den Gesang der Vögel in der Wallhecke, den Duft der Erde nach einem Regenschauer, den Wurm, der in einem Apfel lebte. Da war jemand, der diese Wunder geschaffen hatte, der Ursprung von allem, aus dem alles wird und besteht. Dieser Kreislauf schloss auch ihr junges Leben ein, das spürte sie. Sie wollte mit ihrem Mann, Kindern und Tieren auf dem Land leben.

„Mama, Papa, die Zeiten, in denen Hauswirtschaft als Nebensache angesehen wurde, sind Vergangenheit. Die Hildegardisschule ist staatlich anerkannt. Die Ausbildung betrifft nicht nur Großküchen in Krankenhäusern oder Kantinen in Betrieben und Behörden, auch auf landwirtschaftliche Hauswirtschaft wird viel Wert gelegt. Ich habe mich erkundigt."

„Was willst du mit dieser Ausbildung machen?", erkundigte sich ihr Vater ein wenig ratlos.

Lachend sagte sie: „Einen großen Bauernhof wie unseren oder den Gräftenhof führen und leiten."

„Hast du bei deiner Mutter nicht genug gelernt?"

„Johannes, die Hildegardisschule ist eine Frauenoberschule mit der Zielrichtung, wie Barbara sie genannt hat."

Ihr Vater hatte geseufzt und lächelnd den Arm um seine Frau gelegt. „Franziska, schau sie dir an, da kann man nichts machen. Wenn sie sich etwas in den Kopf gesetzt hat, sind wir machtlos. Wer ihr das wohl vererbt hat?“

Damit war es entschieden, die Eltern hatten ihren Wunsch akzeptiert. Und Barbara hatte jetzt schon, nach nur wenigen Monaten, allerlei Nützliches auf der neuen Schule gelernt. Noch viel brennender aber interessierte sie sich für alles, was die Eltern zusammen mit Hubert für den Gräftenhof planten.

Stimmte, was ihre Freundin vermutete? Bisher weckte nur Huberts Arbeit ihr Interesse. Es ging ihr dabei um den Gräftenhof. In ihren Träumen war Barbara die Herrin auf diesem Hof. Ihr Zukünftiger musste das Landleben lieben und etwas von Landwirtschaft verstehen, damit sich dieser Herzenswunsch eines Tages erfüllte. Und sie mussten sich lieben, wie ihre Eltern sich liebten. Wenn Hubert Berghaus ihren Namen aussprach, lief jedoch kein Schauer über ihren Rücken.

Susanne sollte sich ruhig in ihn verlieben.

Begeistert zeigte sich Hubert Berghaus, als sie den Dachboden ausmaßen. Gewaltige Eichensparren waren ineinander verkeilt, fingerdicke Holznägel verbanden sie miteinander. „Barbara, über eine derartige Bauweise habe ich in der Vorlesung ‚Geschichte der Architektur und Baukunst‘ gehört, hier sehe ich sie in Wirklichkeit.“

Mittags legten sie eine Pause ein. Maria und Wilhelm Schulze-Westhoff ließen es sich nicht nehmen, sie zum Mittagessen einzuladen. Aufmerksam und mit sichtlicher Freude lauschten die beiden den Ausführungen des Architekten. Sie hatten ihren Hof in gute Hände abgegeben.

Wilhelm verwickelte den Architekten in ein Fachgespräch.

„Das Innere des Hauses ist ein völlig intaktes Ständerfachwerk, wie man es häufiger im Münsterland findet. Die Decke zum ersten Stock besteht aus Eichenbalken, die im Mauerwerk verankert sind, wie man an den Außenwänden sieht."

Hubert nickte. „Ihre Vorfahren haben solide gebaut. Die Zeit kann so einem Gebäude wenig anhaben. Nirgendwo habe ich Holzwurmschäden entdeckt."

„An der Eiche beißt er sich die Zähne aus."

„Dieser Hof ist eine Besonderheit, da die Außenmauern massiv sind und nicht wie sonst üblich aus Fachwerk."

Hubert Berghaus erkundigte sich nach vielen Kleinigkeiten des Gebäudes, und Wilhelm gab ihm bereitwillig Auskunft.

Paul hatte sich seine Malstifte geholt, lag bäuchlings auf der Erde und zeichnete mit ungelenken Fingern ein Haus. Barbara kniete sich neben ihn und führte seine Hand. Sie malten ein Haus mit Bäumen und einer Gräfte.

„Barbara, Blumen!"

Sie lachte. „Aber natürlich Paul, dort wachsen auch Blumen, lass uns welche hinmalen."

So kam sie seinen Wünschen und Einfällen nach. Auf der Gräfte schwammen Schwäne und Enten, in einem Boot saß ein Ruderer und außerhalb des Wassers auf einer Koppel standen zwei Pferde mit Reitern.

„Mama, Mama, schau, Barbara und Paul", er klatschte in die Hände und lief mit dem Blatt zu seiner Mutter.

Barbara stockte der Atem. „Paul, sag das noch einmal."

„Barbara und Paul und Pferde!" Er pochte auf die Figuren auf dem Papier.

Das war *die* Idee, geboren durch Pauls Fantasie: Der Gräftenhof könnte ein Reiterhof werden!

Neue Pläne

Am Abend erzählte Barbara ihren Eltern von den Entdeckungen im Gräftenhof. Die beiden lächelten über den Eifer, mit dem sie dieses Haus erforschte.

„Franziska, wenn sie so weitermacht, wird deine Tochter vielleicht wirklich noch mal die Herrin auf dem Gräftenhof."

„Meine Tochter? Unsere Tochter, du kannst sie nicht verleugnen."

„Mama, Papa, wie wäre es, wenn wir den Gräftenhof in einen Pferdehof umwandeln?", platzte Barbara heraus. Sie hielt ihren Eltern Pauls Zeichnung hin. „Paul hat mir diese Idee in den Kopf gesetzt." Sie tippte auf das Pferd. „‚Paul und Barbara', hat er gemurmelt. Da wusste ich es, das könnte es sein. Wie ein Blitz hat mich der Gedanke getroffen."

Ihre Eltern schwiegen einen Moment. Dann sagte Franziska: „Barbara, wir haben nur drei Pferde. Und in unserer Gegend gibt es schon ein paar Pferdehöfe."

„Mama, so meine ich das nicht. Die Leute stellen ihre Pferde dort nur unter, und dafür trennen die Bauern dann eine Koppel ab." Sie war aufgesprungen. „Wir würden nur unsere eigenen Pferde unterstellen, mit denen wir auch arbeiten, zum Beispiel mit Kindern, denen wir das Reiten beibringen, oder behinderten Kindern wie Paul."

Ihr Vater hatte bisher geschwiegen, jetzt war ihm anzusehen, dass er ihrem Vorschlag durchaus etwas abgewinnen konnte. Er schaute seine Tochter ernst an. „Barbara, sollten wir deine Idee verwirklichen wollen, müsstest du Reitunterricht nehmen."

Franziska nickte zustimmend. „Ohne geht es nicht. Zunächst müssen wir aber gemeinsam das Für und Wider abwägen. Und die Renovierung des Gräftenhofs muss abgeschlossen sein." Ihre Mutter wiederholte mit Nachdruck: „Nimm Reitunterricht, Liebling."

„Aber ich kann doch reiten", protestierte Barbara.

„Nicht so. Geh nach Warendorf und lass dich zur Reitlehrerin für Kinder und vor allem für behinderte Kinder ausbilden. Therapeutisches Reiten bedeutet viel Verantwortung. Das wäre ein attraktives Angebot im Gegensatz zu den Pferdehöfen."

„Mama, Papa, würdet ihr das erlauben?"

„Ja, Kind, nach deinem Schulabschluss."

Barbara prang auf und umarmte ihre Eltern.

Abends beugten sich Franziska und Johannes noch einmal über die aktuellen Pläne des Architekten. Nur noch wenige Korrekturen würden sie ihm vorschlagen.

Johannes sah seine Frau fragend an. „Liebste, was hältst du von Barbaras Idee? Du hast lange geschwiegen."

Franziska zauderte und biss sich aufgeregt auf die Lippen. „Johannes, du weißt, wie gern ich reite, ein Pferdehof wäre für mich ein Traum, und Barbara scheint sich wirklich dafür zu begeistern. Es wäre außerdem eine großartige Verwendung für den Gräftenhof."

„Mutter und Tochter, meinst du, das geht gut? Barbara hat ihren eigenen Kopf."

„Franziska schmunzelte. „Mein Vater hat uns gelehrt, wie man zusammenarbeiten kann, und zu seiner Zeit mussten wir für die hungernde Bevölkerung Getreide produzieren. Erinnere dich, wie du mit den massigen Ackerpferden die Felder gepflügt hast, die sind nicht zum Reiten geeignet. Aber für einen solchen Pferdehof müssten wir neue Ideen entwickeln. Wo würden die Kinder, eventuell mit ihren Eltern, übernachten? Im Haupthaus ist das so nicht möglich.

Dazu müssten wir die großen Wohn- und Schlafräume in kleine Wohneinheiten aufteilen, in Apartments."

„Ich merke, Barbaras Idee elektrisiert dich."

„Ja, Johannes. Wir müssen alles sorgfältig planen, bevor wir es in die Tat umsetzen."

Johannes nickte zustimmend. „Aber das wird einiges kosten und seine Zeit brauchen. Wenn Renovierung und Umbau abgeschlossen sind und die Finanzierung steht, wird Barbara verlässlich sagen müssen, ob sie die Ausbildung zur Reitlehrerin für therapeutisches Reiten machen möchte." Er gähnte. „Franziska, ich bin müde. Lass uns schlafen. Morgen sehen wir weiter. Ich bin gespannt, was unser Architekt noch für Ideen entwickelt, wenn wir ihm von unseren Überlegungen erzählen."

Für Hubert Berghaus war der Umbau des Gräftenhofs das erste größere Projekt, seit er sich als selbstständiger Architekt niedergelassen hatte. Die Tochter seiner Auftraggeber interessierte sich für seine Arbeit und steckte ihn mit ihrer Begeisterung für das Haus an, er genoss ihre Gegenwart. In den Kellergewölben waren sie sich nahe; manchmal dachte er, sie würde seine Hand absichtlich streifen, wenn sie nach dem Maßband griff. Er wehrte sich gegen diese Gedanken. Barbara war eine hübsche junge Frau, die unbewusst eine anziehende Weiblichkeit ausstrahlte. Krochen sie in den alten Gemäuern herum, trug sie eine blaue Hose und einen selbst gestrickten grünen Pullover in der Farbe ihrer Augen. Diese Augen verwirrten ihn, wenn sie ihn ohne Scheu anblickte, und ein Schauer lief ihm über den Rücken, wenn sie seinen Namen aussprach.

Kokettierte sie mit ihm, oder war es sein Wunschdenken, weil sie sich so intensiv mit seiner Arbeit beschäftigte?

Das Reitturnier

Das Turnier des Reitervereins im Juni, zu dem der Fürst zu Trendelburg eingeladen hatte, war neben dem Schützenfest das bedeutendste gesellschaftliche Ereignis des Ortes. Paul bettelte darum, neben Barbara und Alexa auf seinem Pferd, einem Haflinger, den Johannes ihm zu seinem letzten Geburtstag geschenkt hatte und der im Sommer auf der Koppel bei den anderen Pferden stand, zum Reitplatz reiten zu dürfen. Wie ein kleines Kind klatschte er in die Hände und rief: „Bitte, bitte!“

Sie benutzten keinen Anhänger zum Transport der Tiere, bis zum Turnierplatz waren es nur etwas mehr als zwei Kilometer. Am frühen Morgen sattelten sie die Pferde. Maria und Wilhelm brachten Paul zu Barbara und Ludger, der am Nachmittag als Punktrichter amtieren sollte. Barbara hatte sich mit Franziskas Stute Selma für einen Querfeldeinritt, eine „Fuchsjagd für jugendliche Amazonen“ angemeldet. Diese Art zu reiten reizte sie mehr als das Springreiten.

Alexa wartete schon ungeduldig auf ihrem Haflinger, als Paul, Barbara und Ludger aufsaßen. Der Tag versprach, warm zu werden. Sie wählten Feldwege; neben ihnen stand das Korn bereits hoch im Halm, und auf den Weiden grasten die Rinder.

Barbara freute sich, dass ihr Bruder beim Turnier dabei sein konnte. Vor einer Woche, nach fast vier Jahren Studium an der landwirtschaftlichen Fachhochschule in Soest, hatte er seine Diplomarbeit abgegeben und wartete nun auf die mündliche Prüfung. Paul plapperte vor sich hin, ohne dass sie seine Laute verstanden; er war glücklich.

An einer umgebrochenen Weide hielten sie an. Ludger sprang vom Pferd, bückte sich und griff in die frisch gepflügte Erde. „Barbara, ich möchte unseren Hof verändern.“

Sie schaute ihn erwartungsvoll an. „Und wie?"

„Ich möchte Saatgetreide züchten. Wir haben hier kostbaren Boden."

„Wissen Mama und Papa von deinen Plänen?"

„Noch nicht. Ich werde es ihnen zu gegebener Zeit erklären." Er lachte.

Barbara wunderte sich über ihn. Ihr meist stiller und ernster Bruder glühte vor Begeisterung. Sie führte es auf seine baldige Rückkehr auf den elterlichen Hof als Diplom-Landwirt zurück.

„Ich bin gespannt, was sie dazu sagen werden, vor allem Mama", sagte sie.

„Sie wird sich daran gewöhnen, dass wir weniger Tiere halten. Für sie entfällt dadurch in Zukunft die Arbeit im Stall und das Melken."

Barbara dachte, dass diese Änderung ihrer Mutter tatsächlich gefallen könnte, jedoch aus Gründen, von denen Ludger noch nichts ahnte.

„Vor einer Woche habe ich an die Landwirtschaftskammer geschrieben und ihnen meine Pläne erläutert. Sie erteilen die Anerkennung für den Anbau von Saatgut. Als Bedingung fordern sie, zusätzlich Flächen zur Verfügung zu stellen, auf denen neue Sorten ausprobiert werden können. Bei der Aussaat und bei der Ernte müssen die verschiedenen Sorten sorgfältig voneinander getrennt werden."

Barbara umarmte ihren Bruder. „Ich wünsche dir, dass sich deine Träume erfüllen."

„Danke, Schwesterchen."

„Ludger, ich habe auch eine Neuigkeit für dich. Mama spricht davon, auf dem Gräftenhof Pferde zu halten und zu züchten, Haflinger für Kinder und Jugendliche. Sie träumt von einem Reiterhof, auf dem Kinder mit und ohne Behinderung das Reiten und die Pferdepflege erlernen können."

Ludger zog überrascht die Augenbrauen hoch. „Mama ist immer für eine Überraschung gut, anscheinend auch, was den Gräftenhof betrifft."

„Ich habe Mama und Papa auf diese Idee gebracht. Das heißt, eigentlich war es Paul." Sie erzählte ihm von Pauls Zeichnung.

Ludger lachte. „Im Ernst, Schwesterchen? Sind das deine Pläne für die Zukunft?"

„Ja, Ludger. Am liebsten würde ich sofort beginnen. Aber Mama und Papa bestehen darauf, dass ich mich nach dem Abschluss an der Hildegardisschule in Warendorf zur Reitlehrerin ausbilden lasse."

Ludger hob anerkennend den Daumen. „Das sind wirklich spannende Neuigkeiten."

Barbara griff nun ebenfalls in den Acker und ließ die frische, duftende Erde durch ihre Finger gleiten. „Ludger, ich beneide dich."

Er nahm ihre Hände: „Barbara, du bist noch jung", versicherte er. „Der Gräftenhof wartet auf dich."

Mit Schwung sprang er auf sein Pferd.

„Wir müssen uns beeilen. Viktoria wartet am Turnierplatz."

Barbara saß ebenfalls wieder auf. Paul wartete geduldig auf seinem Pferd, seine Hände spielten mit der langen, zotteligen Mähne; Alexa war bereits ein Stück vorausgeritten, sie kannte den Weg.

„Viktoria? Wer ist Viktoria?" Sie schaute ihren Bruder erwartungsvoll an. „Noch mehr Neuigkeiten?"

Ludger stützte seine Hände am Sattelzeug seines Pferdes ab und zwinkerte ihr zu. „Ich habe Viktoria eingeladen. Sie wird mit mir heute Abend zum Festball gehen."

„Hast du dich verliebt, Ludger?"

Ihr Bruder überging ihre Bemerkung.

„Wissen Mama und Papa von ihr?" Ein Reiterhof, Saatgutanbau und nun Viktoria. „Unsere armen Eltern."

„Heute Abend werde ich sie ihnen vorstellen."

„Wie lange geht das schon mit euch, du Geheimniskrämer?"

„Auf dem Gelände unserer Hochschule haben wir am Ostersonntag ein Osterfeuer abgebrannt. Anschließend war in der Aula Osterball, dort lernten wir uns kennen."

Barbara beugte sich zu ihrem Bruder rüber und umarmte ihn erneut.

„Viktoria leitet als Lehrköchin die Mensa in Haus Düsse, dem Musterhof unserer Agrarhochschule."

„Dann war es Liebe auf den ersten Blick? Ludger, ich freue mich für dich!"

„Ich denke, ich werde sie heiraten." Er gab seinem Pferd die Sporen und rief: „Los, jetzt! Viktoria wartet. Sie möchte mein Schwesterchen kennenlernen."

Nun wusste sie, warum ihr Bruder heute so fröhlich und aufgeräumt war. Unterwegs erzählte er ihr von Viktoria. Sie war die Jüngste von drei Geschwistern, geboren in Oppeln, dem heutigen Opole, im ehemaligen Niederschlesien. Ihr Vater geriet im Krieg beim Rückzug an der Ostfront in Kriegsgefangenschaft. Ihre Mutter flüchtete Anfang 1945 mit ihr und den beiden älteren Brüdern vor dem Einfall der Roten Armee nach Westen. Viktoria war damals gerade ein Jahr alt. Die Mutter hatte sie in einer Bauchbinde vor sich hergetragen, auf dem Rücken einen Rucksack mit ein paar Habseligkeiten und rechts und links an der Hand ihre beiden Brüder.

Nach ihnen Ausschau haltend stand Viktoria in ihrem Sommerkleid am Eingangstor des Abreitplatzes und lief lachend auf Ludger zu, der von seinem Pferd sprang und sie in die Arme schloss. Neben ihrem Bruder wirkte Viktoria zierlich; er überragte sie um Haupteslänge. Ihre dunkelblonden Haare hatte sie zu einem Pferdeschwanz zusammengebunden.

„Viktoria, das ist meine Schwester Barbara."

Ohne Scheu kam Viktoria auf Barbara zu und reichte ihr die Hand. „Ludger hat mir viel von dir erzählt. Er schwärmt geradezu von seiner kleinen Schwester, wie er dich nennt." Ihre braunen Augen strahlten.

Barbara verstand, dass ihr Bruder sich in Viktoria verliebt hatte, auch ihr war sie vom ersten Augenblick an sympathisch. Sie freute sich über sein Glück.

Ludger war nur zwei Jahre älter als sie selbst. Als Kinder waren Barbara und ihr Bruder unzertrennlich gewesen. Mit Ludger ging sie reiten und schwimmen, er nahm sie mit in den Wald, um Tiere zu beobachten, und lud sie und ihre Freundin Susanne in sein Baumhaus ein. Später, als sie älter waren, fuhren sie stundenlang mit den Fahrrädern oder ritten über Feld- und Waldwege. In ihren Kindertagen war ihr großer Bruder ihr Beschützer und Begleiter. Oft war auch Conrad dabei, der zu dieser Zeit mit seiner Mutter und Schwester im Torhaus auf dem Gräftenhof wohnte, sodass er und Ludger Freunde wurden.

Ihr Blick richtete sich in die Ferne. In ihrem Herzen rührte sich eine unbekannte Sehnsucht. Wenn sie mit ihrer Freundin Susanne über Liebe und Heirat sprach, lachten sie über ihre Gedankenspiele. Als sie jetzt das Glück ihres Bruders sah, wie er liebevoll seine Blicke auf Viktoria senkte und sich ihre Hände berührten, wuchs in ihr der Wunsch nach einem Menschen, mit dem sie ihr Leben teilen konnte, der sie mitnahm in seine Träume, und den sie einschloss in ihre.

Oje. Sie hatte den Beginn des Reitturniers verpasst.

„Nein! Nein! Böse!", kreischte Paul, der mit den Händen fuchtelte und wütend auf den Boden stampfte. Barbara erbleichte, und auch Viktoria schlug erschrocken die Hand vor den Mund.

Der Fürst zu Trendelburg drosch mit der Gerte und hochrotem Kopf auf sein Pferd ein, das am Oxer zweimal den Sprung verweigert hatte. Die Zuschauer spotteten schadenfroh: „Ho! Ho!“, und pfiffen laut, als der Fürst erneut anritt und sein Pferd zum Sprung zwang, indem er mit dem Halfter den Kopf des Pferdes hochriss und ihm seine Sporen in die Flanken bohrte. Nur mit Mühe hielt Barbara Paul zurück, der auf den Turnierplatz rennen wollte. Er riss sich trotzdem los. Das Pferd hatte seinen Reiter abgeworfen und trabte wild über den Turnierplatz. Paul wollte es einfangen, sprang aber im letzten Moment zur Seite.

Die Zuschauer wurden unruhig. Paul lag auf dem Boden und strampelte wild mit seinen Beinen und schrie immer wieder: „Böse!“

Wutentbrannt und mit großen Schritten stürmte der Graf auf Paul zu, die Reitgerte zum Schlag erhoben.

„Nein! wollte Barbara schreien, die zu weit entfernt war, um einzugreifen.

Da eilte ein junger Mann auf den Fürsten zu und packte sein Handgelenk. Mit hochrotem Kopf drehte der zu Trendelburg sich um und stieß den Mann von sich weg, dass er strauchelte. Der Unbekannte bückte sich und nahm Pauls Hand. Paul stand auf und drückte sich an ihn. Den Fürsten und seine Gerte sah er böse an. Im Rund herrschte Schweigen, als die beiden in Richtung Ausgang gingen, direkt auf Barbara und Viktoria zu. Die Zuschauer applaudierten.

Jetzt gab es für Barbara kein Halten mehr. Der Mann, der eingegriffen und Paul beschützt hatte, war Conrad. Sie lief in seine Arme. Conrad umarmte sie kurz, drehte sich um und verließ den Turnierplatz. Paul ergriff Barbaras Hand. Sie suchte Conrad, doch er war nirgends mehr zu entdecken.

In der Pause zum zweiten Umlauf gesellte sich Bernward zu Trendelburg zu ihnen. Barbara stand mit Viktoria am Rande des Abreitplatzes und wartete auf das Ende der Pause. Sie stellte ihn Viktoria als Mitglied des Reitervereins vor und erklärte, dass sie sich bei den regelmäßigen Zusammenkünften der Landjugend trafen, wo sie dann auf einem der Höfe ihre Geburtstage feierten oder Erntedank. Bei diesen Treffen suchte Bernward gern ihre Nähe. Ihrer Freundin Susanne gegenüber zog Barbara diese Treffen mit ihm ins Lächerliche, wenn sie sich am nächsten Tag über alles unterhielten. Er war ein Jahr älter als sie und wurde als Sohn des Fürsten von den anderen gemieden. Das war schon in der Volksschule so. Bernward entschuldigte sich für seinen Vater, der gewütet habe, weil er ausgeschieden sei und sich nicht für den Endkampf qualifiziert habe.

Barbara sagte ihm, sie verstände nicht, wie ein Reiter so brutal auf sein Pferd einschlagen könne. Dafür habe sie kein Verständnis.

„Wir hätten deinen Vater disqualifizieren müssen", mischte sich Ludger ein, der das Gespräch mitgehört hatte.

„Warum habt ihr es nicht getan?"

„Er ist der Präsident unseres Vereins und war bereits ausgeschieden."

Bernwards Hände umklammerten das Absperrgitter. „Mein Vater kann sehr jähzornig werden", antwortete er aufgebracht. „Er hat sich blamiert, und das ist gut so."

Barbara bemerkte, dass seine Knöchel weiß hervortraten. Der Jähzorn des Vaters traf anscheinend auch ihn.

„Ich möchte mir die Entscheidung nicht mehr ansehen", erklärte Bernward. „Kommst du mit, Barbara?"

Ludger verzog grinsend sein Gesicht; er hatte den Arm um Viktorias Hüfte geschlungen, die ihren Kopf an seine Schulter lehnte.

Barbara strich Paul unschlüssig über den Kopf.

Ludger nahm seine Hand. „Paul, komm, ich zeige dir die anderen Pferde und nehme dich mit auf den Richterturm."

Der Junge hatte sich beruhigt und nickte begeistert. Er hatte alles verstanden.

Bernward und Barbara verließen den Turnierplatz, der am Ortsrand lag; nur wenige Schritte, und sie waren auf einem Weg zwischen wogenden Feldern.

„Du bist eine gute und elegante Reiterin", lobte Bernward.

Sie lachte. „Danke für das Kompliment. Mein Großvater hat es mich gelehrt."

Beim Geländeritt heute Morgen hatte sie den dritten Platz erobert. Sie hatte zum ersten Mal an einem Wettbewerb des Reitervereins teilgenommen und war zufrieden mit sich. Ihre Stute hatte sie sicher durch das schwierige Gelände getragen. Sie hatte nichts riskiert, um Selma nicht zu gefährden.

Bernwards Verlegenheit amüsierte Barbara. Übermut packte sie. Sie löste ihre Hand aus seiner und rannte los. Er folgte ihr lachend. Im Zickzack wie ein Hase entfloh sie ihm; ihre dunklen Haare flogen. Abrupt stoppte sie und sprang zur Seite, als Bernward auf sie zustürzte, stolperte und zu Boden fiel.

Barbara verbiss sich ein Lachen. Mit hochrotem Kopf rappelte er sich auf und schaute beschämt zu Boden. Schüchtern wie ein begossener Pudel stand er vor ihr. Barbara ging auf ihn zu, rieb ihm den Staub von der Jacke, stellte sich auf die Zehenspitzen und gab ihm einen Kuss.

Verwirrt schaute er sie an und stotterte: „Ich … du … Kommst du heute Abend zum Reiterball?"

Barbara lachte. „Was denkst du? Natürlich komme ich."

Es war ein wunderbar milder, lauer Juniabend, eine der längsten Nächte des Jahres.

Es war Sitte, zum Ball des Reitervereins in festlicher Kleidung zu erscheinen, die Frauen in langen Kleidern und die Männer im dunklen Anzug.

„Wie auf einer Modenschau", sagte Barbaras Vater und verzog seinen Mund zu einem Lächeln, während eine üppig gebaute Dame nach der anderen ins Festzelt stolzierte und alle Blicke auf sich zog.

Das Zelt füllte sich schnell. Es bildeten sich Gruppen der Reiter, der Landwirte und der jungen Leute, die laut miteinander diskutierten. Barbara vernahm im Gelächter untergehende Satzfetzen wie „Graf", „Oxer" und „Sturz". Sie machten sich wohl über den Fürsten lustig und gestikulierten mit den Händen. Das Geschehen um Paul spielte keine Rolle.

Ludger stellte Viktoria seinen Eltern vor. Seine Mutter umarmte sie; man spürte ihre Freude, dass ihr Sohn sich verliebt hatte.

Erstaunt blickte Franziska auf, als der Fürst ihren Mann bei einem Walzer um einen Tanz mit ihr bat. War es nur ein Anstandstanz? Johannes bat nun seinerseits die Fürstin zum Tanz.

Ihre Eltern wussten nichts vom Vorfall auf dem Turnierplatz, und der Fürst tat, als ob nichts geschehen sei. Nach dem Tanz führte er seine Tanzpartnerin an die Theke im hinteren Teil des Zeltes; Barbaras Vater, der das bemerkt hatte, gesellte sich mit der Fürstin hinzu. Barbara beobachtete ihre angeregte Unterhaltung. Sein peinliches Verhalten beim Ritt am Nachmittag schien den Fürsten nicht zu stören.

Sie suchte das Zelt ab, doch Bernward konnte sie nirgendwo entdecken. Auch Conrad war nicht zu sehen. Sie wollte sich bei ihm bedanken, dass er Paul gerettet hatte.

Im Laufe des Abends tanzte Barbara mit ihrem Vater, Ludger und verschiedenen jungen Männern aus dem Reiterverein. Es war nach Mitternacht, ihre Eltern, der Fürst und die Fürstin hatten das Fest bereits verlassen, als Bernward an ihren Tisch kam und sie um einen Tanz bat.

Hatte er gewartet, bis seine Eltern gegangen waren? Längst wurden von der Kapelle moderne Tänze wie Blues, Rumba und Cha-Cha-Cha gespielt, bei denen die meisten Paare unkontrolliert auf der Tanzfläche herumhopsten, ohne die Tanzschritte zu beherrschen. Sie hatte beobachtet, wie Bernward zum Leiter der Kapelle gegangen war und einen Tanz bestellt hatte, bevor er zu ihnen an den Tisch kam.

Die Musiker spielten „It's Now or Never" von Elvis Presley. Sie mochte seine Lieder, sowohl den fetzigen Rock 'n' Roll wie auch seine besinnlichen Stücke.

Bernward war ein guter Tänzer. Sie sang leise mit, schloss die Augen und vergaß die Welt um sich herum. Der Text tanzte in ihrem Kopf einen Reigen. Es ist jetzt oder nie, komm und halte mich sanft, küsse mich, mein Liebling, sei mein heute Nacht, morgen ist es vielleicht zu spät.

It's now or never
Come hold me tight
Kiss me my darling
Be mine tonight
Tomorrow will be too late
It's now or never
My love won't wait.
When I first saw you
With your smile so tender
My heart was captured
My soul surrendered
I'd spend a lifetime
Waiting for the right time
Now that your near
The time is here at last.

„Barbara, du hast eine wunderbare Stimme", flüsterte Bernward heiser. Seine Worte weckten sie aus ihrem Traum. Warum hatte er dieses Lied ausgewählt? Sie spürte seinen Atem an ihrer Wange. Die Melodie und der Text rührten sie beinahe zu Tränen. Sie schnäuzte sich.

Nach dem Tanz verließen sie das Festzelt. Hinter den hohen Bäumen, die den Turnierplatz säumten, leuchtete der Vollmond. Im Schatten der Bäume standen Liebespärchen und küssten sich.

Warum war sie Bernward gefolgt, als er sagte: „Komm, wir gehen nach draußen"? Sie wusste es nicht. Vielleicht war es wegen seines ihn beschämenden Sturzes am Nachmittag, vielleicht die Atmosphäre des Abends, der sie übermütig und zugleich schwermütig stimmte, vielleicht der innige Tanz zu Elvis Presleys Song mit dem melancholischen Text. In ihrem Herzen brodelte es. Schweigend, ohne sich zu berühren, gingen sie nebeneinander her. Die Musik aus dem Festzelt drang gedämpft zu ihnen. Barbara achtete nicht auf den Weg, den Bernward wählte. An einem Gatter blieb er stehen. Sie hatten den Wald verlassen und standen an den Ländereien des Fürsten. Bernward legte die Arme auf ihre Schultern. Sie wartete auf seinen Kuss. Doch nichts geschah, er starrte sie nur an.

„Bernward, was ist?" Mit dieser Frage erlöste sie ihn aus seiner Anspannung.

„Barbara, willst du meine Frau werden?"

Zuerst begriff sie nicht, was er gesagt hatte. Dann löste sie seine Hände von ihren Schultern.

„Nein, Bernward, du spinnst." Ihre Antwort kam spontan. Er fasste sie wieder an ihren Schultern, fester als vorher. Doch sie fürchtete sich nicht, sie wusste, er würde ihr keine Gewalt antun. Hatte der Tanz oder gar der Text ihm den Kopf verdreht? „Bernward, ich passe nicht in eure Gesellschaft. Deine Eltern würden mich vielleicht dulden, aber nie akzeptieren. Dein Vater beherrscht die Familie, du bist nicht dein eigener Herr."

„Lass meinen Vater aus dem Spiel, Barbara. Ich liebe dich!"

Erneut nahm sie seine Hände von ihren Schultern. „Du bist der Erbprinz und wirst eines Tages euren Besitz verwalten. Ich dürfte mich nicht einmischen, ohne mit deinem Vater einen Streit anzuzetteln, ich wäre mehr oder weniger nur ein Schmuckstück in eurem Haus. So ein Dasein wie die Fürstin, deine Mutter, möchte ich nicht fristen."

„Was hat das mit uns zu tun, Barbara? Zwischen uns würde es nie so werden, weil ich dich liebe."

„Nein, Bernward!" Sie schaute ihn verwirrt an, stieß ihn von sich und rannte zurück zu ihrem Elternhaus und in ihr Zimmer. Schluchzend warf sie sich auf ihr Bett. Wirre Gedanken verfolgten sie. Das Turnier, der Fürst, das entsetzte Geheul von Paul, das Eingreifen von Conrad und jetzt die Liebeserklärung von Bernward.

Warum war Conrad nicht zum Reiterball gekommen? Fürchtete er, dem Fürsten zu begegnen?

Er stand kurz vor seinem Staatsexamen. An den Wochenenden und in den Semesterferien kam er häufig zu ihnen auf den Hof, um in den Ställen und bei der Ernte zu helfen. So drückte er, wie er meinte, seine Verbundenheit aus. Oder er war mit seiner Pfadfindergruppe aus der Kirchengemeinde unterwegs, der er sich angeschlossen hatte.

Conrad hockte sinnend in seiner Upkammer, der früheren Kammer der Knechte. Dort übernachtete er, wenn er auf dem Bawinkelschen Hof war.

Franziska und Johannes Große-Bawinkel waren für ihn fast elterliche Bezugspersonen, die an seinem Leben Anteil nahmen, und insbesondere mit Ludger verband ihn eine tiefe Freundschaft. Sie kannten sich, seit sie Kinder waren. Ludger und er und die um drei Jahre jüngere Barbara hatten in den Jahren, in denen er hier mit seiner Mutter und seiner Schwester lebte, viel Zeit miteinander verbracht.

Damals hatten sie stets unbeschwert miteinander gespielt. Diese Unbefangenheit war seit dem letzten Sommer gewichen.

An der Pädagogischen Hochschule in Münster begegneten ihm viele hübsche Studentinnen. Nun stand in Kürze der Semester-Abschlussball an. Er wusste, dass seine Kommilitoninnen ein Semester der Mediziner eingeladen hatten. Er scheute sich, mit den angehenden Ärzten zu konkurrieren, immer häufiger ertappte er sich dabei, wie er seine Mitstudentinnen mit Barbara verglich. Er mochte ihre unbeschwerte Art, ihre Natürlichkeit. Aber innerlich sträubte er sich dagegen, ihr zu zeigen oder auch nur anzudeuten, dass er sie mochte. Hatte er sich verliebt? Diese Frage stellte er sich, doch selbst wenn, noch könnte er ihr nichts bieten.

Mit Ludger saß er am Abend nach der Arbeit auf dem Hof oft noch einige Zeit zusammen am Herdfeuer. So wie heute Abend, zwei Tage nach dem Reiterfest.

„Was willst du nach deinem Examen machen?“, fragte ihn Ludger neugierig.

Während des Studiums hatte er ein Schulpraktikum in der Sonderschule des Ortes gemacht und so auch Paul sehr gut kennengelernt. Ihm bereitete diese Arbeit viel Freude.

Darum antwortete er spontan: „Ich möchte an einer Sonderschule unterrichten, um Kinder wie Paul zu fördern.“

Ludger stand auf und stieß ihn aufgeregt an. „Conrad. Meine Eltern möchten auf dem Gräftenhof für behinderte Kinder therapeutisches Reiten anbieten. Sie würden sich sicher freuen, wenn du bei ihnen mitmachen würdest.“

Conrad schwieg, seine Hände zitterten. Er musste morgen zurück an die Hochschule. Nach dem Reiterfest war er Barbara aus dem Weg gegangen, und die Ankündigung um den Gräftenhof überraschte ihn. Er musste seine Gedanken und Gefühle ordnen, vor allem, was Barbara betraf. Sie hatte ihn spontan auf dem Reitplatz umarmt, sich dann aber sofort um Paul gekümmert.

Er hatte auf eine Einladung zum abendlichen Ball gehofft, die Barbara aber nicht aussprach. Er war enttäuscht gewesen.

Einige Monate verstrichen, ohne dass sich Besonderes ereignete. Barbara traf sich mit ihrer Freundin Susanne, sie schwammen im Waldsee oder ritten auf den Haflingern. Paul störte sie nicht, wenn er mit ihnen ausritt. Die Pferde mochten Paul. Sie beschnupperten ihn, wenn er ihnen das Geschirr anlegte, und folgten gehorsam seinen Befehlen. Sie schienen eine Einheit zu sein. Barbara beobachtete das mit Wohlwollen, vermied es jedoch, mit ihrer Freundin über die noch jungen Pläne mit dem Gräftenhof zu sprechen.

Das Erntedankfest

Als Höhepunkt des Jahres feierte die Landjugend des Ortes Erntedank. Dieses Fest fand immer auf einem anderen Hof statt und endete abends mit Musik und Tanz auf einer Tenne. In diesem Jahr, drei Monate nach dem Reiterfest, organisierten Barbara und ihr Bruder das Fest. Ludger besuchte noch die Agrarhochschule in Soest, ließ es sich aber nicht nehmen, an diesem Wochenende zu Hause zu sein.

Rückblickend war Ludger seinen Eltern dankbar, dass sie hartnäckig auf eine gute Schulausbildung bestanden hatten. Die Kombination aus Praxis und Theorie, die an der Agrarhochschule gelehrt wurde, behagte ihm. An den Wochenenden kam er nach Hause, wenn er auf dem Hof gebraucht wurde. Mit Begeisterung erzählte er dann, was er in den Vorlesungen gehört, in Praktika mit Samenzucht und Veredelungen ausprobiert oder auf dem Musterhof der Schule, im Haus Düsse in Ostinghausen, über moderne Viehhaltung gelernt hatte.

Franziska und Johannes freuten sich über den Enthusiasmus ihres Sohnes und seinen Lerneifer. Alles konnte die Wissenschaft nicht leisten. Jeder Acker, jeder Boden verlangte Sorgfalt und Erfahrung, und je mehr man der Erde gab, desto mehr schenkte sie zurück. Dann waren da noch das Wetter und der Herrgott, der alles wachsen und gedeihen ließ.

Noch bewahrte Ludger sein Geheimnis, auf dem Hof Veränderungen vorzunehmen, vor seinen Eltern. Nach dem Reiterfest freuten sich die beiden mit ihrem Sohn, dass er Viktoria begegnet war, die so oft wie möglich mit Ludger an den Wochenenden zu Besuch kam und Franziska zur Hand ging.

Ludger und Barbara baten ihre Eltern, das Erntedankfest auf dem Gräftenhof ausrichten zu dürfen. Das Herrenhaus stand leer, seitdem Maria und Wilhelm Schulze-Westhoff mit Paul in den Fachwerkspeicher gezogen waren; für die Renovierung und den Umbau des Haupthauses hatten sie die Baupläne beim Bauamt eingereicht, und an der Fassade wirkten schon die Handwerker nach den Plänen des Architekten.

„Macht ihr mal. Der Gräftenhof ist sicher ein wunderbares Panorama für euer Fest."

Die Felder waren abgeerntet, nur an den Apfelbäumen reiften die letzten Äpfel.

Zum Gräftenhof gehörte eine große Obstwiese mit alten Apfel-, Birnen-, Kirsch- und Pflaumenbäumen, die von Maria und Wilhelm mit viel Liebe gepflegt worden waren. Vor zwei Jahren hatten die Kirschbäume wie seit langer Zeit nicht mehr Früchte getragen; nur die unteren Zweige waren abgeerntet, als Barbara die Nachbarn besuchte.

„Darf ich mir einige Kirschen pflücken?", fragte sie.

„So viele, wie du willst!"

Wilhelm holte eine lange Holzleiter und lehnte sie in den Baum. Paul war nicht zu bändigen und kletterte sogleich die Leiter hinauf, seine Mutter wollte ihn zurückhalten.

„Lass ihn, Tante Maria, ich passe auf."

Barbara folgte dem Jungen, der mit einer Hand Kirschen von den Zweigen riss, gleich mehrere in den Mund steckte und die Steine ausspuckte. Sein Vater hielt die Leiter, während Maria angstvoll auf die beiden Gestalten hoch oben im Baum starrte. Doch Paul hielt sich geschickt fest und kletterte die Leiter erst wieder hinab, als er den Bauch voller Kirschen hatte und Durst bekam. Am nächsten Tag wiederholte sich das Spiel. Die Kirschen duften nicht verderben oder eine Beute der Drosseln werden. In der Krone, die sie nicht erreichen konnten, blieb genug für die Vögel.

Seit einigen Tagen herrschte Altweibersommerwetter, und sie wagten es, den Innenhof und nicht nur die Tenne für das Fest zu schmücken. Der Boden war gepflastert, sodass man draußen oder in einer der zwei Scheunen, die sie leerräumten, tanzen konnte. Tante Maria und Onkel Wilhelm stimmten zu, die Musik und der Lärm würden sie nicht stören.

Susanne, die auf keinem Hof, sondern mit ihren Eltern in der Ortsmitte wohnte, drängte Barbara an den Tagen vor dem Fest, Hubert und Conrad einzuladen.

„Sie gehören nicht zur Landjugend, die anderen werden meckern“, wandte Barbara ein.

„Du suchst eine Ausrede. Hubert plant für euch den Umbau des Gräftenhofs und beaufsichtigt die Arbeiter. Die anderen werden neugierig sein. Und zähle ich dazu?“

„Du bist meine Freundin, Susanne! Willst du mit Hubert flirten?“

„Wenn du mich lässt?“

Sie lachten.

Hubert sagte nach kurzem Zaudern zu.

Conrad schüttelte den Kopf. „Ich habe keine Zeit. Am Ende des Semesters mache ich mein Lehrerexamen. Zudem haben wir am Abend vor dem Erntedankfest unseren Abschlussball in der Aula am Aasee.“

Barbara schaute ihn mit einem leisen Stich im Herzen an. Hatte Conrad keine Zeit für sie?

Zu sechst schmückten sie unter Lachen und Scherzen den Innenhof und die Scheunen mit Luftballons und Birken: Hubert, Ludger mit seiner Viktoria, Conrad, er war doch gekommen, Susanne und Barbara. Paul hüpfte zwischen ihnen herum und versuchte, die Luftballons zu erhaschen. Conrad und Ludger tippten mit dem Finger unter den Ballon, dass er emporschwebte, Paul sprang mit gurrenden Lauten hoch und jauchzte vor Freude; Maria, die in der Tür des Speichers stand, sah ihnen angetan zu.

In der Mitte des Hofes schichteten sie Holzscheite auf, um später in der Dunkelheit ein Feuer anzuzünden. Sie waren gespannt, ob die drei Söhne und zwei Töchter ihres Nachbarn Große-Brinkhoff erscheinen würden. Seit dem Streit um die Grenzziehungen, Wegerechte und Arrondierung der Höfe mied der Nachbar Wilhelm und Maria.

Die jungen Leute verstanden diese Querelen der Alten nicht.

Bernward zu Trendelburg würde sicher kommen. So wie zu allen Treffen der Landjugend. Er entfloh dem strengen Regiment seines Vaters. Auch den Gräftenhof und die Anwesenheit von Barbara würde er sich nicht entgehen lassen.

Für den Abend hatten sie einen Akkordeonspieler engagiert. Jeder Gast brachte, wie vorher abgesprochen, etwas zum Essen mit: Kartoffelsalat, Schnittchen von selbst gebackenem Brot, gekochte Eier und verschiedene andere Speisen. Bald herrschte auf dem Hof ein munteres Treiben. Paul, Alexa und Conrads jüngere Schwester Eva hüpften zwischen den Tanzenden herum, und auch Franziska und Johannes gesellten sich dazu. Maria und Wilhelm hatten vor der Eingangstür ihres Speichers eine Bank aufgestellt. Als die Stimmung ausgelassen wurde, setzten Franziska und Johannes sich zu Maria und Wilhelm, um mit ihnen ein Glas Wein zu trinken, und beobachteten amüsiert das Geschehen und die Tänze.

Conrad war vor Barbara stehen geblieben und starrte sie lachend an. „Was tanzt du denn da?“

Außer Atem rief sie: „Twist! Komm, ich zeige ihn dir. Wir tanzen ihn in der Schule im Sportunterricht.“ Sie drehte ihre Füße, Knie und Hüften nach rechts, dann nach links und ihren Oberkörper in die andere Richtung. Conrad versuchte, es ihr gleichzutun und wurde rasch immer besser. Bald jedoch machte Susanne ihn ihr abspenstig.

Als die Dunkelheit hereinbrach, zündeten sie den Holzstoß an und bildeten einen Kreis um das lodernde Feuer, abwechselnd Burschen und Mädchen in bunter Reihe. Zu den Klängen des Akkordeons wiegten sie sich im Takt der Musik. Dieser Tanz unter den beleuchteten Linden verwirrte Barbaras Sinne; sie glaubte, zu viel Wein getrunken zu haben.

Sie beobachtete ihren Bruder mit Viktoria, die eng aneinander angelehnt der Musik lauschten. Bei der Polonaise wirbelte sie von einem Partner zum nächsten. Auf ihrer Hüfte spürte sie die Hände des jungen Bernward zu Trendelburg, dem sie seit dem Reitturnier außer beim Landjugendtreffen nicht mehr begegnet war. Er suchte beim Tanz ihre Nähe. Danach verabschiedete er sich, er müsse morgen zu einem wichtigen Reitturnier.

Susanne und Conrad standen neben ihr. Barbara merkte, dass sie sich ein Lachen kaum verbeißen konnten, und tatsächlich platzte Susanne los, kaum dass der junge Erbprinz mit einem Kopfnicken in Richtung Torhaus verschwunden war.

„Ganz Gentleman." Sie verbeugte sich wie Bernward zu Trendelburg. „Barbara, es hat nur noch ein Handkuss gefehlt. Du hast einen neuen Verehrer!"

„Du spinnst, Susanne. Das war reine Höflichkeit."

Im Innenhof warf das verlöschende Feuer flackernde Schatten an die Sandsteinmauern. Pärchen hockten nah an der Glut, lehnten ihre Köpfe aneinander, der Schein verfärbte ihre Gesichter. Der Akkordeonspieler spielte leise schmeichelnde Abendmelodien. Conrad hatte seine Gitarre geholt und begleitete ihn. Als Kinder hatten Barbara, Susanne, Ludger und Conrad oft gemeinsam gesungen.

Die Musik, das Tanzen und nun der Widerschein des Feuers, der die alten Bäume mit ihrem Herbstlaub mystisch erscheinen und die Mauern des Hofes erglühen ließ, lösten ihre inneren Barrieren.

„Barbara, sing ein Lied, ich begleite dich." Conrad legte die Gitarre auf seine Knie und zupfte die ersten Töne von „Der Mond ist aufgegangen".

Barbara sang die wunderbaren Strophen, untermalt vom leisen Knistern des Feuers. Paul löste sich von Alexa und Eva und ergriff Barbaras Hand.

„Noch eins", forderte er, als die letzten Töne durch den Hof hallten.

„‚Abends will ich schlafen gehen' aus der Oper ‚Hänsel und Gretel' von Engelbert Humperdinck, du kennst die Melodie", sagte Conrad zu Barbara und schlug zum Nachdruck die ersten Akkorde des Abendgebets an. Er wusste, dass sie dieses Lied liebte. Sie war mit ihrer Klasse der Hildegardisschule bei einer Aufführung im Stadttheater gewesen, und die Oper hatte sie sehr berührt.

Barbara nickte. Sie nahm Paul in den Arm und legte seine Hände wie zum Gebet ineinander. Conrad starrte auf ihre Umrisse, die sich vor der Glut des Feuers abzeichneten; ihre schwarzen Haare schienen Funken zu sprühen. Er hätte aufspringen mögen, um sie in die Arme zu schließen. Was ahnte Barbara von seinen Gefühlen?

„Conrad, träum nicht, gib mir den Ton an!"

Sie sang. Stille legte sich über den Hof, als sie das Abendgebet der Gretel anstimmte.

Für Conrad war es nicht nur ein Abendlied oder Gebet. Ihre Stimme, dieser geheimnisvolle, dunkle Klang, der durch die Nacht schwang, elektrisierte ihn.

„Zweie, die mich weisen zu Himmels Paradeisen."

Seine Hände zitterten bei den letzten Akkorden. Er spürte, wie Susanne ihn und Barbara mit ihren Blicken fixierte.

Barbara lag auf dem Rücken und verschränkte ihre Arme unter ihrem Kopf. Im Haus herrschte Stille, sie hörte nur die leisen Atemzüge ihrer Freundin neben sich. Sie spürte ihren Körper, die müden Beine und Muskeln nach den wilden Tänzen der letzten Nacht, erinnerte sich an die verschiedenen Hände auf ihrem Rücken; grobe, die sie wie eine Klammer umspannten, weiche, die sie hielten und unter deren leichtem Druck sie sich wie eine Fee wiegen konnte, und auch zärtlich fordernde, die sich unter die Träger ihres Kleides schoben, um ihre nackte Haut zu berühren, wie die von Conrad.

Sie stand auf, öffnete weit das Fenster und sog die feuchte Herbstluft in ihre Lungen. Sie sah sich im Glas der Scheibe wie in einem Spiegel: das tiefschwarze Haar, das sie nur mühsam bändigen konnte; ihr Gesicht mit der etwas breiten Nase, ihrer Stupsnase, wie ihr Vater sie bezeichnete; die tiefgrünen, mandelförmigen Augen, darüber die geschwungenen dunklen Augenbrauen; das stark ausgeprägte Kinn, das in der Mitte ein Grübchen hatte; ihren Mund mit den vollen Lippen, die keinen Lippenstift brauchten. Ihre Zunge glitt darüber. Sie legte ihre Hände in den Nacken, ihre Brüste hoben und spannten sich. Sie betrachtete ihre Hände, von denen sie glaubte, sie seien zu klein. Das war sie, Barbara, der Wildfang ihres verstorbenen Großvaters, die geliebte Schwester ihres Bruders, der bereit war, sie zu beschützen und zu verteidigen; das war ihr Äußeres. Drinnen wohnte ein Herz, ihre Seele, voller Träume und Erwartungen, voller Empfindungen und Sehnsüchte.

Von Ferne erklang ein Rauschen, das anschwoll. In der Formation einer Eins zog ein Schwarm Wildgänse über den erwachenden Morgenhimmel. Im glühenden Rund der Morgensonne wechselten sie die Richtung, kehrten um und flogen in weitem Bogen über das Haus dem Wald zu. Suchten sie den Waldsee als Rastplatz?

Zogen die Gänse danach weiter in Richtung Ukraine, der Heimat ihres Vaters? In dieses geheimnisvolle Land, von dem er mit warmen Worten erzählte?

Sie hatte nicht bemerkt, dass Susanne aufgestanden war und nun neben ihr stand. Die Freundin legte den Arm um ihre Schultern und strich sich ihre blonden Locken aus der Stirn.

„Ich habe wunderbar geschlafen und geträumt." Sie reckte sich. „Meine Füße brennen vom vielen Tanzen. Es war himmlisch!"

Barbara lächelte. „Du hast den jungen Burschen reihenweise den Kopf verdreht. Alle wollten mit dir tanzen! Raffiniert hast du es angestellt, dass Hubert auf dich aufmerksam wurde. Du hast beim Tanzen immer wieder seine Nähe gesucht, bis er dir verfallen war."

„Ist er nicht süß? Zuerst sträubte er sich, meinte, nicht tanzen zu können. Das habe ich ihm schnell beigebracht."

Sie ahmte seine Bewegungen nach.

„Du hattest auch deine Verehrer! Zwei haben dich um die Wette umworben, und der Dritte hat dich nicht aus den Augen gelassen. Heinrichs Schwestern, diese albernen Zicken, haben dich mit Argusaugen beobachtet."

Dass Heinrich Große-Brinkhoff um sie geworben hatte, hatte Barbara nicht bemerkt. Mit ihm hatte sie nicht häufiger getanzt als mit den anderen. Sie erinnerte sich an seinen festen, harten Griff, mit dem er sie umklammerte.

„Heinrich, ich bin kein Besenstiel, den du packen musst." Sie lachte und lockerte dabei den Griff seiner Hände auf ihren Schultern.

„Entschuldige, Barbara", antwortete er nur. Die übrige Zeit schwieg er beim Tanz.

„Wenn du mit deinem Bruder tanzt, seid ihr ein wunderbares Paar", schwärmte Susanne. „Ich beneide dich um ihn."

Barbara lachte. Ihr schmeichelte es, dass die jungen Männer sie umwarben.

„Drei, sagst du?“ Mit Bernward und Heinrich hatte sie getanzt, das stimmte. „Wer ist der Dritte?“

„Conrad. Er hat dich angehimmelt, als du gesungen hast.“

„Susanne, du fantasierst!“

„Er ist in dich verknallt“, beharrte Susanne.

„Hör auf! Er ist nur mein entfernter Cousin, aber für mich ist er wie ein großer Bruder. Wir haben uns immer gut verstanden, wenn er in den Ferien und Semesterferien zu Besuch war. Das weißt du, mehr ist da nicht.“

Conrad, nur wenige Monate älter als ihr Bruder, gehörte zu ihren Kindertagen wie ihr Bruder und Susanne. Gemeinsam erkundeten sie die Wälder, schwammen im Waldsee oder ritten auf den Ponys. Später begleiteten sie auch die jüngeren Geschwister Alexa, Eva und Paul Schulze-Westhoff.

Barbara drehte den Spieß um. „Und mit wem hast du dich in den Garten verdrückt?“, fragte sie. „Mit Hubert? Hat er dich geküsst?“

Susanne errötete und lachte; Barbara wusste genug. Manchmal wünschte sie, Ludger würde sich in ihre Freundin verlieben. Doch die Zeit war vorbei. Er liebte seine Viktoria.

Das Fest war vorbei, der Gräftenhof wieder aufgeräumt.

Barbara lief mit nackten Füßen über Stoppelfelder, durch feuchte Wiesen, über frisch gepflügte Äcker. Es hatte sie hinausgetrieben, als ihre Freundin abgereist war. Von den Feldern war der Duft der feuchten Erde zu ihr herübergeweht, der ein beklemmendes, jedoch glückliches Gefühl in ihr weckte und sie wie der schwere Duft einer Rose betörte. Das war schon als Kind so gewesen, wenn sie an der Hand ihres Großvaters über die Felder ging. Dies war ihr Zuhause, ihre Heimat.

In der Natur, im Regen und im Sonnenschein vermutete sie ein geheimes Gesetz der Harmonie, genährt von einer verborgenen Kraft. Welche Kraft? Sie schüttelte den Kopf, um ihre Gedanken von der Beklemmung zu befreien, die sie verspürte. Eine träumerische Verliebtheit, von der ihre Freundin Susanne schwärmte?

Sie schlenderte zum Waldsee, setzte sich auf den Badesteg und ließ die nackten Füße im Wasser baumeln, es perlte zwischen ihren Zehen. Nach dem gestrigen warmen Herbsttag schwebte eine Nebelbank über dem See. Wie abgeschnitten ragten die Bäume aus dem Nebel heraus, gleich dunklen Säulen, die aus einem schäumenden Meer wuchsen. Während sie so dasaß, lichtete ein sanfter Morgenwind die Nebelbank und wob durchsichtige Schleier, die sich auf das Wasser senkten. Sie wiegte ihren Körper wie zur Musik in der Nacht am Lagerfeuer hin und her. Der gestrige Abend klang in ihr nach. Für wen hatte sie gesungen? Conrad war es gewesen, der sie dazu aufforderte.

Stimmte, was Susanne behauptete? Der Spielkamerad vieler Kindertage, sie mochte ihn wie einen Bruder. Aber lieben?

Hatte sie zu heftig mit Conrad geflirtet?

Wonach suchte sie? Liebe? Ja. Sie suchte eine bedingungslose Liebe, aber Conrad war nicht der Märchenprinz, der sie wachküsste.

Hände legten sich auf ihre Augen, und sie spürte, wie sich jemand hinter sie kniete.

Sie erschrak.

„Lass das, Ludger!"

Sie glaubte, ihr Bruder treibe Schabernack mit ihr. Doch dann drückten sich Lippen auf ihren Nacken, und Hände glitten auf ihre Brüste. Sie wehrte sich; aber die Arme umklammerten und hielten sie. Wer war das? Wessen Atem streifte ihr Gesicht?

Sie wehrte sich heftiger, der Griff lockerte sich. Sie drehte sich um und schlug ihm ins Gesicht:

„Bist du verrückt geworden, Conrad? Du spinnst wohl!“

Conrad sprang auf und rannte davon.

Barbara warf sich in die Arme ihres Bruders, der auf den Steg gelaufen kam, und schluchzte.

„Was ist denn mit Conrad los? Warum rennt er davon? Ich habe gehört, wie er aus dem Haus geschlichen ist, und bin ihm hierher gefolgt. Nur kurz war ich abgelenkt von einem Rehbock, der einer Ricke folgte: Es ist ja Brunftzeit. Als ich zum See kam, sah ich gerade noch, wie Conrad plötzlich aufsprang und losrannte.“

Sie erzählte ihm mit erstickter Stimme, was geschehen war. Er hielt sie schweigend und strich mit seiner Hand über ihren Kopf, so wie er es früher tat, wenn sie sich beim Spielen verletzt hatte. Zu Hause lief sie in ihr Zimmer.

Auf dem Schreibtisch fand sie einen Zettel mit einer Nachricht von Conrad, der das Haus bereits verlassen hatte, als sie zurückkamen.

Barbara, entschuldige! Ich war wie von Sinnen!

Am Nachmittag sattelten ihr Bruder und sie ihre Pferde, Barbara ließ ihre Stute gemächlich traben. Auf einer Anhöhe, von der man weit in die Landschaft blickte und sowohl den elterlichen Hof wie auch den Gräftenhof sehen konnte, setzten sie sich unter eine uralte Eiche, die diesen Punkt prägte.

„Ludger, warum hat Conrad das getan? Er hat damit jedes Vertrauen zerstört.“ Sie lehnte ihren Kopf an seine Schulter.

Ludger sagte: „Er hat sich vielleicht dazu hinreißen lassen, weil du gestern Abend dieses Lied gesungen hast. Er mag es auf sich bezogen haben. Barbara. Hast du dich in Conrad verliebt?“

„Ludger, wie kannst du so etwas denken? Er ist mir ein Bruder wie du.“

„Süß bist du, Schwesterchen. Aber so, wie du gestern mit ihm geflirtet hast …“

Sie stampfte trotzig mit dem Fuß auf. „Conrad ist mein Cousin, Ludger!"

„Ja, und?"

„Cousin! Wir sind verwandt. Ich will gesunde Kinder. Ein Paul reicht."

„Ach, Barbara. Er ist verwandt mit uns, aber nach den Mendelschen Gesetzen ist der Abstand groß genug."

„Bei den Pferden achtest du doch auch darauf, dass keine Inzucht entsteht."

Ihr Bruder schüttelte den Kopf. „Er ist ein sehr weit entfernter Verwandter, rechne selbst nach."

„Nein, Ludger. Conrad ist abgereist, und das ist gut so."

Sie schwiegen.

„Barbara, ich liebe dieses Land, unseren Hof, die Wälder und Felder", sagte Ludger unvermittelt. Sein Blick schweifte in die Ferne, über die bunt gefärbten Bäume und Wallhecken, die in der Herbstsonne badeten. Der Buchenwald dehnte sich, so weit das Auge reichte, durchschnitten nur von der Straße, die zwischen ihrem Waldgebiet und den ausgedehnten Wäldern des Fürsten zu Trendelburg verlief. An den tiefsten Stellen des hügeligen Geländes entsprangen zwei Quellen. Das Wasser hatte in Tausenden von Jahren Höhlen in den weißen Sandstein gefressen, und die Wurzeln der Buchen hingen in bizarren Formen aus den Wänden des Flussbetts. Als Kinder hatten sie sich von Wurzel zu Wurzel gehangelt. Selbst in trockenen Sommern sprudelten diese Quellen und speisten den Waldsee.

Ludger griff nach ihrer Hand. „Barbara, wenn Mama und Papa mich lassen, möchte ich manches auf dem Hof ändern", sagte er mit leiser Stimme. „Ich habe dir schon von meinen Plänen erzählt."

Sie schaute ihn erwartungsvoll an. „Hast du noch immer nicht mit ihnen geredet?"

„Nein, noch nicht."

„Dann tu das! Sie werden verstehen, dass man einen so großen Hof nicht mehr wie vor einhundert Jahren bewirtschaften kann."

„Ich weiß, auch du träumst von einem eigenen Bauernhof, Schwesterchen. Suche dir einen Märchenprinzen, der zu dir passt und der mit dir auf dem Gräftenhof leben möchte."

„Ich will keinen Märchenprinzen. Ich will einen Mann, der mich liebt, so wie ich bin, und den ich liebe. Der Gräftenhof? Ja, das wäre ein Traum, aber nicht mit Conrad."

Ludger überging diese Bemerkung. „Paul wird auch auf dem Hof leben, wie Mutter und Vater es versprochen haben."

„Ich weiß, Ludger."

Am nächsten Tag erhielt Barbara einen Brief, in dem Conrad sie um Verzeihung bat und sich erneut bei ihr entschuldigte. Er bettelte darum, sie möge ihn nicht verachten oder gar als Freund verstoßen.

Die Einladung

In der zweiten Novemberwoche brachte ein Bote einen Umschlag mit dem Wappen des Fürsten zu Trendelburg. Er war an Ludger und Barbara Große-Bawinkel adressiert.

Fürstin Josephine Magdalena zu Trendelburg und Fürst Karl Ludwig Heinrich zu Trendelburg geben sich die Ehre, Fräulein Barbara Große-Bawinkel und Herrn Ludger Große-Bawinkel am 4. Dezember um 16 Uhr zum Tee einzuladen.

Barbara und Ludger beschlossen, der Einladung zum Tee ins fürstliche Schloss zu folgen. Ludgers Andeutung, diese Einladung betreffe vor allem sie, weil die Eltern des Erbprinzen sie begutachten wollten, stimmte Barbara nachdenklich. Sie wusste, mit den Eltern des Erbprinzen konnte und wollte sie nie unter einem Dach leben. Das würde von ihr erwartet, nähme sie einen erneuten Antrag von Bernward an.

Bernward war ein junger Mann wie viele im Dorf. Seine Gesellschaft machte sie nicht unruhig, seine Blicke ließen sie nicht erröten, seine Stimme weckte in ihr keine Neugierde, bei seinen Berührungen erzitterte sie nicht. Er tauchte nicht in ihren Träumen auf.

Der Tanz? Es war die Musik gewesen, die sie in eine andere Welt versetzt hatte.

„Nein, Bernward!“

In der Nacht nach dem Einladungsbrief schlief sie kaum. Sie stellte sich ans Fenster. Der Mond war inzwischen untergegangen. Die Sterne leuchteten wie brennende Fackeln. Sie wünschte sich einen klugen Mann mit außergewöhnlichen Ideen wie ihr Bruder Ludger, und keinen Fürsten, der mit seinen Hektar protzte. Bernward würde immer der Sohn des Fürsten bleiben, der seinem Vater zu gehorchen hätte. Zu ihm könnte sie nicht aufschauen. Prinzessin? Dieser Titel bedeutete ihr nichts.

Sie erinnerte sich an den Tag nach dem Reiterball.

„Der Erbprinz hat mir einen Heiratsantrag gemacht. Ich habe Nein gesagt", gestand sie ihren Eltern. Sie saßen beim Frühstück im Wintergarten.

„Du willst keine Prinzessin werden?", neckte ihr Vater sie mit einem schalkhaften Lächeln.

Sie hatte heftig den Kopf geschüttelt.

Ihre Mutter runzelte die Stirn, als sie die Einladung las. „Was führt der Fürst im Schilde? Wenn es um die alten Streitigkeiten der Landreform geht, warum lädt er nicht euren Vater und mich ein? Sie haben ihre Besitztümer unter Napoleon zugesprochen bekommen. Unsere Vorfahren mussten einen hohen Preis für ihre Freiheit zahlen und sich mit Landabgaben freikaufen."

Barbara erinnerte sich an den Code Napoleon, den sie in den Unterlagen des Gräftenhofs fanden.

„Wir tauschen nichts von unserem Grund und Boden oder vom Gräftenhof", bekräftigte ihre Mutter. Ihr Ton ließ keinen Zweifel aufkommen.

Barbaras Vater betrachtete lächelnd seine Frau. Diese Entschlossenheit, diese westfälische Sturheit liebte er an ihr. Dachte er zurück, so hatte diese Eigenschaft ihm das Leben gerettet. Sie hatte ihn aus dem Lazarett herausgeholt, obwohl seine Beinwunde noch eiterte, damit man ihn später nicht zurück an die Front schickte.

Susanne lachte laut, als Barbara ihr am nächsten Tag von der Einladung erzählte.

„Der Erbprinz hat ein Auge auf dich geworfen. Denk an das Erntedankfest! Oder sie wollen eine ihrer Töchter mit Ludger verkuppeln. Aber da ist ja Viktoria.“

Sie vollführte einen perfekten Knicks. „Habe die Ehre, Prinzessin Barbara!“

„Wie in einem Märchen“, wehrte Barbara ab. „Der Prinz küsst das arme Mädchen wach und nimmt es zur Frau. Sollte Bernwards Zukünftige nicht standesgemäß sein? Ich bin keine ‚Von und Zu‘ und will keine werden.“

„Die Gräfin ist auch keine Adelige.“

Bisher kannte Barbara Schloss Barkelo nur von außen. Einer Trutzburg gleich, erhob es sich auf einer Insel, umgeben von zwei Wassergräben. Den Burgcharakter betonte an der Ostseite des Haupthauses ein achteckiger Turm, der Eingang des Hauses. Wie beim Gräftenhof war das Fundament aus Sandstein erbaut. Doch bei den drei Stockwerken und Giebeln des quadratischen Hauses wechselten sich Streifen von roten Steinen mit weißen Sandsteinlagen ab. Sie erinnerten an eine durchwachsene Speckseite, daher auch der Name dieser Bauweise: Specklagentechnik.

Für den Besuch bei der Fürstenfamilie wählte Barbara einen karierten Schottenrock mit einem weißen Pullover. Ihre Mutter lieh ihr ihre Bernsteinkette, ein Geschenk von Barbaras Vater zu ihrem vierzigsten Geburtstag. „Damit bist du passend angezogen“, meinte sie.

Vor der Tür nahm Barbara das Kopftuch ab, das sie sich gegen den starken Wind umgebunden hatte, um nicht mit zerzausten Haaren bei der Fürstenfamilie zu erscheinen.

Bernward zu Trendelburg öffnete ihnen die Tür. Barbara hatte ein Dienstmädchen im schwarzen Kleid mit weißer Cocktailschürze erwartet.

„Meine Eltern empfangen euch im Kaminzimmer."

Ein Empfang. Barbara verbiss sich ein Schmunzeln.

Bernward und Ludger waren gleichaltrig und hatten gemeinsam die Volksschule besucht. Ludger wechselte zum Gymnasium der Kreisstadt, Bernward beendete die Schule in einem Internat. Nach dem Abitur trafen sie sich im Reiterverein und im Schützenverein wieder.

Ein großer Teil des Besitzes des Fürsten bestand aus Wald; die Weiden und Ackerflächen bewirtschaftete er nicht selbst, sondern verpachtete sie. Als zu Beginn der Fünfzigerjahre eine rege Bautätigkeit in der Region ihrer Bauerschaft einsetzte, hatte er die Gemeindeverwaltung mit seinem ortsnahen Besitz „erpresst", wie ihre Mutter immer behauptete: „Bebaut zuerst eure Bullenwiesen, dann könnt ihr wieder nachfragen." Damit meinte er die Gemeindewiesen, die allen Bürgern gehörten, und auf die sie früher ihre Kühe getrieben hatten. Heute lagen diese Wiesen brach. „Der Fürst denkt, er könne nach seinem Gutdünken über die Geschicke unseres Ortes bestimmen. Er spielt sich auf wie die Lehnsherren im Mittelalter", schimpfte zu Lebzeiten ihr Großvater; der nicht gut auf den Fürsten zu sprechen war.

Die Eingangsdiele wurde von einer breiten Treppe beherrscht, die in die oberen Stockwerke führte. An der Wand hingen aufgereiht die Ahnengemälde der Fürstenfamilie. Im Kaminzimmer gruppierten sich mit dem Rücken zum Fenster fünf Stühle im Halbkreis um den brennenden Kamin. Neben jedem Stuhl stand ein Tischchen zum Absetzen der Tasse oder des Tellers. Die Gräfin schenkte persönlich den Tee ein und reichte ihnen Gebäck.

Der Wind heulte im Kamin. Die Fürstin erkundigte sich zunächst nach den Eltern und Oma Martha, bevor sie das Gespräch geschickt auf Barbaras Schule und Ausbildung lenkte. Bernward verfolgte schweigend die Unterhaltung. Barbara erzählte von ihrem Schulalltag an der Hildegardisschule in Münster.

„Was sind Ihre Pläne für später, Fräulein Große-Bawinkel?“, fragte die Gräfin und beugte sich vor.

„Mama, Barbara erforscht den Gräftenhof von oben bis unten“, mischte sich Bernward ein. „Das erzählte sie mir auf unserem Erntedankfest.“

Barbara nickte: „Ja, der Gräftenhof gefällt mir sehr.“

„Was soll daraus werden?“, fragte die Gräfin. Die Schule interessierte sie schon nicht mehr.

„Meine Eltern sanieren den Hof. Sie sind noch nicht sicher, wie sie ihn weiterführen werden.“ Barbara verschwieg die Idee mit dem Reiterhof. Sie wollte nicht mit dem Fürsten über Pferdezucht diskutieren. Zu tief saß ihr Misstrauen wegen der Vorkommnisse beim Reitturnier.

Der Fürst hatte die Unterhaltung aufmerksam verfolgt, ohne sich zu äußern. Jetzt verwickelte er Ludger in ein Gespräch über die geplante Umgehungsstraße, für die sie ein paar Morgen Land des Gräftenhofs an das Landestraßenbauamt verkaufen mussten. Damit hatte Ludger nicht gerechnet. Er verteidigte die Planung und erklärte, Einzelheiten könne man beim Planfeststellungsverfahren ändern, aber der zunehmende Schwerlastverkehr beeinträchtige die Wohnqualität des Ortes, und die Geschäfte würden darunter leiden, darum sei das Projekt sinnvoll. Der Fürst verzog missbilligend sein Gesicht. Barbara bewunderte ihren Bruder, der sachlich argumentierte, obwohl der Fürst eindeutig anderer Ansicht war. Als Ludger zudem die Gefährdung der Kinder auf ihrem Schulweg anführte, wechselte der Fürst das Thema. Seit Gründung der Bundeswehr im Jahr 1955 bildete er junge Soldaten an der Deutschen Reitschule in Warendorf aus. Im Ort war er der Präsident des Reitervereins.

Mit einem Lächeln sprach er Barbara an: „Ich habe gesehen, dass Sie vorzüglich reiten. Ich lade Sie ein, im Juni wieder als Amazone beim Reitturnier unseres Vereins mitzumachen. Bernward nimmt auch teil, er wird Sie unter seine Fittiche nehmen."

Sie schaute Ludger an, der kaum merklich nickte, und äußerte Bedenken, weil ihre Stute im Februar fohlen würde. Bis Juni sei die Zeit vielleicht zu kurz, sie müsse ihr Pferd schonen.

Bernward hatte sich bisher kaum an der Diskussion beteiligt; nun sprach er eifrig auf Barbara ein. „Bis Juni sind es danach noch vier Monate. Die Zeit wird reichen."

Dabei schaute er seinen Vater an, der zustimmend nickte.

Die Gräfin beobachtete Barbara, wie sie ihren Tee trank und wie behutsam sie von den angebotenen Plätzchen abbiss.

„Bernward, zeige Fräulein Große-Bawinkel doch einmal unser Schloss!", forderte sie ihren Sohn auf. Der schaute Barbara fragend an.

„Gern", antwortete sie. „Bisher kenne ich Ihr Schloss nur von außen. Ich bewundere es, wenn ich mit dem Fahrrad hier vorbeifahre."

Bernward erhob sich mit gerötetem Kopf, ging voraus und öffnete die schwere Eichentür. Sie betraten die Eingangshalle mit der Galerie der Vorfahren an den Wänden.

„Willst du die Namen wissen? Egmund, Siegesmund, Alfonso, Karl Ludwig der Erste, der Zweite und so weiter."

Barbara gluckste vor Lachen.

„Die Treppe führt hinauf zu den Schlafräumen."

Er geleitete sie in den nächsten Raum. Es war das Jagdzimmer des Fürsten.

„Dies ist das Arbeitszimmer meines Vaters."

Die Wände waren geschmückt mit Geweihen aller Art und ausgestopften Vögeln, Mardern und Wildschweintrophäen."

„Die armen Tiere!“, entfuhr es Barbara. „Jagd muss sein, aber ich mag das nicht.“

Bernward zuckte nur mit den Schultern. Erneut durchquerten sie die Halle. In einer Ecke führte eine Wendeltreppe nach unten.

Barbara wies mit dem Finger darauf. „Geht es dort in den Keller?“

„Ja. Möchtest du ihn sehen?“

Barbara nickte, obwohl ihr nicht wohl dabei war.

Bernward grinste. „Da gibt es sogar einen Kerker.“

Sie stiegen die enge Treppe hinab. Unten angekommen, blieb Barbara abrupt stehen und atmete tief ein.

„Was ist, Barbara?“ Bernward drehte sich zu ihr um.

„Bernward, der Keller im Gräftenhof gleicht diesem Keller wie ein Ei dem anderen, das Tonnengewölbe, die Sandsteinpfeiler mit den Kapitälen. Ich bin total überrascht.“ Sie lehnte sich an einen Pfeiler und schaute sich um.

Bernward starrte sie an, dann kam er auf sie zu und legte seine Arme seitlich neben ihrem Kopf an das Gewölbe. Barbara erschrak, sie war eingekreist und spürte seinen Atem.

„Barbara“, stieß er hervor, und sein Mund näherte sich ihrem Gesicht. Sie duckte sich und schlüpfte unter seinen Armen hindurch.

„Lass das, Bernward!“ Hastig stolperte sie die Wendeltreppe hinauf. In der Halle wartete sie auf ihn. Entfliehen konnte sie nicht.

„Entschuldige, Barbara“, sagte er verschämt. „Komm, wir gehen zurück ins Kaminzimmer.“

„Wie gefällt Ihnen unser Schloss?“, fragte die Fürstin und schaute ihren Sohn dabei erwartungsvoll an.

„Barbara ist begeistert von unserem Keller, da er ähnlich ist wie der im Gräftenhof.“

Als sie gegen fünf Uhr aufbrachen, stemmten sie sich gegen den Wind, der im Laufe des Nachmittags zu einem Sturm angewachsen war. Kaum hatten sie das Auto erreicht, prasselte sintflutartiger Regen auf den VW Käfer, den Ludger seit einigen Monaten besaß. Sie fuhren ein Stück, doch die Scheibenwischer kamen gegen diese Flut nicht an, und sie stoppten.

„Was wollten Herr und Frau zu Trendelburg von uns?", fragte sie ihren Bruder.

„Ahnst du wirklich nichts, Schwesterchen, oder tust du nur so? Die Umgehungsstraße war Geplänkel. Ich weiß, der Fürst hat eine Klage eingereicht. Ich hoffe, er unterliegt. Sie haben dich abgeschätzt, ob du ihres Sohnes würdig bist. Um mich ging es dabei nicht, Bernwards Schwestern waren nicht zum Tee eingeladen."

Die Älteste zu Trendelburg, Clarissa Theresa, hatte standesgemäß einen Grafen zu Seifenberg geheiratet, die beiden jüngeren, Beatrice Frederike, die ein Jahr jünger war als Ludger, und Gerlinde Agneta, im gleichen Alter wie Barbara, lebten noch auf Schloss Barkelo. In der Schule hatten einige Lehrer und auch Mitschülerinnen sie wohl des Namens wegen hofiert. Barbara war es so vorgekommen, als ob sie ihr privilegiertes Dasein mit Koketterie auskosteten, ohne Rückgrat zu zeigen. Sie hielt nichts davon, sondern fühlte sich zu Menschen hingezogen, die ohne Phrasen und Allgemeinplätze auskamen, die ohne Heuchelei sagten, was sie dachten, und nicht abschätzig auf andere herabblickten.

Menschen wie ihr Bruder Ludger und Conrad, die gradlinig ihren Weg gingen, Hubert, der Architekt, und ihre Freundin Susanne. Menschen wie Maria Schulze-Westhoff, ihre Eltern und Oma Martha. Sie waren Barbara wichtiger als Rang und Namen.

Suchte sie ein isoliertes Glück in einer kleinen, heilen Welt?

Als der Platzregen nachließ, fuhren sie weiter.

„Ludger, halt an", forderte Barbara ihren Bruder auf, als sie sich ihrem Zuhause näherten. „Am Gräftenhof ist etwas passiert. Sieh doch, an der Brücke vor dem Torhaus hantiert jemand mit einer Sturmlaterne.“

Sie sprangen aus dem Auto und stemmten sich gegen den Sturm. Nach wenigen Sekunden waren sie bis auf die Haut durchnässt. Der Regen peitschte in ihre Gesichter. Auf der Brücke beugte sich Onkel Wilhelm mit einem langen Staken über die Brüstung. Paul hielt die Laterne und fuchtelte mit den Händen, als er Barbara und Ludger sah. Sie erkannten, was passiert war. Der Sturm hatte Äste abgerissen, die das Wasser an der Brücke stauten. Die Gräfte war bis zum Rand angeschwollen und drohte die hölzerne Brücke wegzureißen. Wilhelm versuchte vergeblich, die Äste und Zweige zur Seite zu stoßen, der Staken zerbrach. Ein armdicker Zweig lag quer vor dem Tunnel und ließ sich nicht bewegen.

Ludger riss Wilhelm das Reststück des Stakens aus der Hand und brüllte gegen den Sturm: „Barbara, halte den Staken.“ Sie erkannte, was Ludger plante, wollte ihn zurückhalten. Zu spät. Er hangelte sich die Böschung hinunter, sich mit einer Hand an den Staken klammernd, dessen anderes Ende Barbara gepackt hatte. Sie stieß ihren Fuß, ohne auf ihre Schuhe zu achten, in den aufgeweichten Boden, um nicht auszurutschen.

„Tiefer!“, schrie Ludger. Der Boden unter ihren Füßen gab immer mehr nach. Ihr Bruder versuchte, einen Zweig des abgebrochenen Astes zu erreichen, lehnte sich weit vor und drohte, Barbara mit ins Wasser zu reißen. Da spürte sie, wie sich Arme um ihren Leib legten. Paul umklammerte sie und gab ihr Halt. Die Sturmlaterne war erloschen. Nur diffuses Licht beleuchtete die Brücke. Endlich gelang es Ludger, den Zweig zu fassen. Mit letzter Kraft riss er den Ast vom Durchlass an der Brücke weg. In einem Sturzbach schoss das Wasser durch die Öffnung.

Atemlos stand Ludger kurz darauf wieder auf der Brücke. Paul strahlte, weil ihr Eingreifen gelungen war.

„Paul und Barbara stark“, rief er.

Am nächsten Tag offenbarten sich die Verwüstungen, die der gewaltige Sturm angerichtet hatte. Am Hof war ein Teil der Scheune abgedeckt. Mit Dachziegeln, die auf dem Dachboden der Scheune lagerten, deckte Ludger mit seinem Vater trotz des immer noch starken Windes das Dach notdürftig ein.

„Morgen müssen wir das Heu vom Boden werfen. Es ist feucht geworden, verfault oder entzündet sich von selbst.“

Als sie am darauffolgenden Nachmittag zum Gräftenhof fahren wollten, stellten sie fest, dass der Orkan eine Schneise in den Wald geschlagen hatte; etliche Bäume waren wie Streichhölzer abgeknickt oder entwurzelt. Ein wüstes Durcheinander bot sich ihnen. Ludger fasste seinen Vater am Arm.

„Papa, hörst du? Eine Motorsäge. Wer schleicht da in unserem Wald herum, und was sucht er?“

Sie horchten, um das kreischende Geräusch zu orten.

„Das kommt nicht aus dem Wald. Da macht sich jemand an unserer Hainbuchenhecke zu schaffen.“

Sie beeilten sich, dorthin zu kommen, und entdeckten von Weitem zwei Gestalten, die einem herabstürzenden Baum auswichen.

„Das kann doch nicht wahr sein: Große-Brinkhoff und sein Sohn. Sie wittern wohl ihre Chance, die Hecke nach dem Sturm zu fällen, um sich für ihre frühere Niederlage zu rächen.“

„Halt! Halt! Aufhören!“, schrien Ludger und sein Vater und traten den beiden in den Weg.

Große-Brinkhoff pflanzte sich drohend vor ihnen auf, sein Hut wehte ihm vom Kopf, und seine Glatze glänzte vom Schweiß. „De Hiege mot weg“, schrie er. „Düsse Baum lag op ussen Grund!“ - Die Hecke muss weg, dieser Baum lag auf unserem Grund.

An einen Traktor hatten sie eine Kette gebunden, mit der sie den ersten Baum mit Wurzeln gerodet hatten, ehe sie zum Fällen des nächsten übergegangen waren.

„Große-Brinkhoff, die Hecke steht auf unserem Grund und Boden. Sie haben kein Recht, sie zu roden! Wir werden ihr Vorgehen anzeigen und der Landwirtschaftskammer melden. Diese uralte Hainbuchenhecke ist ein Naturdenkmal." Zorn brannte in Ludgers Gesicht. Es war eine Sünde, die knorrige Hecke niederzumachen. Die Denkmalbehörde schätzte ihr Alter auf mehr als einhundert Jahre. Sein Vater fasste ihn am Arm; er befürchtete, Ludger würde sich auf seinen Nachbarn stürzen oder dass es zu einem Handgemenge kommen könnte.

„Hol diene Mule, du Snösel!", polterte Große-Brinkhoff. „Wenn du auk en studeerten Buer bis, so loo ik mi von dii nix säggen." - Wenn du auch ein studierter Bauer bist, von dir lass ich mir nichts sagen.

„Vater, hör auf!" Heinrich versuchte, seinen Vater zurückzuhalten. Doch Große-Brinkhoff schüttelte seine Hand ab und stieß ihn zur Seite.

„Junge, gao no Huus! De Hiege mot weg!" - Junge, geh nach Hause, die Hecke muss weg.

„Nein, Vater. Wir bekommen Ärger."

„Wat sägst du? Äirger? De soll do hingoan, wo dee herkam, den Russe! Totrocken un in dat fine Nest setzt."

Johannes konnte sich nur mühsam beherrschen. Die letzte Bemerkung ging gegen ihn: Er, „der Russe", solle doch dorthin gehen, wo er hergekommen war; zugezogen sei er und habe sich ins gemachte Nest gesetzt. Beleidigungen dieser Art hatte er im Krieg durch Soldaten seiner Einheit zuhauf gehört und erdulden müssen, hier war er ein freier Mann. Er ballte seine Hand zur Faust. Seine Ehre und die von Franziska und seinen Kindern durfte niemand besudeln.

Ludger erkannte den Zorn seines Vaters. „Papa, komm. Wir können hier nichts ausrichten. Wir gehen zur Polizei und erstatten Anzeige." Er zog ihn von den beiden weg.

Es dauerte lange, bis Johannes sich beruhigte. Während sie davonstapften, hörten sie, wie Große-Brinkhoff den Traktor anwarf und wegfuhr.

„Wir werden ihn nicht anzeigen, die Drohung muss genügen."

Ludger verstand seinen Vater, er wollte den Streit mit dem Nachbarn nicht neu entfachen.

Das Wasser in der Gräfte stand noch immer hoch, floss aber wieder ab. Sie würden die Gräfte umgehend reinigen müssen, damit sich das Wasser nicht erneut aufstauen konnte. Johannes schaute bei Wilhelm und Maria im Speicher vorbei, um zu sehen, ob alles in Ordnung war. Sein Freund kam ihm mit verstörter Miene entgegen.

„Paul ist krank, er hat hohes Fieber. Gestern bei dem eisigen Wind und vollständig durchnässt hat er sich erkältet."

Johannes erschrak. Eine Entzündung bei Paul bedeutete akute Lebensgefahr. Dr. Welzel, den Wilhelm gerufen hatte, diagnostizierte eine beginnende Lungenentzündung. Franziska eilte sofort zu Maria, als sie davon erfuhr. Sie wollte ihr bei der Pflege helfen. Erst nach Mitternacht kehrte sie zurück; sie hatte den Besuch des Arztes abgewartet, der dreimal täglich vorbeikam, um Penizillin zu spritzen. Das Schlucken von Tabletten mutete er Paul nicht zu. Der Junge schwebte in Lebensgefahr. Wenn das Penizillin nicht innerhalb von vierundzwanzig Stunden zu wirken begann oder er eine Allergie gegen das Arzneimittel entwickelte, sei er kaum zu retten.

Franziska kündigte an, ein paar Stunden schlafen zu wollen und dann wieder zum Gräftenhof zu fahren. Wilhelm und Maria liebten ihren Sohn. Nun schauten sie wie bei seiner Geburt in einen Abgrund. Franziska war fest entschlossen, Maria zu helfen. Paul musste gerettet werden.

Früh am Morgen fuhr sie erneut zum Gräftenhof, um Maria abzulösen, die während der Nacht am Bett ihres Sohnes gewacht hatte. Dr. Welzel begegnete ihr, als er das Haus verließ. Sie schaute ihn fragend an.

„Bis heute Abend entscheidet sich, ob Paul es schafft. Flößen Sie ihm Wasser mit Honig gesüßt ein. Er schwitzt sehr stark bei diesem hohen Fieber und braucht viel Flüssigkeit."

Ob eine Einweisung in ein Krankenhaus nicht sinnvoller wäre?

Dr. Welzel verneinte. „Paul hat zwei tüchtige Krankenschwestern. Er ist hier besser aufgehoben."

Während des Tages fantasierte Paul in Fieberträumen, er warf sich hin und her. „Fackel, Baum, Wasser", murmelte er und fuchtelte mit den Händen. Dann lachte er, rief: „Ludger und Barbara! Stark!"

Sie wuschen ihm den schweißnassen Körper und machten Wadenwickel. Wilhelm schaute stündlich im Krankenzimmer nach seinem Sohn. Übermüdet stand er an Pauls Bett und starrte auf das Kind. Fühlte er sich schuldig, weil er Paul gestern nicht ins Haus geschickt, sondern dem eiskalten Regen aussetzt hatte?

Am Abend erlöste sie Dr. Welzel von ihren Ängsten. Bei Paul sank das Fieber, das Penizillin zeigte Wirkung.

Maria und Wilhelm gingen zu ihrer Hofkapelle und zündeten vor der Madonna eine Kerze an.

Zwei Wochen vor Weihnachten brachte der Postbote Franziska und Johannes ein Telegramm: „Ich habe es geschafft; nun bin ich Diplomagrarwirt. Habe meine Prüfung mit Auszeichnung bestanden. Euer Ludger."

Dann folgte ein Nachtrag, ein Wehmutstropfen: „Zu Weihnachten kann ich nicht bei euch sein, mich hat es erwischt. An diesen Tagen muss ich auf dem Hof in Düsse die Tiere versorgen. Hoffentlich wirft unsere Zuchtsau nicht gerade am Heiligen Abend die Ferkel. Aber zu Silvester bin ich bei euch, und das für immer. Bitte kümmert euch auch um meine Viktoria."

Das Telegramm zitterte in Franziskas Händen. „Johannes, unser Sohn hat es geschafft. Ich freue mich, wenn er nach Hause kommt."

Johannes nickte glücklich und nahm seine Frau in den Arm. „Wir haben einen tüchtigen Sohn."

Am Herdfeuer

Silvester feierten sie im engsten Familienkreis, wie es Tradition war, dazu gehörte natürlich auch Viktoria, die sich nach dem Weihnachtsfest ohne ihn unbändig auf die Rückkehr von Ludger freute, der nach der mit Auszeichnung bestandenen Diplomprüfung seine Studentenbude in Soest aufgelöst hatte und nun dauerhaft auf den Hof zurückkehrte, um seinen Eltern zu helfen und bei der Renovierung des Gräftenhofs mit anzupacken.

Barbara ließ sich nichts anmerken, als auch Conrad eintraf und sich neben Ludger an die Kaffeetafel setzte. In der Diele stand noch der geschmückte Weihnachtsbaum, der bis zur Decke reichte. Oma Martha war in diesem Jahr zum ersten Mal nicht anwesend. Ihr Rheuma plagte sie, und sie stützte sich, den Rücken gekrümmt, schwer auf ihren Stock.

„Franziska, ich bin euch eine Last, bringt mich in ein Altersheim."

Empört wies Barbaras Mutter dieses Ansinnen zurück. „Du bleibst, wo du bist, Mama. Barbara oder ich kommen jeden Tag und helfen dir. Schlage dir diesen dummen Gedanken aus deinem Kopf. Wenn du nicht mehr allein sein kannst, ziehst du zu uns. Wir richten dir ein Zimmer ein. Platz ist genug auf dem Hof. So war es immer in unserer Familie."

Nach dem gemeinsamen Kaffeetrinken ging Barbara in den Stall, um nach Selma zu schauen, die trächtig war und Anfang Februar ein Fohlen bekommen sollte. Sie streichelte das Pferd, das sie schnaubend begrüßte. Ihre Eltern hatten angekündigt, im nächsten Jahr auf dem Mariä-Geburtsmarkt in Telgte nach weiteren Pferden Ausschau zu halten, wenn der Reiterhof für behinderte Kinder weiterhin das Ziel wäre. Als sie sich umdrehte, stand Conrad vor ihr und versperrte den Weg.

„Barbara, ich muss mit dir reden."

„Conrad, da gibt es nichts zu bereden."

„Was im Oktober nach dem Hoffest am Waldsee passiert ist, tut mir leid. Verachtest du mich?"

Sie schüttelte den Kopf. „Ich verachte dich nicht, aber lass uns vergessen, was gewesen ist. Es war das Fest, das Tanzen und Singen am Feuer, wir hatten getrunken, waren ausgelassen und fröhlich."

Er schaute sie an, seine Lippen bebten. „Das Lied: Du hast es für mich gesungen."

„Für alle! Du hattest mich dazu aufgefordert." Sie nahm seine Hände. „Conrad, ich mag dich wie einen Bruder."

Er schwieg eine Weile.

„Wie einen Bruder, mehr nicht?"

„Mehr nicht, Conrad. Mehr darf nicht sein! Du bist mein Cousin."

Barbara drängte es, ihn zu umarmen, sie befürchtete aber, dadurch Dämme bei ihm einzureißen. Um seinen Mund zuckte es; mit rauer Stimme murmelte er: „Das ist es. Ja, Barbara. Ich bin dein Cousin, wenn auch ein entfernter."

Conrad hatte nach dem Hoffest sein Examen gemacht und würde vielleicht bald als Lehrer arbeiten. Landwirtschaft interessierte ihn zwar, das wusste sie. An den Wochenenden und in den Semesterferien zog es ihn zu ihnen auf den Hof, der für ihn ein zweites Zuhause war. Aber an erster Stelle stand nun seine Sorge um die Kinder in der Schule, in der er unterrichtete.

Er nickte, streichelte ihre Stute und verließ den Stall, flüchtete vor ihr. Dieser Gedanke schmerzte sie. Sie würde ihn vermissen.

Bei einbrechender Dunkelheit gingen sie alle gemeinsam in die Ställe, um die Tiere zu segnen. Diese Tradition am letzten Tag des Jahres war ihnen so kostbar wie Generationen vor ihnen. Franziska trug die Laterne und Johannes zeichnete an jede Tür ein Kreuz mit der Jahreszahl. Zurück in der Wohndiele zündeten sie die Kerzen am Weihnachtbaum an, reichten sich die Hände, und Franziska und Johannes beteten: „Unsere Hilfe ist im Namen des Herrn."

Alle antworteten: „Der Himmel und Erde erschaffen hat."

Über viele Generationen war dieses Gebet überliefert. Franziska hatte es von ihrem Vater geerbt. Danach sprachen Franziska und Johannes gemeinsam das Bittgebet: „Lasset uns beten. Gott, unser Vater, du hast uns Menschen auf Erden Heimat und Geborgenheit gegeben als Zeichen, dass unsere wahre Heimat bei dir im Himmel ist. Dein Sohn Jesus Christus ist Mensch geworden und hat unter uns gewohnt. Wir bitten dich, segne uns alle auch in diesem kommenden Jahr 1967, Mensch und Tiere, die hier wohnen. Vertreibe alle Mächte des Bösen, damit wir im Frieden leben können und du in unserer Mitte bleibst. Der Herr segne uns und behüte uns. Der Herr lasse über uns sein Angesicht leuchten und sei uns gnädig. Der Herr wende uns sein Antlitz zu und schenke uns seinen Frieden. Amen."

So dankten sie dem Herrn für das vergangene Jahr.

Abends saßen sie im Halbkreis am Herdfeuer, um in der Glut Eiserkuchen zu backen. Franziska und Viktoria hatten den Teig aus Mehl, Eiern, Butter, Milch und etwas Vanillezucker angerührt. Draußen fegte ein eisiger Wind um das Haus. Johannes hielt Franziska das geöffnete Eisen hin, das sie schon aus ihrer Kindheit kannte, damit sie den Teig auf die gemusterte Fläche geben konnte, klappte es zusammen und steckte es in die Glut. Sie knabberten die heißen Kuchen, tranken Bier oder Wein dazu und ließen das vergangene Jahr Revue passieren: Die gute Ernte trotz des heißen, trockenen Sommers, die Pläne für den Gräftenhof, der Umzug von Maria und Wilhelm in den renovierten Speicher.

Franziska beobachtete Johannes. Sie ahnte, dass er an seine Eltern und Geschwister dachte, als er sagte: „Wir müssen dankbar sein, nicht eingekerkert zu werden wie die Menschen hinter dem Eisernen Vorhang. Wir können reisen, wohin wir wollen, sagen, was wir denken. Ihr Kinder werdet nicht fremdbestimmt, sondern dürft studieren, was ihr möchtet. Wir sitzen hier mit der ganzen Familie zusammen, dort haben eine Mauer und ein unüberwindbarer Todesstreifen entlang der Grenze Familien und sicher auch Liebespaare auseinandergerissen."

Einige Tage nach dem Mauerbau in Berlin hatte er gesagt: „Nun ist der Weg völlig versperrt."

Sie drängte ihn nicht mehr, in seine alte Heimat zu fahren, um nach seinen Eltern und Geschwistern zu forschen.

Barbara vermied den Blickkontakt mit Conrad, der an diesem Abend still war. Am Weihnachtsbaum, als sie sich die Hände reichten, stand er neben ihr. Seine Hand war feucht, und von Zeit zu Zeit verstärkte er den Druck. Sie vermisste sein Lachen.

Am Silvesterabend blickte man nicht nur zurück, sondern schaute auch auf das kommende Jahr. Als Erster fasste sich Ludger ein Herz und schlug seinen Eltern vor, den Hof nach und nach in einen Betrieb für Saatgut umzustrukturieren und das meiste Vieh abzuschaffen. Bisher hatte er seine Pläne verschwiegen, und Barbara hatte sich nicht verplappert. Nun hatte er sein Examen in der Tasche, nun bot sich die Gelegenheit.

Franziska widersprach ihrem Sohn heftig, damit würde er kein richtiger Bauer und Landwirt mehr sein wie sein Vater, Großvater und Urgroßvater vor ihm.

Johannes nahm die Hand seiner Frau, um sie zu beruhigen. „Ludger, man kann einen Hof nicht von heute auf morgen von einer Viehwirtschaft in einen reinen Getreideanbau verwandeln."

Ludgers Gesicht glühte. „Mama, du hast mit Papa den Hof in den Kriegsjahren gerettet und ihn mit der beginnenden Technisierung modernisiert, einen Mähdrescher, einen neuen Traktor und andere fortschrittliche Maschinen angeschafft. Früher hast du tagelang mit dem Kipppflug gepflügt, gezogen von zwei Kaltblütlern, dieselbe Arbeit schaffst du heute in wenigen Stunden mit dem Traktor. Opas Mähbinder machte die Schnitter mit ihren Sensen und Garbenbindern überflüssig. Hast du vergessen, wie schweißtreibend das Aufstellen der Garben und das Hochstechen auf den Erntewagen war? Wie es beim Dreschen gestaubt hat? Ihr könnt unseren Hof heute ohne fremde Hilfe bewirtschaften, weil ihr mit der Zeit gegangen seid. Es gilt nicht mehr der Fluch Gottes: ‚Im Schweiße Deines Angesichtes sollst Du Dein Brot essen', wie es bei Mose heißt."

Er hatte sich sorgfältig überlegt, was er sagen wollte.

„Viele Betriebe haben sich spezialisiert und betreiben Viehwirtschaft. Der stetig wachsende Butterberg ist ein deutliches Zeichen dafür. Mein Ziel ist es, vorauszuschauen und, wenn ihr zustimmt, Saatgut zu züchten."

„Wir bauen Weizen und Roggen, Gerste und Hafer an. Saatgut kannst du in der Genossenschaft kaufen", hielt seine Mutter dagegen.

Er lachte. „Mama, schau dich um. Es gibt heute viele Sorten Weizen: Weich- und Hartweizen, Winter- und Sommerweizen, dazu alte Sorten wie Dinkel und Emmer. Das Gleiche gilt für die übrigen Getreidesorten wie Gerste, Roggen und Hafer. Trotzdem wird weiter geforscht, um den Ertrag, die Qualität und Widerstandfähigkeit gegen Ungeziefer und Pilzbefall zu steigern. An der Fachhochschule haben wir uns beispielsweise mit einer ganz neuen Sorte befasst, sie heißt Triticale."

„Triticale? Was ist das?"

„Eine Kreuzung aus weiblichem Weizen und männlichem Roggen. Der botanische Name für Weizen ist Triticum und der für Roggen Secale. Daher der Name ‚Triticale'. Die Sorte wurde gezüchtet, um die Anspruchslosigkeit des Roggens mit der Qualität des Weizens zu vereinigen. Das war Spitzenforschung. Mit dem Wirkstoff der Herbstzeitlosen, dem Colchicin, ist es gelungen, die Chromosomensätze künstlich zu verdoppeln und so in den Zellteilungsmechanismus einzugreifen."

„Man soll dem Herrgott nicht ins Handwerk fuschen", warf seine Mutter ein.

„Mama, von Anfang an hat der Mensch Pflanzen und Tiere gekreuzt und nach strengen Kriterien selektiert, um neue, ertragreichere oder widerstandsfähigere Formen zu erreichen. Aus dem Esel und dem Pferd züchtete er das Maultier, aus dem Wildkohl andere Kohlsorten wie Grünkohl, Blumenkohl, Rosenkohl, Brokkoli, Weißkohl. Soll ich noch mehr aufzählen? Und so wird aus Roggen und Weizen Triticale. Ihr habt uns Ehrfurcht vor der Schöpfung gelehrt und uns ihre Schönheit und Erhabenheit gezeigt. Diese Schöpfung ist aber noch im Werden, sie ist nicht vollendet. Wir Menschen sind berufen mitzuwirken."

Barbara erinnerte sich an die Worte ihres Bruder, als er ihr zum ersten Mal von seinen Plänen erzählt hatte: „Barbara, wenn ich das mache, bin ich ein kleines Rädchen im Schöpfungsplan Gottes." Damals dachte sie, Hochmut treibe Ludger an; jetzt begriff sie, was er damit meinte.

„Deine Mutter und ich haben euch nicht nur die Schönheit der Welt gezeigt", sagte Johannes ernst. „Wir haben euch auch gelehrt zu fragen: ‚Woher kommt, woher entspringt das alles? Wer bewirkt, dass alles wird, ist und besteht?' Bei allem Neuen vergiss diese Fragen nicht."

Ludger nickte.

„Wie stellst du dir das technisch vor?"

Nun war Ludger nicht mehr zu bremsen. „Forschungsanstalten züchten ein Basissaatgut, und ausgewählte Betriebe erzeugen dann das Saatgetreide. Papa, wenn du heute einen Zentner Weizen säst, erntest du im Durchschnitt vier bis fünf Zentner. Neue Züchtungen mit größeren Ähren und kürzeren Halmen liefern mehr als sechs Zentner. Die Landwirtschaft entwickelt sich nicht nur im Maschinenpark, sondern auch im Anbau." Seine Augen sprühten vor Begeisterung. „Viele Landwirte haben sich auf Rinder- oder Schweinezucht spezialisiert, andere auf Milchkühe. Als Futtergetreide bauen sie dafür vermehrt Mais an, weil er sich besser als Mastfutter eignet, das sie in Silos konservieren. Dafür brechen sie Weideland um, da sie nur noch wenig Heu als Futter brauchen. Unsere Landschaft wird sich entsprechend verändern. Auf sandigen und moorigen Böden werden Kartoffeln angebaut. Unser Boden ist perfekt dafür geeignet, Getreide anzubauen. Er ist nicht zu leicht und nicht zu schwer. Für meine Diplomarbeit habe ich parallel zu den Experimenten mit Triticale Erde von verschiedenen Parzellen unserer Felder gesammelt und ihre Qualität untersucht."

Johannes hörte aufmerksam zu. In den Jahren nach dem Krieg war es notwendig geworden, möglichst viel Getreide anzubauen, um die hungernde Bevölkerung zu ernähren, da die Kornkammern im Osten durch den Krieg verloren gegangen waren. Dann kam der Hungerwinter. Die Ernte war katastrophal ausgefallen. Als sie das gemähte Korn in Garben aufgestellt hatten, regnete es andauernd, und das Korn wuchs schwarz aus, verfaulte auf dem Feld. Hamsterer tauchten auf, um für ihre Familien Brot, Eier oder ein Stück Speck zu erbetteln. Franziskas Vater wehrte sich dagegen, Tauschgeschäfte einzugehen, wenn ihm Schmuck oder andere kostbare Gegenstände angeboten wurden. Zornig machte ihn, wenn er jemanden erwischte, der stahl. Den schickte er mit leeren Händen fort.

Ludger hatte recht, die Landwirtschaft und die Welt um sie herum veränderten sich. Der westliche Teil Europas wuchs zusammen. Staatsmänner wie Bundeskanzler Adenauer und der französische Präsident Charles de Gaulle hatten dies erkannt und trieben die Europäische Wirtschaftsgemeinschaft voran, deren Grundlage die Römischen Verträge vom 25. März 1957 waren. Um heute in diesem größeren Europa wirtschaftlich bestehen zu können, musste man bereit sein, alte Denkmodelle aufzugeben und sich Neuem zu öffnen.

Er verstand auch Franziska, die auf diesem Hof aufgewachsen war und ihn im Krieg geführt hatte, als ihr Vater es nicht mehr allein konnte. Sie war dankbar, in ihrem Sohn einen Nachfolger für den Hof zu haben. Franziska würde einwilligen, davon war er überzeugt. Sie brauchte nur ein wenig Zeit, um über Ludgers Argumente nachzudenken.

Er fragte seinen Sohn: „Du schmiedest deine Pläne für unseren Hof, und was ist mit dem Gräftenhof?"

„Nur unser Hof eignet sich für den Anbau von Saatgetreide. Der Boden um den Gräftenhof ist zu schwer, zu lehmig und zu feucht, obwohl er nur wenige hundert Meter entfernt liegt. Nur das Land auf unserer Seite des Bachs kann gute Erträge bringen."

Franziska lauschte nachdenklich den Erläuterungen ihres Sohnes.

Dann sprach er sie direkt an. „Mama, der Traktor hat das Pferd abgelöst. Wie wäre es, wenn du auf dem Gräftenhof Pferde züchtest?"

Sie war skeptisch. „Ein Reiterhof ja, aber Pferdezucht?"

„Keine Kaltblüter, Mama, sondern Reitpferde. Selma wirft in einigen Wochen ein Fohlen. Ich bin sicher, es wird ein Prachtfohlen. Damit hast du einen Anfang."

„Das mag schon sein. Und ich gebe dir recht, es muss nicht das einzige Fohlen bleiben. Aber nachdem wir gerade von unseren Plänen für das kommende Jahr sprechen: Der Reiterhof für behinderte

Kinder liegt mir am Herzen, ich denke wirklich, es wäre das Richtige für den Gräftenhof."

Johannes stimmte zu. „Erst recht, wenn unsere Tochter immer noch Reitlehrerin für therapeutisches Reiten werden möchte", ergänzte er schmunzelnd.

Barbara strahlte ihren Vater an.

„Ich finde, das ist ein schöner Plan", sagte Viktoria und wandte sich an Barbara. „Wie bist du eigentlich darauf gekommen?"

Barbara sprang auf, holte Pauls Zeichnung, legte sie auf den Tisch und sagte: „Das sollen Paul und ich sein, und als ich das sah, kam ich auf die Idee."

Auch Ludger betrachtete lächelnd das Bild. „Dann sind deine Pläne für den Gräftenhof nun offiziell, Mama? Mir scheint, alle sind begeistert von der Idee, und nicht nur unser Vater, sondern auch ich werde dich nach Kräften unterstützen." Er schwieg einen Moment, dann fügte er hinzu: „Auch für Paul kann die Arbeit mit den Pferden zu einer Lebensaufgabe werden. Tante Maria und Onkel Wilhelm werden darüber bestimmt sehr glücklich sein."

Alle klatschten Beifall. Johannes erhob das Glas: „Darauf lasst uns anstoßen. Mögen alle unsere Pläne gelingen! Gott segne sie!"

Conrad hatte Ludgers Diskussion mit seinen Eltern und das Geplauder um den Gräftenhof schweigend verfolgt. Als Johannes das Eisen jetzt erneut in die Glut steckte, um weitere Eiserkuchen zu backen, platzte er heraus: „Ich werde im Februar für zwei Semester nach Freiburg gehen. Ich möchte eine Zusatzausbildung als Sonderschullehrer machen."

Alle schauten ihn überrascht an.

„Hast du dich entschieden? Bis gestern schwanktest du."

Conrad nickte. Ludger sprang auf und umarmte ihn.

„Das sagst du uns erst jetzt, du Heimlichtuer!"

„Ich habe mich heute dazu entschlossen."

Auch die übrigen Familienmitglieder erhoben sich und gratulierten.

„Gehst du meinetwegen?" Barbara stellte die Frage, ohne dass die anderen es merkten.

Conrad antwortete nicht.

„Und du, Barbara?" Johannes stellte sich vor seine Tochter. „Alle haben von ihren Plänen für das kommende Jahr gesprochen. Was sind deine Pläne, Kind?"

Endlich. Barbaras Träume waren an diesem Abend gewachsen. „Ich möchte nach dem Schulabschluss mit Mama arbeiten und auf dem Gräftenhof therapeutisches Reiten anbieten. Dazu gehe ich nach Warendorf und lasse mich zur Reitlehrerin ausbilden."

Franziska nahm ihre Tochter in den Arm. „Ja, das tust du, und dann werden wir zusammen den Reiterhof führen."

Viktoria stand verlegen in diesem Kreis ihrer neuen Familie.

Ludger trat mit feierlicher Miene auf sie zu, nahm ihre rechte Hand, steckte ihr einen Ring an den Finger und küsste sie.

Das kam für alle überraschend.

„Seid ihr verlobt?" Barbara umarmte beide.

Wie aus einem Mund sagten sie. „Ja, wir sind verlobt. Und wir wollen im Mai heiraten." Sie schauten Johannes und Franziska an, die streckten ihre Hände aus.

„Unseren Segen habt ihr."

Kurz vor Mitternacht gingen sie in den Hof. Als die Glocken der Kirche das neue Jahr verkündeten, umarmten sie sich und wünschten sich ein glückliches neues Jahr.

„Conrad, ich wünsche dir alles Gute für deine Zusatzausbildung." Barbaras Stimme stockte, er drückte fest ihre Hände und ließ sie dann abrupt los.

Ludger lächelte, als er seine Schwester und Conrad sah.

Der eisige Wind hatte sich gelegt, als Barbara lange nach Mitternacht das Fenster ihres Zimmers öffnete.

Es schneite; lautlos schwebten die Flocken zur Erde. An der Scheune brannte wie jede Nacht eine Lampe. Kristallen schimmerten die niedersinkenden Flocken im Lichtkegel.

Aus dem Haus traten zwei Gestalten, die eng umschlungen in Richtung Gräftenhof durch den frisch gefallenen Schnee stapften. Es waren ihre Eltern, die auf dem Weg waren, ihren Nachbarn Maria und Wilhelm Schulze-Westhoff wie jedes Jahr ein glückliches neues Jahr zu wünschen.

Sie sah den beiden nach, wie sie von Zeit zu Zeit stehen blieben und zu einer Einheit verschmolzen. Davon träumte sie, jemanden so lieben zu können wie ihre Mutter und ihr Vater einander.

Barbara dachte an Conrad, der heute Nacht in seiner Kammer auf der Tenne schlief. Brannte in ihrem Herzen eine verborgene, stille Flamme? Sie horchte in sich hinein. Tränen rollten über ihre Wangen; sie schüttelte den Kopf und verschränkte fröstelnd die Arme vor ihrer Brust.

Am Neujahrsmorgen frühstückte die Familie allein. Conrad war früh abgereist, ohne sich von Barbara zu verabschieden.

Ein neues Jahr

In der ruhigen Woche zwischen Weihnachten und Neujahr hatte die Arbeit auf dem Hof geruht, nur die Tiere mussten versorgt werden.

Am Tag nach Neujahr gingen Ludger und Viktoria zum Standesamt, um ihr Aufgebot zu bestellen, und am Dreikönigstag besuchten sie nach dem Hochamt ihren Pastor, um ihre Hochzeit für den Tag vor Christi Himmelfahrt anzumelden.

„Dann werde ich euch an den vier Fastensonntagen von der Kanzel abkündigen“, sagte der Pastor. Als sie sich von ihm verabschiedeten, ermahnte er sie: „Bleibt brav und geht vorher beichten.“

Als Nächstes ging Ludger mit Viktoria zu ihren nächsten Nachbarn, Wilhelm und Maria Schulze-Westhoff, um seine Braut vorzustellen. Paul stürmte auf Ludger zu, der ihn mit seinen Armen auffing. Nach dieser freudigen Begrüßung stellte sich Paul vor Viktoria und zeigte mit seinem Finger auf sie.

„Wer bist du?“

Der Berner Sennenhund, den Wilhelm im letzten Jahr als Welpe gekauft hatte, hob schnuppernd seinen Kopf, den der Junge kraulte, und streckte sich gleich darauf wieder wohlig knurrend auf dem Boden aus. Er akzeptierte Viktoria.

Viktoria hockte sich vor Paul. „Ich bin Viktoria, und wer bist du?“

„Paul Schulze-Westhoff, wohne Westhoff 1, zwölf Jahre alt.“ Er ergriff ihre Hand und zog sie in seine Spielecke neben dem geschmückten Weihnachtsbaum. „Christkind, Weihnachten!“

Der Hund trottete hinter ihnen her, er wich nicht von Pauls Seite. Der warf sich auf die Knie und schob mit einem die Fahrt untermalenden „Brumm, Brumm“ ein Holzauto auf sie zu.

„Paul, sollen wir dein Auto beladen?“

In seiner Spielecke stapelten sich Bauklötze, mit denen sie das Auto beluden. Damit hatte Viktoria die Sympathie des Jungen gewonnen. Paul fuhr das Holzauto auf allen vieren durch das Zimmer und zwischen den Stühlen der Erwachsenen hindurch. Seine Eltern und Ludger warteten geduldig, bis Viktoria sich zu ihnen an den Tisch setzte, den Maria inzwischen gedeckt hatte. Sie bot ihnen selbst gebackenes Weihnachtsgebäck an.

Ludger erhob sich. „Onkel Wilhelm, wir heiraten im Mai. Du bist unser nächster Nachbar. Dir steht es zu, unser Gästebitter zu sein."

„Seid ihr denn verlobt?"

„Ja, Viktoria und ich haben uns am Silvesterabend verlobt."

Maria und Wilhelm standen auf und schlossen Viktoria und Ludger in die Arme.

„Chraleer ju!", rief Wilhelm Schulze-Westhoff und zögerte nicht: „Dat will ik meenen, dat ich dat do äs journ neichsten Noaber."

„Onkel Wilhelm hat uns gratuliert und gesagt: ‚Das will ich meinen, dass ich das tu als euer nächster Nachbar'", übersetzte Ludger lachend für Viktoria.

Paul hatte das Wort „Hochzeit" aufgeschnappt, ließ sein Auto stehen und hüpfte in die Hände klatschend im Raum herum. „Hochzeit, Hochzeit", jubelte er.

„Wann soll jour Hochtied sien?"

„Am dreißigsten Mai, am Tag vor Christi Himmelfahrt."

„Un wecke Lüede sall ich inloaden? De heele Noaberschup? Auch Graute-Brinkhoff und den Fürsten?"

„Ja, Onkel Wilhelm, alle Nachbarn."

Auf Plattdeutsch fügte Ludger hinzu: „Man sall de Dööre melääwen nich ganz toschlaon."

„Wull dat nur wiëten", sagte Wilhelm.

Viktoria folgte Paul, der sie an der Hand mit in den Hof zog. Dort sollte sie die Kunststücke bewundern, die er seinen Hund gelehrt hatte. Er apportierte Steine, einen Ball oder Stöcke, die der Junge von sich schleuderte. Als Belohnung bekam Bello keine Leckerlis, sondern er leckte dem Jungen die Hand. Dann sagte Paul: „Komm, Mama. Kuchen."

Sie gingen wieder hinein. Noch einmal gratulierten Wilhelm und Maria, dann setzten sie sich wieder an den Tisch.

„Nu griept to und load ju Marias Kooken schmecken", forderte Wilhelm sie auf. Er zwinkerte Viktoria zu und wiederholte: „Greift zu und lasst euch Marias Christstollen schmecken."

An einem trüben Februartag starb am frühen Morgen Oma Martha. Barbara hatte mit ihrer Mutter in der Nacht an ihrem Bett gewacht. Sie hielten ihre welke Hand, und mit einem Lächeln auf den Lippen schlief Oma Martha ruhig ein. Franziska zeichnete ein Kreuz auf ihre Stirn und wickelte einen Rosenkranz um ihre gefalteten Hände.

Es war das erste Mal, dass Barbara den Tod eines lieben Menschen unmittelbar erlebte. Beim plötzlichen Tod ihres Großvaters vor mehr als zehn Jahren hatte sie den Verlust erst in den nächsten Tagen und Wochen gespürt. Oma Marthas Tod war ein langsames Hinscheiden, ein gedehntes Abschiednehmen gewesen.

Nach ihrem letzten Atemzug überfiel Barbara tiefe Traurigkeit. Wie oft war sie zu ihrem Haus gefahren? Mit Spannung und Neugierde hatte sie den Geschichten aus alter Zeit gelauscht, die Oma Martha erzählte.

Monatelang brachten ihre Mutter oder sie ihr täglich das Mittagessen. Barbara zog dann den kleinen Tisch an den Sessel, auf dem das Buch aufgeschlagen lag, in dem Oma Martha gerade las. Körperlich mochte ihre Oma schwach sein, sie klagte nicht, aber geistig war sie wach und nahm an allem Anteil. Ihre Oma ließ es geschehen, wenn Barbara sie fütterte: „So ist das, mein Kind, nun gibst du mir zu essen, so wie ich es früher bei dir getan habe“, sagte sie und strich Barbara über das dunkle Haar.

Oma Martha gehörte zu ihrem Leben, so lange sie sich erinnern konnte. Die schwere Arbeit hatte ihren Rücken gebeugt, nicht aber ihr Herz und ihren Willen. Sie glaubte ohne Vorbehalte an das Gute im Menschen.

Wenn Barbara in Kindertagen mit dem Fahrrad von der Schule kam, traf sie ihre Oma oft im Garten unter der alten Linde auf der Gartenbank sitzend an. Wenn sie bemerkte, dass sie eingenickt war, wartete sie, bis sie aufwachte. Häufig verweilten Oma Marthas Augen in der Ferne, als ob sie dort etwas suchte, und ihre Lippen bewegten sich. „Ich habe mit dem lieben Gott gesprochen“, sagte sie mit einem Lächeln, wenn Barbara sie so fand.

„Hat er dir geantwortet?“, fragte sie.

„Kind, siehst du ihn nicht, seine Pracht, seine Schöpfung, die Ordnung darin?“

Eine Woche nach dem Reitturnier hatte Barbara ihre Oma besucht, die in ihrem Lehnsessel saß und aus dem Fenster in den Garten schaute. Sie liebte diesen Platz. Die Ereignisse des Turniertages und der festliche Ball am Abend wichen nicht aus Barbaras Gedanken.

„Kind, was ist? Was bedrückt dich?“

Sie erzählte ihr von der Begegnung mit dem Erbprinzen.

„Was ist mit ihm? Hast du dich verliebt?“

„Oma, stell dir vor, er hat mir einen Heiratsantrag gemacht!“

Oma Martha schmunzelte. „So, so!“

„Aber bin ich verliebt? Lockt mich der Reiz des Unbekannten? Eine fremde, neue Welt? Das Leben einer Prinzessin? Oma, ich sehne mich nach dem Wunder der Liebe, bei dem meine Gedanken wie Sterne in der Nacht auf Wanderschaft gehen und sich mit dem Wind verbinden. Erhaben über alle Zweifel möchte ich meine Arme ausbreiten."

„Kind, ein schöner Traum! Barbara, du bist jung und hübsch, du wirst dein Glück finden."

„Ich möchte nicht gefesselt sein, Oma, sondern frei. Nicht gebunden an die Konventionen einer bestimmten Gesellschaft. Nein, ich liebe ihn nicht."

In der Gemeinde kritisierte man, dass der Fürst sein Land teuer und immer nur in kleinen Parzellen verkaufte. Die Bevölkerung war durch die Flüchtlinge, die nach dem Krieg ihrem Dorf zugeteilt wurden und hierblieben, weil sie Arbeit fanden und neue Familien gründeten, sprunghaft gewachsen. Man brauchte Bauland für junge Familien, die nicht mehr wie früher in der Enge ihrer Elternhäuser wohnen wollten. Neu erschlossene Baugebiete waren innerhalb kürzester Zeit voll, und die Gemeinde musste erneut beim Fürsten „betteln", wie ihre Eltern es bezeichneten. Es hieß, von dem Erlös kaufe er sich in Brasilien oder Argentinien neues Land für Rinderherden, und er könne nicht so viel Geld auf einmal gebrauchen.

Sie wollte nichts zu tun haben mit diesem Handel, den sie verabscheute.

„Oma, ich gehöre hierher, auf dieses Land, über das ich im Sommer mit meinen nackten Füßen laufe. Hinter unserem Haus wächst meine Eiche neben den Bäumen von Opa Ludger, Alexa und Ludger. Und von Conrad", fügte sie hinzu. „Das ist meine Heimat."

„Barbara, dein Großvater wäre stolz, wenn er erlebt hätte, wie sehr du deine Heimat liebst und dass zudem sein Enkel seinen Hof übernimmt. Ludger ist ein würdiger Erbe."

„Oma ich möchte auf dem Gräftenhof leben."

Oma Martha lächelte, als Barbara ihr offenbarte, wie sie sich vom ersten Augenblick an in dieses Haus verliebt hatte. Den Gräftenhof zu bewohnen, war ihr Traum, und sie fürchtete sich, daraus zu erwachen.

„Wenn ich über die Brücke der Gräfte gehe, ist mir, als ob ich schon immer hier gelebt hätte und das Haus auf mich wartet, um darin zu wohnen."

Ging sie über die Wiesen und Felder, die zu diesem Hof gehörten, schritt neben ihr im Geiste stumm ein Mann, dessen Gesicht und Gestalt unter einem Schleier verborgen lagen. Wer war dieser Unbekannte? Bernward? Conrad? Auch im Traum sträubte sie sich gegen diesen Gedanken. Ein Fremder, ihr noch Unbekannter? Zu anderer Zeit war es ihr Bruder Ludger. Sie ritten wie in Kindertagen nebeneinander über die Felder und besprachen, was zu tun sei.

Oma Martha nahm ihre Hand. „Barbara, lehnst du den Erbprinzen wegen des Gräftenhofs ab, weil er nicht mit dir dort leben würde?"

„Nein, der Erbprinz ist nicht mein Typ. Er gleicht seinem Vater, und er wird sein Schloss nie verlassen, um neue Ideen zu verwirklichen wie Ludger."

„Und Conrad? Dein Großvater hat auch für ihn eine Eiche gepflanzt."

Sie errötete.

„Dein Großvater war ein weiser Mann."

Barbara murmelte: „Oma, wir standen unter den Eichen, da flüsterte Conrad, ich habe alles verstanden: ‚Barbara, unsere Eichen blühen, vielleicht befruchten sie sich gegenseitig.'"

Nun war es gesagt. Ihre Oma erriet, mit welchen Gedanken sie rang.

„Träumt er von dir? Hat Conrad dir gesagt, er liebt dich?"

Barbara schaute ihre Oma an und biss sich auf die Lippen. „Oma, er ist mit mir verwandt, er darf mich nicht lieben, und ich will es auch nicht."

Oma Martha legte beide Hände an Barbaras Wangen und hob ihren Kopf. „Den Erbprinzen willst du nicht, weil er nicht dein Typ ist. Gegen Conrad wehrst du dich, weil du glaubst, ihn nicht lieben zu dürfen." Sie schwieg eine Weile, dann sagte sie: „Barbara, dein Verstand sagt dir, was gut und richtig ist, aber horche auch auf die Sprache deines Herzens. Es sagt dir, was du tun musst."

Die Sätze verwirrten Barbara, aber ihre Oma drang nicht weiter in sie. Billigte sie, dass sie und Conrad mehr verbinden könnte?

Als sie sich an jenem Tag von Oma Martha verabschiedet hatte, lächelte ihre Großmutter.

„Kind, du bist pfiffig, jung und hübsch." Sie tippte mit dem Finger auf ihre Nasenspitze: „Und ungeduldig! Auf dem Weg zur wahren Liebe wirst du so manche Verliebtheit erleben und glauben, dieser junge Mann sei bereits der Eine, Einzige. Liebeskummer wird an dir zehren. Doch wenn du den wahren Richtigen gefunden hast, wirst du sehen, dass alles andere im Vergleich zu ihm nur Spielerei war."

Aus ihren Worten sprach die Lebenserfahrung dieser einfachen Frau.

Nun war sie nicht mehr. Barbara musste ihren Weg allein finden, ohne ihre Oma. Tränen flossen über ihre Wangen.

„Oma Martha war ein guter Mensch!" Die Worte ihrer Mutter riss sie aus ihren Gedanken. „Sie hat immer an das Gute im Menschen geglaubt und ihr Vertrauen auf Gott nicht verloren."

Für Franziska schied mit ihrer Stiefmutter ein Mensch aus dem Leben, der bis in ihr Innerstes schauen konnte. Ihr Vater hatte nach dem Tod seiner ersten Frau, ihrer leiblichen Mutter, ein zweites Mal geheiratet. Martha war ihr bald eine Vertraute geworden. Martha war es auch, die sie aus dem Dschungel ihrer Zweifel gerissen hatte, als sie schwanger geworden war, sich aber noch gegen den Gedanken wehrte, Johannes zu lieben. Sie, Franziska, Tochter des stolzen Bauern Große-Bawinkel, und Johannes, ein verwunderter Soldat aus der Ukraine, ein sogenannter „Volksdeutscher“, dessen Vorfahren vor über zweihundert Jahren aus Deutschland ausgewandert waren und den die SS zum Wehrdienst verpflichtet hatte? Martha hatte ihr damals behutsam die Augen geöffnet, und Franziska erkannte, dass es mehr als nur ein Rausch war. Einmal, wann war das, hatte sie zu ihr gesagt: „Franziska, Schönes wächst inmitten von Dornen.“ Bei Johannes fand sie Geborgenheit, und ihre Seelen berührten sich Tag für Tag in zärtlicher Umarmung.

Ein letztes Mal strich sie über die bleichen Wangen der Toten. Dann stand sie auf und nahm ihre Tochter in den Arm, die hemmungslos schluchzte.

Nach dem Reitturnier im Sommer hatte auch Ludger seine Oma besucht, um ihr Viktoria vorzustellen.

„Oma, das ist meine Freundin Viktoria.“

Oma Martha winkte sie zu sich. „Kinder, setzt euch zu mir.“

Man sah ihr ihre Freude an. Mit leicht geneigtem Kopf betrachtete sie die Auserwählte ihres Enkelsohns, die ein schlichtes Kostüm trug, Viktoria erwiderte ihren Blick. Ludger beugte sich zu seiner Oma, die ihn umarmte.

„Du hast eine gute Wahl getroffen.“

Viktoria errötete. Oma Martha ergriff Viktorias Hände und drückte sie fest. „Die Hände einer Frau sind der Segen für den Mann, den sie liebt.“

Danach hatte Viktoria, sie bestand darauf, beinahe jedes Wochenende auf dem Hof verbracht. „Ich will meine neue Heimat kennenlernen und meine Schwiegereltern auch", erklärte sie. Und als die beiden Oma Martha an Neujahr erneut besuchten, um ihr von der Verlobung zu berichten, freute sich die alte Dame mit ihnen.

Viktoria war in Westerkotten aufgewachsen, einem kleinen Ort bei Erwitte am Fuße des Haarstrangs. Sie war die dritte von fünf Geschwistern. Ihr Vater, der nach drei Jahren Kriegsgefangenschaft heimgekommen war, arbeitete dort im Zementwerk. Zwei Schwestern wurden nach der Heimkehr des Vaters geboren. Nach dem vierten Volksschuljahr wechselte Viktoria auf Betreiben des Pastors die Schule. Er meinte, sie sei begabt und solle das Gymnasium besuchen. Im Internat der Ursulinen in Werl verlebte Viktoria unbeschwerte Jahre, obwohl Heimweh sie quälte und sie Tränen vergoss, wenn sie nach den Ferien zurück ins Internat fuhr. Diese Jahre prägten sie. Fünfzehnjährig träumte sie davon, nach dem Abitur in den Orden der Ursulinen einzutreten, um später junge Menschen unterrichten zu können. Als sie siebzehn Jahre alt war, starb ihre Mutter. Zu Hause warteten der Vater und ihre vier Geschwister auf sie; sie entzog sich nicht der Pflicht. Schweren Herzens nahm sie Abschied vom Internat, den Nonnen und ihren Mitschülerinnen. Das Einjährige hatte sie zu Ostern bestanden. An den Wochenenden fuhr sie mit dem Fahrrad ab und zu nach Werl. Der Gedanke, Nonne zu werden, beschäftigte sie weiterhin. Die Ehrwürdige Mutter Oberin, Schwester Maria Modesta, führte lange Gespräche mit ihr.

„Viktoria, wenn du berufen bist, wird Gott dir den Weg weisen."

Sie riet ihr: „Schreib auf, was dich bewegt, beim nächsten Mal sprechen wir darüber."

Ohne Antworten kehrte sie heim, folgte aber dem Rat. Behutsam begleitete die Schwester sie. Nonne zu werden, so stellte sie fest, sei für Viktoria eine Flucht aus ihrer Einsamkeit.

„Du hoffst, dass irgendwo auf der Welt ein Mensch auf dich wartet, mit dem du gemeinsam durchs Leben gehen willst. In deiner Einsamkeit überträgst du diese Gedanken auf Gott. Aber an den Klippen der Einsamkeit im Kloster sind schon viele Menschen zerbrochen."

Trotzdem riet sie Viktoria, deren Vater nach zwei Jahren erneut geheiratet hatte, für ein Jahr ins Noviziat der Ursulinen einzutreten, um selbst den Weg zu finden. Sie könne diese „Probezeit" zu jeder Zeit beenden.

Während des Noviziats machte Viktoria eine Ausbildung in der Lehrküche des Klosters. In den Exerzitien kämpfte sie mit sich und entschied sich nach einem langen Gespräch mit der Oberin, das Noviziat zu beenden. Sie haderte mit dem Gebot des Gehorsams und fühlte, dass sie einen anderen Weg gehen musste.

„Viktoria, du bist berufen, eine Familie zu haben. Dein Tagebuch, das du mir vor einem Jahr anvertraut hast, zeugt davon."

Die Ausbildung in der Lehrküche des Klosters schloss Viktoria ab, danach leitete sie die Küche im Landwirtschaftszentrum von Haus Düsse, dem ehemaligen „Rittergut Ostinghausen", das bereits im Jahr 1231 urkundlich erwähnt wird. Die Ehrwürdige Mutter hatte sie dorthin empfohlen.

Beim dortigen Osterball begegnete sie Ludger.

Franziska hatte ihre künftige Schwiegertochter, die ihr offen begegnete und ganz selbstverständlich im Haushalt zur Hand ging, ins Herz geschlossen. Wenn das junge Paar am Sonntag nach dem Gottesdienst, den sie gemeinsam besuchten, Hand in Hand durch die Felder spazierte oder nach dem Mittagessen Pläne schmiedete, erinnerte sie sich an die ersten Ehejahre mit Johannes.

Sie schlugen Viktoria und Ludger vor, nach der Hochzeit im nun leer stehenden Kötterhaus zu wohnen.

„Wir sind zu jung, um aufs Altenteil zu gehen. Bezieht ihr zunächst das Kötterhaus, dort habt ihr ein eigenes Reich."

Ludger wehrte sich zunächst, im elterlichen Hof sei Platz genug für sie alle. Dann besprach er sich mit Viktoria und entschied: „Wir richten uns das Kötterhaus ein!"

Sorgen um den Gräftenhof

Einige Wochen nach Oma Marthas Tod, sie saßen beim Nachmittagskaffee, fragte Johannes: „Franziska, leben wir über unsere Verhältnisse?"

„Warum fragst du, Johannes? Machst du dir Sorgen wegen des Umbaus und der Renovierung des Gräftenhofs?"

Vor ihnen auf dem Tisch lagen die Zeichnungen und Kostenschätzungen des Architekten Berghaus. Es war Sonntagnachmittag und eine ruhige Zeit auf dem Hof. Sie waren allein zu Hause. Ludger war an diesem Wochenende noch einmal nach Soest zum Haus Düsse gefahren, um sein Arbeitszeug, das dort lagerte, abzuholen. Alexa lernte in ihrem Zimmer für die Schule, und Barbara war bei ihrer Freundin Susanne.

Franziska legte ihre Hand auf seine Schulter. „Johannes, der Gräftenhof ist ein realer Wert. Die Bank will uns zwar keine Hypothek auf den Hof geben, da an erster Stelle die lebenslangen Renten für Paul, Wilhelm und Maria stehen. Aber wir könnten unseren Hof belasten, Ludger hat sein Studium abgeschlossen und wird uns auch auf dem Gräftenhof helfen."

„Nein, Franziska." Sanft strich er über ihren Handrücken. „Wegen des Gräftenhofs dürfen wir dein und Ludgers Erbe nicht belasten, wenn er nun, da er zurück auf dem Hof ist, seine Pläne verwirklichen soll. Damit würden wir ihm die Hände binden. Barbara und Alexa besuchen zudem noch die Schule, du und Barbara habt wunderbare Pläne, aber wir wissen nicht, wie ihr Leben verlaufen wird. Wenn Ludger den Hof erbt, steht unseren Töchtern ihr Anteil zu."

„Hat dich Ludwig Erhards Rede, als er noch Bundeskanzler war und maßhalten empfahl, auf diese Gedanken gebracht? Wir leben nicht über unsere Verhältnisse, wir haben hart gearbeitet für das, was wir haben."

Er nickte. „Der Gräftenhof belastet uns mehr, als wir gedacht haben. Trotzdem würden du und ich wieder so handeln."

„Johannes, noch wissen wir trotz unserer Pläne nicht, was aus dem Gräftenhof wird. Wir können doch nach und nach renovieren. Die Pläne mit dem Reiterhof sind noch nicht ausgereift. Auch da müssen wir investieren, aber es ist noch Zeit. Barbara zeigt sich zwar begeistert, will auch nach Warendorf gehen, aber hat sie auch erkannt, welche Verpflichtung es ist, einen Reiterhof für behinderte Kinder zu organisieren und zu führen?"

„Wenn wir vom Gräftenhof reden, wird Barbara aufgeregt und hellhörig. Sie ist vernarrt in diesen Hof."

„Das stimmt, und es ist auch mein Traum. Wenn Barbara will, werde ich sie unterstützen. Aber zu den Kosten, Johannes. Der Orkan hat viele Bäume gefällt, vielleicht könntest du einiges Holz im Wald zusätzlich einschlagen, auch wenn der Erlös durch das Überangebot im Moment gering ist. Mit dem Gewinn aus dem Holzverkauf könnten wir jedoch die weiteren Kosten bezahlen. Rede mit Wilhelm darüber, er kennt seinen Wald am besten. Er weiß, welche Bäume man fällen könnte."

„Du bist eine kluge Frau, Franziska."

„Johannes, Liebster, wir können stolz auf unsere Kinder sein. Ich glaube, wir haben ihnen genügend Rückgrat gegeben, um im Leben bestehen können. Du bist allen dreien ein wunderbarer Vater."

Er wiegte seinen Kopf hin und her.

Franziska bewunderte die innere Ruhe ihres Mannes. Nach dem Krieg akzeptierte er ohne Murren, dass sich sein Jugendtraum, Germanistik zu studieren und junge Menschen zu unterrichten, nicht erfüllen würde. Er stellte sich der Gegenwart und wurde mit Leib und Seele Landwirt. Er lehrte seine Kinder, dass kritisches Denken über Gott und Glaube nicht das Wichtigste ist, und die Knie in Demut zu beugen und ein Gebet zu sprechen keine entleerten Rituale sind.

Wann war das, als sie gemeinsam Münster besuchten? In der Kirche am Marienplatz standen sie vor dem Kreuz, das man nach der Bombenacht im Oktober 1944 aus den Trümmern geborgen hatte.

Eure Hände sind meine Hände. Dieser Schriftzug schmückte den Korpus ohne Arme.

„Franziska, das ist es. Das ist unser Glaube! Man kann auch sagen: Unsere Liebe ist seine Liebe."

Johannes kam auf Ludgers Pläne zurück, den Hof zu einem Saatgutbetrieb zu machen. „Ludger wird seinen Weg gehen. Ich traue ihm zu, dass er den Hof mit Sorgfalt und Bedacht umwandelt."

Sie stimmte ihm zu, obwohl es ihr schwerfiel, diese Änderungen zu bejahen.

„Dein Vater hat uns auch wirken lassen, erinnere dich."

Sie nickte. „Ludger übernimmt unseren Hof und wird seinen Weg gehen."

Das Schuljahr war zwei Wochen vor Ostern zu Ende. Barbara verließ nach zweieinhalb Jahren und den erforderlichen Schulpraktika im Clemenshospital sowie in einer Großküche mit dem Einjährigen die Hildegardisschule.

Nach Ostern erhielt sie einen Brief von Conrad.

Liebe Barbara,

die Nachricht von Oma Marthas Tod stimmt mich traurig. Sie war allen, auch mir, eine liebe und verständnisvolle Oma. Jedem von uns hörte sie geduldig zu, wenn wir mit unseren Sorgen oder unserem Kummer zu ihr kamen. Tröstlich ist, dass sie ohne Leiden eingeschlafen ist. Ich wünschte nur, so wie Du an ihrem Sterbebett gesessen zu haben. Bitte schneide im nächsten Februar in ihrem Garten Zweige von der Weide ab und stelle sie mit einer Kerze auf ihr Grab. Im Frühjahr werden dann die Weidenkätzchen blühen.

Barbara wischte sich Tränen aus den Augen. Den Tod von Oma Martha hatte sie noch nicht überwunden; sie vermisste sie. Hatte also auch Conrad mit ihr gesprochen und Rat bei ihr gesucht? Sie war sich fast sicher.

Nun bin ich schon zwei Monate in Freiburg. Hier tummeln sich viele Studenten und Studentinnen, um ein Freisemester in dieser schönen Stadt genießen. Das Studium ist nicht so eingezwängt in Vorlesungen und Praktika. Aber sei beruhigt, ich mache meine Scheine, um möglichst bald mein Examen machen zu können.

Lass dir von einem schönen Ausflug unserer Clique berichten. Mit der Höllentalbahn, einem Zug, sind wir von Freiburg nach Hinterzarten gefahren. Dort haben wir unsere Rucksäcke genommen und sind dann durch den Hochwald in Richtung Titisee gewandert. In den Pausen unterwegs haben wir gesungen. Ich hatte meine Gitarre mitgenommen.

Ein Stich durchfuhr Barbara; sie erinnerte sich an das Hoffest. Für wen hatte Conrad dort auf der Wanderung gespielt?

Sie las verstört weiter.

Am Titisee übernachteten wir in unseren Zelten. Doch vorher wagten wir einen Sprung in das kalte Wasser des Sees. Wir konnten uns ja nachher am Lagerfeuer wieder aufwärmen.

Liebste Barbara,

Sie stockte. War das eine Floskel oder eine Liebeserklärung? Sie las den Satz erneut.

Liebste Barbara, wie gern würde ich so eine Wanderung mit dir hier oben unternehmen!

Am nächsten Tag setzten wir die Wanderung fort. Es ging vorbei an Titisee-Neustadt bis zum Schluchsee, den wir ganz umkreisten, um dann von dort mit dem Zug wieder nach Freiburg zu fahren. Der krönende Abschluss war dann ein Besuch in einem der schönen Weinlokale in der Innenstadt.

Es tut sich, wie Du schreibst, manches auf Eurem Gräftenhof, von dem Du geradezu euphorisch schwärmst. So, als seiest Du dort die Herrin. Dein Traum?

Eure Pläne, dort einen Reiterhof für therapeutisches Reiten vor allem für behinderte Kinder aufzubauen, würden auch mich begeistern. Was gibt es Schöneres, als in lachende Kinderaugen zu schauen?

Erinnere Dich, liebe Barbara, an Pauls Lachen, wenn Du ihn auf den Rücken seines Haflingers gehoben hast; wie er strahlte und seinen Kopf auf den Nacken des Tieres legte! Wie geht es dem Jungen?

Ich verstehe. Du liebst das alte Gebäude des Gräftenhofs. Aber da ist auch Paul, der ein lebenslanges Wohnrecht auf dem Hof hat. Bedenkst du das in deinen Träumen?

Ich denke jeden Tag an dich, liebe Barbara.
Ich

Hier brach der Brief ab, und es folgte der Abschiedsgruß: *Dein Conrad.*

„Ja, Conrad ich bedenke das. Ich weiß um das Gelöbnis meiner Eltern."

Tränen rannen über ihre Wangen.

PS: Ich hätte es fast vergessen: Ludger hat mich zu seiner Hochzeit mit Viktoria eingeladen. Du und ich sollen ihre Trauzeugen sein. Ich werde die zehn Tage danach bis Pfingsten bleiben. Am Tag vor der Hochzeit, dem Polterabend, werde ich kommen, um am nächsten Morgen das Brautpaar gebührend mit Böllern zu wecken.

Ich möchte auch deine Eltern überraschen. Ich habe Kontakt nach Schottland aufgenommen und die Adresse von Tom Farlay ausfindig gemacht. Er will deine Eltern mit seiner Frau Betty besuchen. Das Schicksal will es, dass sie den Besuch zu Ludgers und Viktorias Hochzeit geplant haben. Darum bitte ich Dich, richte heimlich die Fremdenzimmer her, ohne dass Deine Eltern es merken. Verplappere Dich nicht.

Barbara schmunzelte. Tom Farlay: Das würde eine wunderbare Überraschung für ihre Eltern werden. Der Major der Englischen Luftwaffe war 1944 mit dem Fallschirm abgesprungen, nachdem sein Bomber ins Flakfeuer der Deutschen geriet und abstürzte. Ihr Großvater hatte ihn auf dem Hof vor den Nazis versteckt, wo Farley sich mit ihrem Vater anfreundete.

Ich vermisse die Heimat und die Zeit mit dir, liebe Barbara.

Barbara hielt inne. Zwischen den Zeilen sprach Conrad von Liebe. Sie freute sich auf seinen baldigen Besuch und fürchtete sich gleichzeitig. Unruhig rutschte sie auf ihrem Stuhl hin und her, stand auf, ging im Zimmer auf und ab und setzte sich wieder.

Viktoria und Ludger hatten auch sie gebeten, zusammen mit Conrad bei der standesamtlichen Trauung wie auch in der Kirche ihre Trauzeugen zu sein. Mit hochrotem Kopf hatte sie zugestimmt, was ihren Bruder amüsiert lächeln ließ.

Eine neue Generation

Ludger und sein Vater wollten bis zur Hochzeit die wichtigsten Arbeiten geschafft haben. Vater und Sohn bewirtschafteten von nun an gemeinsam den Hof und zusätzlich die fast sechshundert Morgen des Gräftenhofs. Im Frühjahr gab es auf den Feldern, den Wiesen und in den Ställen eine Menge Arbeit wie Felder pflügen, Getreide einsäen und das erste Gras für das Heu mähen.

Franziska freute sich, dass ihr Sohn sich mit Begeisterung, die sich auf ihren Mann übertrug, auf seine neue Aufgabe stürzte. Inzwischen lag auch die Anerkennung als Saatgutbetrieb durch die Landwirtschaftskammer vor. Sein Vater bremste seinen überschäumenden Elan, als er damit begann, einen Teil der Ackerflächen für die Saatgutzucht schon in diesem Jahr zu präparieren, um mit einer Weizensorte, mit der er an der Hochschule in Soest und auf Haus Düsse experimentiert hatte, einen ersten Versuch zu wagen.

„Ludger, du gehst ein großes Risiko ein", warnte Johannes. „Bei einer Missernte durch Hagel oder Sturm oder wenn Schädlinge das Getreide befallen, gefährdet das unsere Existenz."

Er erzählte ihm von der Kartoffelkäferplage im Jahr 1944, die die Ernte bedrohte, und wie Schulklassen abkommandiert wurden, die Schädlinge einzusammeln.

Ludger beruhigte seine Eltern, denn auch seine Mutter mahnte zur Vorsicht: „Papa, zur Sicherheit bebauen wir die Felder des Gräftenhofs traditionell wie immer und treiben unsere Kühe auf die Weiden", er schaute lächelnd seine Mutter an, „die Mama nicht für ihre Pferde beansprucht."

Die Antwort ihres Sohnes beruhigte Franziska und Johannes. Sie erkannten, dass er mit Bedacht vorging und nicht ungestüm seine

Projekte verwirklichte.

„Wilhelm wird uns kaum helfen können, sein Herz bereitet ihm mehr und mehr Probleme."

„Papa, wir sind von nun an zu zweit. Gemeinsam werden wir die Arbeit schaffen."

Der Wechsel der Jahreszeiten und das Wetter bestimmten das Leben auf dem Hof. Barbara genoss es, wenn sie an Winterabenden alle um den Kamin saßen, in dem das Feuer prasselte. Als sie klein war, zog sie einen Hocker neben den Lehnstuhl von Oma Martha, die ihr Märchen vorlas oder mit der sie in den vergilbten Fotoalben der Familie blätterte. Als Jugendliche las sie in einem Buch oder starrte gedankenverloren in das Feuer, in dem die Funken sprühten, wenn der Vater ein neues Buchenholzscheit ins Feuer warf. Im Sommer wanderte sie mit Susanne oder mit Ludger durch die wogenden Kornfelder. Vor zwei Jahren waren sie noch häufig zu viert gewesen, wenn Ludger und Conrad auf dem Hof weilten; sie warfen sich rücklings in einen Heuhaufen, ihre Blicke folgten den wandernden Wolken, und sie redeten miteinander.

Die Frühlingstage in diesem Jahr waren anders als in früheren Jahren, es herrschte eine bisher nicht gekannte Unruhe in Barbaras Herzen. Stundenlang streifte sie allein durch Feld und Flur und beobachtete Ludger und ihren Vater bei ihrer Arbeit. Unbewusst trieb es sie zum Gräftenhof, an dem die Gerüste abgebaut waren. Die alten Mauern erstrahlten in ihrer ursprünglichen Pracht. Ihre Eltern hatten nach den Plänen des Architekten nun auch innen mit der Renovierung der Bausubstanz begonnen, die sie aus dem verkauften Sturmholz finanzierten. Ihre Freundin Susanne und der Architekt waren seit dem Erntedankfest ein Paar. Mit einem Lächeln, aber auch mit Wehmut beobachtete sie das Liebespaar.

Käme nun ein Engel mit der Botschaft zu ihr, sie habe drei Wünsche, die sie äußern dürfe, und sie würden erfüllt werden, wüsste sie, was sie antworten würde: Liebe, Gräftenhof, die Reihenfolge könnte auch umgekehrt sein, und Freiheit. Der letzte Wunsch erstaunte sie selbst. Gegen Zwänge und Normen wehrte sie sich, und auch der Mann, den sie lieben würde, dürfte ihr nicht die Luft zum Atmen rauben.

Inzwischen hatte Barbara die Hildegardisschule in Münster verlassen. Seit Silvester verstärkte sich in ihr der Wunsch, mit ihrer Mutter die Idee eines Reiterhofes zu verwirklichen. In den Scheunen war genug Platz, um Boxen für Pferde einzurichten, und im Sommer konnten die Tiere auf den Koppeln weiden. Gemeinsam schmiedeten sie Pläne.

Franziska erinnerte ihre ungestüme Tochter daran, professionell vorzugehen, sollte die Idee ein Erfolg werden.

„Barbara, du brauchst die Anerkennung der Deutschen Reiterlichen Vereinigung. Es wird Zeit, dass du dich in Warendorf zur Reitlehrerin ausbilden lässt. Kein Reitschüler, schon gar nicht Kinder, ist wie der andere. Du brauchst Erfahrung und Fingerspitzengefühl. Deine Schüler wollen wissen, was sie auf dem Pferderücken machen sollen. Du musst sie anleiten, die Pferde zu pflegen und zu füttern, und ihnen die richtige Haltung beim Reiten zeigen. Die Tiere sollen ihre Freunde werden.“

Barbara verzog missmutig ihr Gesicht. Gerade hatte sie die Schule abgeschlossen und wollte sich mit Elan in die Vorbereitungen für den Aufbau des Reiterhofes stürzen, da bremste ihre Mutter sie und drängte sie, zunächst in Warendorf einen der mehrwöchigen Kurse für Reitlehrer zu absolvieren.

Jeden Tag ging sie zum Gräftenhof, um zu schauen, wie im Gebäude der Umbau ablief. Außerhalb der Gräfte suchte sie sich einen Platz am Gatter. Hier würden ihre Haflinger grasen, und in ihrer Fantasie sah sie den Parcours vor sich, in dem sie ihren Unterricht erteilen würde.

„Über einen Monat in Warendorf oder noch länger? Das halte ich nicht aus, so lange von zu Hause weg zu sein."

„Vergiss nicht: Eltern geben ihre Kinder in unsere Obhut. Wenn du ein Zertifikat vorlegen kannst, werden sie sich sicher fühlen. Besonders für therapeutisches Reiten brauchst du Erfahrung und Anleitungen. Ohne eine Ausbildung dafür zu haben, können wir es nicht anbieten. Diese Kinder sind krank, sie haben irgendein Leiden und benötigen besondere Unterstützung. Es können körperliche Leiden wie Haltungsschäden sein. Oder, was schwieriger ist, ihre Seele ist krank. Dann kommen sie zu uns, um durch das Reiten wieder Zutrauen zu sich selbst zu finden."

Barbara bat ihren Bruder, am Wochenende vor dem Weißen Sonntag mit ihr nach Warendorf zu fahren, um sich die Schule für Reiterei anzuschauen. Begeistert kehrte sie zurück. Sie würde sich als Reitlehrerin ausbilden lassen. Einhundertzwanzig Stunden musste sie absolvieren, um ihr Diplom zu erwerben. Nach einem Informationsgespräch mit dem Leiter der Schule hatte sie verstanden, dass Reitlehrer sein mehr bedeutete, als nur Kinder auf ein Pferd zu setzen. Ihren Schülern musste sie im praktischen und theoretischen Unterricht den Umgang mit Pferden erklären. Reiten sei nicht gefahrlos und das Risiko eines Unfalls relativ groß. Nun verstand sie die Sorge ihrer Eltern und wollte sich der Aufgabe stellen.

Die Empfehlung, nach bestandener Reitlehrerprüfung einen Zusatzkursus im Voltigieren zu belegen, gab der Schulleiter, als er erfuhr, dass sie mit ihrer Mutter einen Reiterhof für gesunde und behinderte Kinder aufziehen und auch therapeutisches Reiten anbieten wollte. Im Juni sollte der erste Kursus beginnen.

Nach der Rückkehr aus Warendorf raffte sie sich auf, Conrads Brief zu beantworten.

Lieber Conrad,

Du erzählst begeistert von Freiburg.

Ich freue mich, mit Dir Trauzeuge bei Viktorias und Ludgers Hochzeit zu sein. Du wirst mir zustimmen, dass Ludger mit Viktoria eine gute Wahl getroffen hat. Mich hat es, wie auch meine Eltern, überrascht, als er sie uns am Tag des Reitturniers vorgestellt hat. Fast jedes Wochenende verbringt sie inzwischen auf unserem Hof. Sie und Ludger schmieden dann Pläne für ihre gemeinsame Zukunft - zuletzt den, nach der Hochzeit in das Kötterhaus einzuziehen, das nach dem Tod von Oma Martha leer steht. Ihre Hochzeit wird, wie Du schreibst und wie es Tradition für einen Hoferben ist, mit Böllern und zünftigem Polterabend gebührend gefeiert werden. Onkel Wilhelm war gerührt, als Viktoria und Ludger ihn baten, als Hochzeiter die Nachbarn einzuladen.

Ich werde die Fremdenzimmer vorbereiten, ohne dass meine Mutter Verdacht schöpft.

Wie schon beim Lesen seines Briefes versetzte ihr der Gedanke, dass Conrad eine so unbeschwerte Zeit in Freiburg verlebte, einen schmerzenden Stich. Tief in ihrem Innern rumorte es. Diese Angst, Conrad könnte sich in eine Kommilitonin verlieben. War das Eifersucht? Glomm in ihrem Herzen eine Flamme, die sie nicht löschen konnte?

„Nein. Nein", sagte sie laut und wehrte sich gegen dieses Denken.

Der Umbau des Gräftenhofs ist fast vollendet. Ja, ich liebe diese alten Gemäuer; sie ziehen mich mit magischer Kraft an. Im Reiterhof, den Mama mit mir plant, erfüllen sich zum Teil meine Träume. Mama und Papa bestehen darauf, dass ich die Ausbildung zur Reitlehrerin mache, da Eltern ihre Kinder in unsere Obhut geben würden. Ab Juni werde ich daher einen dreieinhalbmonatigen Kurs in Warendorf bei der Deutschen Reiterlichen Vereinigung belegen. Ich hoffe, dass danach viele Familien auf unserem Hof ihre Ferien verbringen!

Wieder dieser Stich. Aber Conrad! Conrad als Sonderschullehrer würde liebevoll und geduldig mit den Kindern umgehen, so wie er es mit Paul tat.

Ihre Schriftzüge durften ihre Unruhe nicht offenbaren. Sie vermied, von ihren Gefühlen zu schreiben. Conrad sollte ihr Freund bleiben, sie wollte ihm immer unbefangen begegnen können.

Wie lange hatte sie aus dem Fenster gestarrt? Sie musste den Brief beenden; ihre Hand zitterte.

Bis Du kommst, Conrad, sind es nur noch wenige Wochen. Lebe wohl bis dahin! Ich wünsche Dir weiterhin Freude an Deinem Studium und den Stunden in Freiburg.

Deine Cousine

Barbara

Die Renovierung des Gräftenhofs machte große Fortschritte. Fast täglich fuhr Barbara mit dem Fahrrad dorthin, um den Handwerkern zuzuschauen.

Ihre Eltern trafen sie dort an, wann immer sie nach ihr suchten.

„Barbara, du tust, als ob der Gräftenhof dein Elternhaus ist“, bemerkte ihr Vater nicht zum ersten Mal.

„Ich möchte, dass der Gräftenhof einmal das Elternhaus meiner Kinder ist“, antwortete sie keck.

„Und wenn nun dein Mann, den du einmal lieben wirst, nicht auf dem Land leben möchte? Du bist noch jung und weißt nicht, was das Schicksal dir bescheren wird.“

Barbara biss sich auf die Lippen. „Ich will einen Mann wie Ludger“, stieß sie hervor, „der das Landleben liebt und vor neuen Ideen sprüht.“

Alte Bräuche

Die Woche vor Ostern verbrachte Viktoria bei ihnen auf dem Hof. Ludger hatte ihr von uralten Osterbräuchen erzählt. Am Karfreitag zog die Gemeinde schweigend dem verhüllten Kreuz folgend durch den Ort, nur vom Knattern der Rasseln unterbrochen, die die schwarz gekleideten Messdiener in stetem Rhythmus drehten. Zum Mittagessen gab es das traditionelle Freitags-Fastengericht, in Rapsöl gebackene Struwen. Bei der Zubereitung schaute sie ihrer zukünftigen Schwiegermutter über die Schulter und prägte sich das Rezept ein.

Ludger half, wie es Sitte war, beim Sammeln und Aufschichten des Holzes für das Osterfeuer. Auch in ihrer Heimat brannten abends die Feuer, und sie wusste, dass nach altem heidnischem Brauch am Tag der Wintersonnenwende Feuer abgebrannt wurden, um den Frühling zu begrüßen. Diesen Brauch hatten die Christen umgewandelt und zeigten dadurch ihre Freude über die Auferstehung Jesu.

Im Festhochamt am Ostersonntag lauschte Viktoria dem feierlichen Halleluja, das die Choralsänger in dreifacher Tonfolge intonierten. In diesem Jahr hatte es für sie einen besonders festlichen Klang. In einem Monat begann für sie eine neue Zeit.

Sie liebte einen Mann, der sie liebte und achtete. Die Ehrwürdige Mutter im Noviziat der Ursulinen hatte tief in ihr Herz geschaut und ihr den Weg gewiesen, den sie nun mit freudigem Erwarten beging. Einer armen Familie entstammend, heiratete sie in einen der ältesten münsterländischen Bauernhöfe ein. Ihre Schwiegereltern hatten sie mit offenen Armen aufgenommen, sie erwarteten keine Mitgift wie sonst bei einer Bauernhochzeit. Ludger drängte sie nicht, Ställe auszumisten, den Traktor zu fahren oder beim Kalben einer Kuh zu helfen.

„Du musst Geduld mit mir haben, Ludger, ich möchte eine gute Bäuerin werden.“ Sie brachte ihm das zweite Frühstück zum Feld, das er einsäte.

„Viktoria, Liebes, du wirst sehen, das Leben auf dem Bauernhof ändert sich. Du und ich“, er zog sie an sich, „und unsere Kinder werden eine glückliche Familie werden.“

Nach dem Hochamt fuhr sie mit ihren zukünftigen Schwägerinnen und Schwiegereltern heim. Ludger blieb im Ort. Den Junggesellen aus den Bauerschaften oblag die Pflicht, für das Osterfeuer einen Teerstaken zu holen.

„Was ist das?“, fragte sie Ludger.

„Das ist ein junger Baum, den wir im Wald schlagen und in die Mitte des Osterfeuers setzen.“

Sie lachte. „Sicher ein feuchtfröhliches Abenteuer!“

Er nickte und drückte ihr einen Kuss auf den Mund.

Bei anbrechender Dunkelheit standen sie um den Holzstoß, aufgeschichtet an der höchsten Stelle des Ortes. Von dem Hügel blickte man weit ins Land, und überall am Horizont leuchteten kleine Feuer auf. Nun verstand sie, was es mit dem Teerstaken für eine Bewandtnis hatte. Den Baum hatten die jungen Männer mit Stroh umwickelt und an der Spitze eine kleine Tonne mit Teer befestigt, die sie als Täuschfeuer anzündeten. Im Ort gab es nämlich zwei Osterfeuer. Jeder wollte das größte Osterfeuer haben, und welches als Letztes abbrannte, war eben das größte.

Ludger legte den Arm um ihre Schultern, als der Holzstoß in Flammen stand. Ein sanfter Westwind blies das Feuer an, und die Funken sprühten. Sie schmiegte sich an ihn. Sein Gesicht leuchtete im Widerschein des Feuers, wenn er es ihr zuwandte.

Nach dem Niederbrennen zogen sie in einer Prozession zur Kirche. Die Kirchenglocken läuteten zum Empfang. Viktorias Herz jubelte. Dreimal zogen sie singend um die Kirche. Am Portal des Kirchturms trafen sich die Gruppen und stimmten „Wir beten an, Dich wahres Himmelbrot“ an. Anschließend intonierten sie im Wechselgesang nach einer alten Melodie, die ihr fremd war, „Freu dich du Himmelskönigin“. Zum Abschied reichten sie sich zum Ostergruß die Hände und verabschiedeten sich mit „Toaken Joar“: Alles Gute, bis zum nächsten Jahr.

Auf dem Berg glühten noch die Reste des Feuers, als sie heimgingen.

Vier Wochen vor der Hochzeit, das war eine Woche nach Ostern, holte Wilhelm Schulze-Westhoff seinen Einspänner aus dem Schuppen, um damit die Nachbarn aufzusuchen und zur Hochzeit einzuladen. Maria half ihm beim Schmücken des Wagens. Sie banden bunte Papierrosen an die Speichen und flochten Bänder um die Felgen. Mit frisch geschlagenen jungen Birken verzierten sie den Wagen. Maria bürstete seinen schwarzen Anzug aus, den er lange nicht mehr getragen hatte, band ihm aus buntem Stoff eine Krawatte und schmückte seinen Zylinder.

Wilhelm genoss die Fahrt durch die Felder und Wiesen. Vom Wald her rief der Kuckuck. Er lächelte. Wie in Kindertagen murmelte er: „Kuckuck, Kuckuck, sag mir doch, wie viel Jahre leb ich noch?“, und zählte die Rufe.

In den Wallhecken bauten die Vögel ihre Nester, und in den feuchten Wiesen leuchteten die Schlüsselblumen.

Ein Spruch aus dem Lukasevangelium kam ihm in den Sinn: „Betrachtet die Vögel des Himmels: Sie säen nicht, sie ernten nicht. Betrachtet die Blumen auf dem Felde: Sie weben nicht, sie spinnen nicht. Doch ich versichere euch: Nicht einmal Salomo in seiner Pracht ist gekleidet wie eine von ihnen.“[2]

Er zügelte das Pferd und stieg von seinem Bock, pflückte einige Schlüsselblumen und band sie in die Mähne seines Pferdes. So sorglos, wie der Evangelist pries, traute er sich nicht zu leben. Auch wenn das Versprechen seiner Nachbarn Franziska und Johannes, sich um Paul zu kümmern, wenn er und Maria nicht mehr da wären, sein und Marias Leben leichter machte. Aber die Erben des Gräftenhofs, auf dem Paul lebenslanges Wohnrecht hatte? Hielten sie sich an das Vermächtnis der Eltern?

Als er in seinen Einspänner stieg, griff er sich an die Brust. Ein rasender Schmerz durchfuhr ihn, und Schweiß trat auf seine Stirn. Minutenlang verharrte er, bis er weiterfahren konnte.

Als erste Station steuerte er Haus Barkelo an. Auf seinem Weg dorthin war er durch die Dorfmitte gefahren, und mittlerweile folgte ihm eine bunte Schar Kinder. Seine Kutsche holperte über die Einfahrt in den Innenhof der Burg. Dort hatte sich bereits das Gesinde versammelt, Fürst und Fürstin begrüßten ihn. Er stemmte sich hoch, sodass alle ihn sehen konnten, schwang seine Kuhglocke und rief: „Bekanntmachung!"

Er wollte bei der Einladung nicht den traditionellen Spruch vortragen, sondern hatte sich gemeinsam mit Maria Verse ausgedacht.

„Leiwe Lüü, ik will ju seggen,
ne Hochtied steit nun neigest an;
den Ludger von dem Bawinkelschen Hoff
hef sökst sich eene fine Brut.
Viktoria, so het siin dern,
se hieroot nu in veer wiek;
drum loade ik ju alle in.
Kräänzen do wi, Böömkes setten,
no ollem Bruk nen Korw mitbrengen,

mit Botter un nen Schinken.
Danzen will wi, lustig siin
un fiern mit dem jungen Paar,
dat seg ju hier jur Noabar Wilhelm."

Er wandte sich an das Fürstenpaar und sagte: „Gnädige Frau, gnädiger Herr, jetzt mein Spruch in Deutsch. Sie sind ja nicht von hier."

Diesen kleinen Seitenhieb konnte er nicht lassen.

„*Liebe Leute, ich will euch sagen,*
eine Hochzeit steht demnächst an;
der Ludger von dem Bawinkelschen Hof
hat sich eine feine Braut gesucht.
Viktoria, so heißt sein Mädchen,
sie heiraten in vier Wochen;
darum lade ich euch alle ein.
Kränzen tun wir, Bäume setzen,
nach altem Brauch einen Korb mitbringen,
mit Butter und mit Schinken.
Tanzen wollen wir, lustig sein
und feiern mit dem jungen Paar,
das sagt euch hier euer Nachbar Wilhelm."

So zog er von Hof zu Hof, um die freudige Nachricht zu überbringen. Niemand nahm sich aus. Wie üblich wurde ihm auf jedem Hof ein Schnaps angeboten, er nippte nur daran. Auf manchen Höfen verteilte die Hausherrin selbst gemachte Karamellen an die Kinder.

„Wilhelm, dat Bruud-Kranzbinden maak wie up ussen Hoff", beschied ihn Große-Brinkhoff, das Brautkranzbinden machen wir auf unserem Hof.

Dieses Angebot überraschte ihn. Aber so war es in der Nachbarschaft: Bei Festen und beim Tod eines Angehörigen standen sie zusammen.

„Dat junge Volk sall Dannenchrön halen und de Fraulüü maakt de Rööskes", ergänzte der Bauer, das junge Volk soll Tannengrün holen und die Mädchen die Rosen binden.

So geschah es. Zwei Tage vor der Hochzeit fuhren alle Nachbarburschen in den Wald zum „Grünholen" und schlugen junge Tannenzweige zum Binden der Girlanden für das Tennentor sowie Birken, um damit am Hochzeitsmorgen die Auffahrt zum Hof zu schmücken.

Am Tag vor der Hochzeit erwartete Barbara ungeduldig Conrads Ankunft. Heimlich hatte sie ein zusätzliches Zimmer für die Farlays vorbereitet. Zu Mittag trafen sie ein. Sie freute sich über die verdutzten Gesichter ihrer Eltern, als nach Onkel Friederich und Tante Monika Tom und Betty Farlay aus dem Mercedes stiegen. Ihr Vater fasste sich zuerst, eilte mit großen Schritten zum Auto und umarmte Mr. Farlay.

„Excuse me", sagte er, als Tom ihm seine Frau Betty vorstellte, und hieß sie willkommen.

Nach dem Mittagessen saßen sie in der Diele zusammen. Mehr als zwanzig Jahre waren vergangen, seit sie den Schotten in ihrer Scheune versteckten. Ludger war damals zwei Jahre alt und Barbara noch nicht geboren. Vieles hatte sich auf dem Hof und in der Welt verändert. Die verfeindeten Völker Westeuropas hatten sich versöhnt, schlossen Freundschaftsverträge, und die Wirtschaft der Länder, auch die Landwirtschaft, nahm einen ungeahnten Aufschwung. Wären da nicht der Eiserne Vorhang und die Mauer in Berlin, die Menschen könnten ohne Angst vor einem neuen Krieg in Europa leben.

[2] Aus Lk, 12 (sinngemäß)

Der Großvater, den Tom Farlay nach dem Krieg, als er der kommandierende Major in ihrem Ort war, zum Bürgermeister eingesetzt hatte, da er ihm vertraute, war gestorben.

Die Eltern und Tom Farlay tauschten ihre Erinnerungen aus. Von oben hörten sie das Lachen und Kichern von Alexa und ihrer gleichaltrigen Cousine Patricia, die anscheinend ihre Kleider für die morgige Hochzeit anprobierten, die sie als Brautjungfern tragen sollten.

Barbara umarmte Conrad, der etwas später eintraf, bei der allgemeinen Begrüßung; die Neugierde auf die Schotten, von denen so häufig gesprochen wurde, hatte sie davon abgelenkt, sich gegen das zu wehren, was nicht sein durfte.

Ohne anzuklopfen betrat Conrad am Nachmittag wie zu Kinderzeiten ihr Zimmer. Ihre Knie fühlten sich weich an, als sie aufstand und auf ihn zuging. Dieser junge Mann im karierten Hemd mit den dunkelblonden Locken, dem strahlenden Lächeln und dem athletischen Körper, der sich unter seiner Kleidung abzeichnete, war in diesem Moment nicht mehr Conrad, ihr Cousin. Er war ein attraktiver, erwachsener junger Mann, der sie mit einem verlegenen Lächeln ansah. Da gab es kein Halten mehr für Barbara. Sie legte ihre Hände in seinen Nacken und küsste ihn. Als sie sich von Conrad lösen wollte, packte er sie und wirbelte sie im Kreis herum.

„Barbara, ich habe es immer gewusst!“, frohlockte er.

Sie kam zur Besinnung, stieß ihn von sich und rannte aus ihrem Zimmer in den Garten und weiter zu den Eichen, die ihr Großvater gepflanzt hatte. Niemand folgte ihr. Sie umschlang ihren Baum, ließ sich auf die Erde sinken und weinte hemmungslos.

Sie sehnte sich nach Liebe. Ihr Verstand hatte ausgesetzt, und ihre Gefühle überwältigten sie, als Conrad auf einmal vor ihr stand. Conrad verkörperte alles, was sie sich wünschte. Waren ihre Gefühle der Wegweiser für ihre Liebe, wie Oma Martha es ihr prophezeit hatte? Konnten sie ihre Zweifel auslöschen? Ihre Gedanken verirrten sich in einer Sackgasse. Es durfte nicht sein! Sie schüttelte verzweifelt den Kopf.

„Nein. Nein“, murmelte sie.

Die Zweige der Eichen wiegten sich im lauen Wind dieses Maitages; die Kronen berührten sich nicht. Ihr Großvater hatte sie in großem Abstand gepflanzt. Zwei Eichhörnchen verfolgten einander am Stamm ihrer Eiche und ließen sich durch ihre Anwesenheit nicht stören. Es war, als neckten sie sich im Liebesspiel, hielten inne, musterten ihr Gegenüber, um dann mit erstaunlicher Geschicklichkeit ihre Jagd fortzusetzen.

Sie ging hinüber zum Baum ihres Großvaters und lehnte ihren Kopf an den Stamm. Als Kind hatte sie es getan, um zu horchen, ob ihr der Großvater wie früher, wenn sie neben ihm auf der Bank im Garten saß, etwas erzählte. Würde er tadelnd den Finger heben, sie ermahnen? Sie wünschte sich, dass er sie wie als Kind, wenn sie traurig oder verzweifelt war, auf seinen Schoß nehmen würde.

Nach und nach beruhigte sie sich. Sie schlich zum Haus zurück und verbarg sich bis zum Polterabend auf ihrem Zimmer. Sie durfte ihrem Bruder den Hochzeitstag nicht verderben.

Conrad war minutenlang verwirrt und erstarrt in ihrem Zimmer stehen geblieben. Es trieb ihn, Barbara zu folgen. Doch er gestand sich ein: Sie brauchte Zeit. Die nächsten Tage und Wochen würden es zeigen, ob sich das Schicksal für ihn oder gegen ihn entschied.

Er hatte sich ihre heutige Begegnung ausgemalt und davon geträumt, sie im Arm zu halten und zu küssen, ihr zu sagen: „Ich liebe dich!“

Wie oft hatte er leise diese Worte geflüstert, sie nicht belanglos dahingeplappert. Ihm gelang es nicht, sie aus seinen Gedanken zu verdrängen.

Am Hochzeitsmorgen weckten Böllerschüsse die Familie. Eine Reitereskorte geleitete die beiden Hochzeitskutschen erst zum Standesamt und dann zur Kirche. Conrad und ein Bruder von Viktoria, die ein schlichtes, weißes Kleid trug, das ihren schlanken Körper betonte, führten die Braut in die Kirche. Den Brautschleier schmückte ein Myrtenkranz. Am Altar erwartete Ludger zwischen Barbara und einer von Viktorias Schwestern seine Braut.

Barbara starrte wie betäubt auf die Einziehenden. Ihr Herz klopfte rasend schnell; sie spürte einen leichten Händedruck ihres Bruders. Als sie nach dem Ja-Wort des Brautpaares auf dem Altartisch die Trauurkunde als Zeugin unterschrieb, die ihr der Pastor vorlegte, zitterte ihre Hand.

Nach dem Traugottesdienst standen die Nachbarsfrauen in ihrer münsterländischen Tracht Spalier und bewarfen das Brautpaar mit Blumen; die Jagdhornbläser des Reitervereins bliesen einen Triumphmarsch. Am Arm von Conrad folgte Barbara den Jungvermählten. Ihr Gesicht glühte, und sie glaubte, die Umstehenden würden erkennen, welchen Kampf sie mit sich ausfocht. Auf dem Kirchplatz applaudierte eine große Menschenmenge, die sich dieses Schauspiel einer Bauernhochzeit nicht entgehen lassen wollte.

Das Mittagessen, das Brautmahl, hatte Franziska nach münsterländischer Tradition von einer Köchin zubereiten lassen. Als Vorspeise gab es „Rindflees met Ssiepelsooße“, das war gekochtes Rindfleisch mit Zwiebelsoße, als Hauptgericht „Suurmoos met Speck un Schinken“, also Sauerkraut mit Speck und Schinken, und als Nachtisch „Ries met Kaneel un Schucker“ – dicken Reis mit Zimt und Zucker. Dazu gab es Bier und Wein.

Zum Tanz, den das Brautpaar eröffnete, spielte am Abend ein Musikant auf seiner Ziehharmonika. Die Stimmung wurde ausgelassener, die Tänze ungestümer und lauter. Erbprinz Bernward forderte Barbara einige Male zum Tanz auf, und bei der Polonaise über den geschmückten Hof verstand er es geschickt, hinter ihr zu sein. Sie spürte seine Hände auf ihrer Haut. Sie wartete auf Conrad, doch der mied nach dem Pflichttanz als Trauzeuge ihre Nähe.

Um Mitternacht umringten alle Gäste die Braut, die auf einem Stuhl Platz nahm. Barbara und Elke, Viktorias jüngere Schwester, lösten zu den Klängen der Musik den Schleier aus Viktorias Haar. Zusammen mit Conrad und Viktorias Bruder hielten sie den Schleier wie einen Baldachin über die Braut, während zuerst Ludger, dann die Väter und anschließend die Gäste mit der Braut unter ihrem Schleier tanzten. Barbara wagte es nicht, Conrad anzuschauen, der ihr gegenüberstand. Schloss sie die Augen, so war sie die Braut, die unter dem Schleier tanzte.

Nach dieser Zeremonie warf die Braut ihren Brautstrauß rücklings über ihren Kopf hinweg in die Menge. Barbara griff daneben, aber ihre Freundin Susanne, am Arm von Hubert Berghaus, dem Architekten, fing jubelnd den Strauß auf.

Nach dem Tanz begannen die jungen Leute, mit dem Brautpaar ihren Schabernack zu treiben. In der Mitte des Hofes stapelten sie Holzscheite übereinander.

„Füer anböten“, forderte Bernward Viktoria auf. Er stand neben Barbara und hatte seinen Arm um ihre Hüften gelegt.

Viktoria schaute Ludger fragend an. Er raunte ihr lachend zu: „Die Nachbarn wollen sehen, ob du eine tüchtige Hausfrau bist. Du sollst ihnen zeigen, dass du Feuer machen kannst.“

Er reichte ihr Streichhölzer und postierte sich so, dass der leichte Nachtwind die Flamme nicht ausblasen konnte. Sie schenkte ihm ein bezauberndes Lächeln zum Dank und hockte sich hin. Kurz darauf flammte das Zeitungspapier unter dem Holz auf.

Die jungen Leute sangen: „Ihr ist es gleich gelungen, drum wollen wir sie loben. Vivat, Vivat Viktoria!"

Ludger reichte ihr eine Flasche mit münsterländischem Klaren und Gläser.

„Sie erwarten, dass du ihnen einschenkst."

Auch Ludger kam nicht ungeschoren davon. Viktoria musste er auf eine Schubkarre laden, eine Schufkoor, und unter Klatschen über den geschmückten Hof fahren.

Erst als sich im Osten der Himmel lichtete, klang das Fest aus. Unter dem Gejohle der jungen Leute schob Ludger seine Braut auf der „Schufkoor" zum Kötterhaus, ihrer neuen Wohnung. Geschickt umschiffte er im Zickzackkurs alle Hindernisse, ohne dass die Karre kippte. Viktoria klammerte sich lachend an den Seiten fest. Immer wieder wurde ihnen der Weg versperrt, den sie sich mit einem Schnaps freikaufen mussten. Ein Storch und ein Kinderwagen schmückten das Dach ihres Hauses. Jeder in der Nachbarschaft und wer auch immer vorbeifuhr, sollte sehen: Hier wohnten Frischvermählte.

Schweigend gingen Barbara und Conrad zum Hof zurück. In ihrem Bett warf sie sich im Widerstreit von Denken und Sehnsucht hin und her. Mit welchen Hoffnungen war Conrad zu der Hochzeit seines Cousins gekommen? Mit welchen Enttäuschungen reiste er nach Freiburg zurück?

Am Tag nach der Hochzeit saßen sie alle in der Diele zusammen. Mr. Farlay erzählte von seiner Familie und übersetzte seiner Frau Betty die Fragen von Johannes, Franziska, Conrad und Barbara. Johannes und Franziska versprachen den Farlays, sie im nächsten Jahr in Schottland zu besuchen. Auch Barbara war eingeladen. Sie solle doch im Herbst mit Conrad und Mary, ihrer Tochter, eine Wandertour mit Rucksack und Zelt machen.

„Zeigst du mir den Gräftenhof?“, bat Conrad Barbara am Nachmittag.

Sie wies Alexa und Patricia ab, die sie begleiten wollten. Auf dem Gräftenhof besuchten sie zunächst Onkel Wilhelm, Tante Maria und Paul, der mit Begeisterung in Conrads Arme flog.

Barbara vergaß ihre Beklemmung und führte Conrad durch das Gebäude, erklärte ihm Raum für Raum. Nichts stand in diesem Moment zwischen ihnen.

„Willst du hier wohnen? In Gedanken richtest du bereits die Räume ein.“

Sie nickte. Am Gatter der Pferdekoppel hob Selma schnaubend den Kopf und leckte Conrads Hand, als er über ihre Nüstern strich. Ihr Fohlen Jenny, nun ein viertel Jahr alt, trabte über die Weide.

„Welche Neuerungen planen deine Mutter und du?“, fragte Conrad und stützte sich mit beiden Händen auf dem Gatter ab.

Nun sprudelte es aus Barbara heraus. „Wir werden einen Parcours auf den Wiesen einrichten, auf dem die Kinder üben können. Im September fahren Mama, Papa und ich zum Mariä-Geburtsmarkt nach Telgte, um noch ein oder zwei Haflinger zu ersteigern.“

Conrad fragte: „Wenn die Kinder in den Ferien bei euch sind, wo wohnen und schlafen sie?“

„Wir denken, die meisten Eltern bringen die Kinder morgens und holen sie abends wieder ab.“

„Habt ihr denn nicht darüber nachgedacht, dass die Familien hier zusammen ihre Ferien verbringen könnten?“

„Wie meinst du das?“

„Wie ich es gesagt habe: Die Familien verbringen gemeinsam auf dem Gräftenhof ihre Ferien. Für Kinder gibt es nichts Schöneres, als wenn die Eltern in den Ferien Zeit für sie haben, und sie beim Reiten ihre erlernten Künste zeigen können. Am besten kauft ihr zusätzlich zu den Haflingern noch einige Fahrräder. Unser Münsterland bietet für Fahrradtouren herrliche Möglichkeiten, abseits von den Straßen."

Barbara besann sich. „Planst du oder ich?", fragte sie lachend.

Conrad war in Versuchung, „du und ich gemeinsam" zu sagen, aber er verbiss sich die Bemerkung. Davon träumte er, seit sie ihm von ihren Plänen geschrieben hatte.

„Für Familien haben wir im Haupthaus einige Apartments vorgesehen, aber wir sind kein Hotelbetrieb mit Vollpension!"

„Solltet ihr aber sein: ‚Barbaras Gräftenhof, ein attraktiver Ferien- und Reiterhof'."

„Du veräppelst mich, Conrad. Lass das!"

Er fasste ihre Schultern und drehte sie zu sich; für einen Moment glaubte sie, er würde sie küssen. Sein Blick drang in sie, als forschte er in ihren Gedanken.

„Barbara, ich meine es ernst", sagte er mit belegter Stimme. „Ich finde die Idee großartig. Richtet Zimmer ein für Familien oder baut kleine Holzhäuser, die sie mieten können."

„Dafür reicht das Geld nicht."

„Es muss nicht alles sofort verfügbar sein. Fangt klein an und erweitert nach Bedarf. Und Paul ..."

Sie unterbrach ihn: „Was ist mit Paul?"

„Paul hat wie seine Eltern lebenslanges Wohnrecht auf dem Gräftenhof. Er liebt Tiere und wird dir trotz seiner Behinderung ein getreuer und begeisterter Helfer sein. Wenn du einmal auf dem Gräftenhof leben willst, wirst du für ihn die Verantwortung übernehmen müssen."

„Danke, Conrad", sagte Barbara, nachdenklich geworden. „Ich werde mit Mama und Papa darüber reden. Ich könnte mich für deine Ideen erwärmen."

„Solltest du. Und was ist mit den restlichen Hektar, die ihr nicht für die Pferde nutzen werdet? Wird Ludger sie bewirtschaften?"

„Ja, aber er sagt, der Boden sei zu schwer und lehmig für den Anbau von Saatgutgetreide."

Die Spannung zwischen ihnen war gewichen. Neben ihr stand ein guter Freund. Lachend sagte sie: „Pachte du sie! Treib schottische Rinder darauf!"

„Wenn die Herrin des Gräftenhofs mich lässt?"

Wie in Kinderzeiten schlugen sie den Weg zum Waldsee ein, dem Spielplatz früherer Jahre. Conrad setzte sich und lehnte sich an einen bemoosten Baumstamm. Er sog den Duft ihrer Haare ein, als sie ihren Kopf an seine Schulter legte. Seine Finger spielten mit ihren dunklen Haaren in ihrem Nacken; sie wehrte sich nicht.

Schweigend saßen sie da, ihre Blicke schweiften über den See. Grillen, versteckt im Gras am Ufer, sangen an diesem warmen Maitag ihre Liebesserenade. Mücken tanzten über dem See, und Schwalben schossen pfeilschnell über das Wasser, um sie zu erhaschen. Sie schloss die Augen und wartete, dass Conrad ihre Bluse öffnete. Sie sehnte sich nach seinen Händen auf ihrer nackten Haut. Es geschah nichts.

„Das ist meine Heimat, mein Zuhause. Hier möchte ich leben und glücklich sein", murmelte er.

„Dann tu es."

Er antwortete nicht. Ein Gewitter zog auf. Die Wand der schwarzen Wolken schob sich am Himmel Stück für Stück vorwärts und schien wie eine Riesenwelle alles verschlingen zu wollen, was sich ihr entgegenstellte. Blitze zuckten durch das riesige Gewölbe und erleuchteten die Wolkenberge. Hand in Hand rannten sie zum Hof zurück.

In der Nacht träumte sie.

Sie stemmten sich gegen den Gewittersturm. Ihr Kleid klebte an ihrem Körper. Sie stolperte, Conrad fing sie auf. Sie suchten Schutz unter dem mächtigsten Baum, der Eiche ihres Großvaters. Der Regen prasselte auf das Blätterdach über ihnen, und der Sturm zerrte an den Zweigen. Unerwartet ebbte das Unwetter ab, die Sonne brach durch die dunklen Wolken.

Conrad nahm ihre Hand und führte sie an ihren Baum.

„Bleib stehen!“ Er lief zu seinem Baum, streckte seine Hände nach ihr aus und machte einen Schritt auf sie zu. Ihr Blick richtete sich fest auf sein Gesicht, das die Nachmittagssonne in ein helles Licht tauchte. Schritt für Schritt gingen sie aufeinander zu. Sie streckte ihre Arme aus und erwartete, Conrad würde sie in der Mitte in den Arm nehmen und küssen.

„Barbara, schließ deine Augen.“

Sie gehorchte.

Er nahm ihre Hand, und sie spürte, wie er einen Ring über ihren Finger streifte. Mit Mühe hielt sie sich aufrecht, sie wankte. Als sie ihre Augen wieder öffnete, sah sie einen Verlobungsring an ihrer Hand. Er hielt ihr einen zweiten Ring hin. Sie nahm ihn, ohne zu zögern, und schob ihn auf seinen Finger. Conrad rührte sich nicht, er wartete. Sie legte ihre Hände auf seine Schultern. Unter ihrem sanften Druck sanken sie beide auf die Knie.

„Barbara, willst du meine Frau werden?“

Sie erwachte zitternd.

Conrad mied Barbaras Nähe. Er brauchte Zeit, um seine Gedanken und Gefühle zu ordnen. Fragen brannten in seiner Seele, Fragen ohne Antworten. Manchmal meinte er, auch in ihrem Herzen sei Sehnsucht, sei Liebe zu ihm, die sie sich nicht eingestehen wollte. Ihre Reaktionen hingegen offenbarten Zweifel, die er nicht löschen konnte. Er wollte geduldig sein, doch die Zeit konnte sich gegen ihn entscheiden. Sie musste ebenso in sich gehen und in ihrem Herzen die Antwort suchen.

Er verabschiedete sich nicht von Barbara. Zu sehr schmerzte die Enttäuschung, dass sie ihre Liebe noch nicht geäußert oder wenigstens angedeutet hatte. Er liebte sie, und diese Liebe trug seine Hoffnung. Er wollte sich auf sein Studium konzentrieren. Sein Leben war das Hier und Jetzt, die Zukunft verbarg ein Schleier.

Die Sehnsucht aber brannte in seinem Körper und schmerzte.

Zwei Tage nach der Hochzeit bestiegen Viktoria und Ludger den Nachtzug nach München und weiter nach Rom, dem Ziel ihrer Hochzeitsreise. Für beide war es die erste weitere Reise und ihr erster gemeinsamer Urlaub. Das Rattern des Zuges sang in Viktorias Ohren eine wundersame Melodie. Die Ehrwürdige Mutter hatte ihr den richtigen Weg gewiesen; sie war glücklich. Ludger hielt ihre Hand während der Fahrt Richtung Süden.

Sie wohnten in einem kleinen Hotel im Stadtviertel Borgo nahe der Engelsburg und dem Petersplatz und erlebten die Ewige Stadt bei strahlendem Sonnenschein. Beim Frühstück blickten sie auf die imposante Kuppel des Petersdoms und auf den von Bernini angelegten Platz mit den Kolonnaden, dem Obelisken und den zwei sprudelnden Brunnen, die in der Morgensonne glitzerten.

Kehrten sie abends von ihren Erkundigungen durch das antike Rom zurück, versäumten sie nicht, noch einmal in den Petersdom zu gehen. Viktoria zog es magisch zur Pieta von Michelangelo. Ludger spürte ihre Ehrfurcht, wenn sie dort standen. Anschließend suchten sie sich in den engen, mittelalterlichen Gassen des Borgo eine Trattoria, um zu Abend zu essen.

Im Vatikan und Petersdom herrschte geschäftiges Treiben. Der

Petersplatz quoll am Pfingstsonntag von einer unübersehbaren Menschenmenge über, die gemeinsam mit Papst Paul VI. die Messe feiern wollten.

Zu Hause sattelte Barbara an diesem Morgen ihre Stute und ritt an den Feldern entlang, die Ludger eingesät hatte. Die saftigen Halme setzten die ersten Ähren an. Am Waldsee band sie das Pferd an einen Baum und setzte sich nahe dem Ufer ins Gras. Sie stützte ihr Gesicht mit ihren Händen und sah über das Wasser, auf dem eine Entenmutter mit ihren Jungen ihre Bahnen zog.

Dieser Waldsee barg ein Geheimnis, das ihre Eltern nicht preisgaben. Ihr Großvater hatte ihr gesagt: „Frag deine Eltern", als sie ihn anflehte, ihr zu erzählen, was an jenem Tag 1943 oder 1944 hier geschehen war. Hierhin hatten sich ihre Eltern als junges Liebespaar wohl häufig zurückgezogen. Denn auf dem Hof und den Feldern arbeiteten damals Kriegsgefangene, Russen, Franzosen, Engländer, die morgens, von Wehrmachtssoldaten bewacht, auf einem Militärwagen zu ihnen gebracht wurden. Ihr Vater wich diesen Gefangenen und auch den Bewachern aus. Als fast Genesener hätte man ihn sonst wieder an die Front geschickt. Barbaras Opa hatte ihm bei diesem Versteckspiel geholfen, denn er verachtete die Nazis, und der Krieg schien bereits verloren zu sein. Sie ahnte, an diesem stillen Ort hatten ihre Eltern sich geliebt. Sie schauten sich versonnen an, wenn sie vom Waldsee sprachen. Wenn sie sich auf ihren Spaziergängen auf dem Baumstamm ausruhten, auf dem sie gerade saß, und sich unbeobachtet fühlten, hielten sie sich umschlungen und lehnten ihre Köpfe aneinander. Mit ihren Händen und Armen machten sie Bewegungen, als ob sie schwimmen würden; sie kicherten dann wie ausgelassene Teenager. Ihr Vater strich ihrer Mutter die dunklen Haarsträhnen aus der Stirn, und sie legte sanft ihre Hand auf sein Bein, das er beim Gehen immer noch nachzog.

Ihnen bedeutete der See so viel wie Ludger, Alexa, Conrad und ihr selbst die Eichen, die ihr Großvater und ihre Eltern für sie gepflanzt hatten.

Sie hatte Conrad voller Inbrunst geküsst, als er in ihr Zimmer gekommen war. Welche Hoffnungen hatte sie in ihm geweckt? Und in sich selbst? Auf dem Gräftenhof weckte er mit seinen Ideen noch mehr ihre Begeisterung für dieses Haus. Conrad und sie wären das ideale Paar, um diesen Hof zu führen, und für Paul wäre er ein besonderer Freund.

„Ich habe es immer gewusst“, hatte er gejubelt und sie vor lauter Glück im Kreis herumgeschleudert.

Sie blickte auf den See hinaus. Die Entenmutter war ins dichte Schilf geschwommen; die Bäume und der Himmel spiegelten sich im ruhigen Wasser.

„Ich habe dich lieb, Conrad, aber ich liebe dich nicht“, flüsterte sie. Sie befürchtete, nein, sie war sich sicher: Wenn sie als Mann und Frau miteinander schlafen würden, könnte das ihre Zweifel niemals auslöschen, sie stünden zwischen ihnen wie eine unüberwindliche Mauer.

„Johannes, ist da mehr zwischen unserer Tochter und Conrad?“

Die schottischen Freunde waren abgereist, und Franziska und Johannes saßen nebeneinander auf der Bank in ihrem Garten. Nach dem Hochzeitstrubel und dem Besuch war wieder Ruhe eingekehrt, und sie genossen die sonntägliche Ruhe.

„Warum fragst du?“

„Barbara hat ihm am Tag nach der Hochzeit den Gräftenhof gezeigt. Das Gewitter am Nachmittag hat sie überrascht, und sie kamen pudelnass ins Haus gerannt.“

Johannes schaute von seinem Buch auf, in dem er las.

„Am Tag vor der Hochzeit kam Barbara mit hochrotem Kopf aus ihrem Zimmer gerannt, Conrad folgte viel später. Die beiden sind anders miteinander umgegangen als sonst."

Er runzelte die Stirn. „Sie haben als Kinder zusammen gespielt. Er wollte sich mit ihr unterhalten. Sie haben sich ein halbes Jahr nicht gesehen." Er mochte Conrad, der zurückhaltend und doch aufmerksam war, der mit wachen Augen auf Menschen zuging. Er übersah womöglich, dass es zwischen seiner Tochter und Conrad Spannungen gegeben hatte. Aber eine Liebelei, wie Franziska andeutete?

„Johannes, sie sind Cousin und Cousine. Und wenn da mehr ist? Wenn sie sich lieben?", entrüstete sich Franziska.

Johannes überlegte einen Moment. Lächelnd schaute er seine Frau an. „Liebe kennt keine Grenzen. Wäre er dir als Schwiegersohn nicht willkommen?"

„Johannes, bleibe ernst, scherze nicht mit mir", entgegnete sie mahnend. „Conrad ist ein großartiger junger Mann. Ich mag ihn. Er ist besonnen, fleißig und interessiert für alles Landwirtschaftliche. Wenn er nicht Barbaras Cousin wäre, würde ich mich für unsere Tochter freuen."

„Franziska, Liebes", widersprach Johannes sanft. „Der Besitzer des Gräftenhofs hieße dann Schulze-Brockhoff. Dein Vater wäre stolz, Conrad und Ludger würden sich gut verstehen und zusammenarbeiten. Der Gräftenhof wäre in guten Händen. Conrad und Barbara würden den Reiterhof mit viel Elan aufbauen und führen."

„Sie sind verwandt, nahe verwandt! Willst du nicht verstehen?"

Er zog sie an sich, doch sie wehrte sich, schob ihn weg und prüfte seine Gesichtszüge. Johannes wich ihren Blicken nicht aus.

„Franziska, wenn sie sich lieben, sind wir machtlos. Sie sind beide gesund. Weder in deiner noch in meiner Familie oder bei Conrad sind Erbkrankheiten bekannt. Hier im Dorf sind viele Familien mehrfach miteinander verwandt."

„Das mag sein. Früher wurde nach dem Motto geheiratet: ‚Dann bliv dat Tüch biineen' – ‚Dann bleibt das Zeug zusammen', verstehst du? Damit der Hof nicht geteilt werden musste oder oft, weil sich nichts Besseres fand", entgegnete sie sarkastisch. „Barbara ist eine hübsche junge Frau, die beste Chancen hat, einen guten Mann zu finden. Bernward zu Trendelburg hat ihr bereits einen Heiratsantrag gemacht."

„Deine Tochter ist wählerisch, sie nimmt nicht jeden. Sie hat ihren eignen Kopf." Er tippte liebevoll auf ihre Nasenspitze. „Wie du! Sie weiß, was sie will. Wer nicht mit ihr auf dem Gräftenhof leben will, den wird sie nicht wollen, in den wird sie sich nicht verlieben."

„Hat sie dir das verraten? Ich glaube, du akzeptierst, dass sie sich lieben?"

„Franziska, denke an die Großherzigkeit deines Vaters! Er hat mich in einer Zeit als Schwiegersohn akzeptiert, als ein Ukrainer als Abschaum galt."

„Er wusste, dass ich dich liebte."

„Ja, dein Vater hat die Liebe über alle Konventionen gestellt."

„Nahe Verwandtschaft hat nichts mit Konventionen zu tun. Ich sorge mich um sie."

Die Sonne blendete sie, oder waren es die Tränen? Johannes' Gesicht verschwamm. Sein Lächeln verwandelte sich in das schelmische Schmunzeln, mit dem er sie angesehen hatte, als sie sich am Waldsee zum ersten Mal geliebt hatten. Seine Stimme zupfte an den Saiten ihrer Seele wie die Musikerin an ihrer Harfe.

„Wir sollten bei Gelegenheit ein Gespräch mit unserer Tochter führen, sie aber nicht drängen."

Nach dem Mittagessen saßen sie alle draußen auf der Terrasse. Viktoria und Ludger waren nach ihrer Hochzeitsreise zum ersten Mal wieder anwesend und erzählten von Rom. Sie schwärmten von den alten Kirchen, dem gewaltigen Petersdom, den Vatikanischen Museen mit der Sixtinischen Kapelle, wo sie staunend das Jüngste Gericht von Michelangelo bewundert hatten. Ehrfürchtig seien sie über das alte Pflaster des Forum Romanum geschritten und hätten im weiten Rund des Kolosseums gestanden. Ludger hielt Viktorias Hand, deren Augen leuchteten.

Gemeinsam hatten sie vor dem Essen im Fernsehen den Internationalen Frühschoppen mit Werner Höfer verfolgt. Auf ihrem Parteitag Anfang Juni hatte die CDU grundsätzliche Positionen zur Sozialen Marktwirtschaft beschlossen, dem Thema der Journalistenrunde. Die Diskussion verlief kontrovers. Einige vertraten die Meinung, dass der Egoismus den Markt beherrsche, der Staat müsse stärker regulierend eingreifen, andere wiederum verfochten vehement das bestehende Wirtschaftssystem, sonst hätte sich Westdeutschland nach dem Krieg nicht so schnell wirtschaftlich erholen können. Die Welt sprach von einem Wirtschaftswunder. Aber selbst der nach dem Krieg federführende Wirtschaftsminister Erhardt, zentraler Akteur bei der Entwicklung der Sozialen Marktwirtschaft, forderte schon früh Mäßigung, der Staat dürfe nicht mehr ausgeben, als erwirtschaftet würde, und die Menschen müssten ihren Konsum mäßigen. Einen Wohlfahrtsstaat auf Pump lehnte der spätere Bundeskanzler vehement ab.

Barbara forderte: „Wer erklärt mir, was Soziale Marktwirtschaft eigentlich wirklich bedeutet? Ein Begriff, den viele gebrauchen, aber nicht jeder scheint zu wissen, was er besagt."

„Schwesterchen, wurde bei euch auf der Hildegardisschule keine Wirtschaftskunde gelehrt?"

„Doch", wehrte sie sich. „Ich weiß genau, wie man einen Haushalt führt, und wenn es sein muss, auch einen Bauernhof."

Franziska und Johannes lauschten amüsiert dem Wortwechsel ihrer Kinder. Sie waren glücklich, dass sich alle am Sonntag bei ihnen trafen. Alexa saß missmutig dabei. In letzter Zeit war ihre jüngste Tochter stiller geworden; tiefe Ränder lagen um ihre Augen. Franziska schob es auf das schnelle Wachstum und die Pubertät.

Viktoria schaute interessiert von einem zum anderen.

„Ludger, erklär mir: Was ist Soziale Marktwirtschaft?"

Ludger überlegte einen Moment, dann sagte er: „Soziale Marktwirtschaft beschreibt die Wirtschaftsordnung unseres Staates. Zwei Grundelemente werden miteinander verbunden: Freiheit auf dem Markt und der soziale Ausgleich für Schwächere. Als ehemaliger Wirtschaftsminister hat Ludwig Erhardt die Ideen dieser Wirtschaftsordnung gleich nach dem Krieg durchgesetzt. Unser Staat ist dafür verantwortlich, dass dieses System funktioniert."

„Sozial? Was ist sozial? Familien mit Kindern, Ältere, Arme und Kranke, Behinderte sind immer noch benachteiligt. Nimm Paul als Beispiel! Wenn Tante Maria und Onkel Wilhelm nicht für ihn sorgen könnten, würde er abgeschoben, käme in ein Heim und würde verkümmern. Wir auf unserem Hof sind gut dran, aber viele andere leben vom Sozialamt."

Barbara ereiferte sich, wie immer, wenn sie irgendwo Unrecht argwöhnte.

Ludger antwortete: „Aus meinem Studium ist mir ein Satz im Gedächtnis haften geblieben, der sich als das Credo des Münsteraner Ökonomie-Professor Alfred Müller-Armack zusammenfassen lässt: ‚Nur eine Marktwirtschaft mit freier Preisbildung, fairem Wettbewerb und individueller Freiheit kann das Land voranbringen - wenn gleichzeitig der soziale Frieden gewahrt bleibt und den Menschen eine Teilhabe am Wohlstand ermöglicht wird.' Ludwig Erhardt holte ihn 1952 als Leiter der Grundsatzabteilung nach Bonn in sein

Ministerium; er war seine rechte Hand in wirtschaftspolitischen Fragen."

Barbara bohrte nach: „Hört sich gut an, aber zähl konkrete Beispiele auf."

„Nimm im sozialen Bereich unsere Alterssicherung für Landwirte, die 1957 im Zuge der Rentenreform geschaffen wurde. Dazu zählen auch die anderen Sozialversicherungen: Renten-, Kranken- und Arbeitslosenversicherung, in die Arbeitnehmer und Arbeitgeber zu gleichen Teilen einzahlen."

„Trotzdem hat man den Eindruck, dass die Wirtschaftsbosse und Bankiers mit Riesengewinnen spekulieren und die Politik bestimmen oder beeinflussen."

So diskutierten sie noch eine Weile. Alexa lag auf dem Rasen in einem Liegestuhl und war anscheinend eingeschlafen.

Viktoria und Ludger schauten sich nach dem Gespräch verstohlen an, bevor Ludger verlegen und mit glühenden Wangen erklärte: „Mama, Papa, Viktoria will euch etwas sagen."

Viktorias Stimme zitterte. „Mutter, Vater", zum ersten Mal redete sie ihre Schwiegereltern so an, „ich bin höchstwahrscheinlich schwanger. Ihr werdet im kommenden März Großeltern!"

Franziska, Johannes und Barbara, Alexa schlummerte weiter in ihrem Liegestuhl, umarmten Viktoria und Ludger und zeigten ihre Freude über diese Nachricht.

Veränderungen

Johannes riet seiner Frau und seiner Tochter, bevor sie weitere Investitionen tätigten, in der Tageszeitung zu inserieren, um zu sehen, ob überhaupt Interesse für einen Reiterhof, wie sie ihn sich ausmalten, bestand.

So schalteten sie eine Anzeige für einen „Tag der offenen Tür" an einem der kommenden Sonntage mit der Möglichkeit einer Schnupperstunde und Probereiten. Die Idee, therapeutisches Reiten für behinderte Kinder und mögliche Ferienaufenthalte für Familien anzubieten, verschwiegen sie noch, das wollten sie lieber in persönlichen Gesprächen mit den Eltern offenbaren.

Der Zustrom überraschte sie. Die Kinder rannten sogleich zur Pferdekoppel, die Tiere lockten sie; doch Barbaras Stute mit dem Fohlen und die drei Haflinger trabten davon.

Die Eltern erkundigten sich, ob auf dem Gräftenhof demnächst regelmäßiger Reitunterricht möglich wäre. Franziska und Johannes bejahten das. Sobald ihre Tochter Barbara die Ausbildung als Reitlehrerin in Warendorf absolviert habe, die sie in Kürze antreten würde, könne es losgehen.

Die Eltern wollten jedes Detail wissen, in wessen Obhut ihre Kinder seien, auf welchen Pferden die Unterrichtsstunden erfolgen, wie lange sie dauern und was sie alles beinhalten würden. Manche von ihnen schüttelten missbilligend den Kopf, als sie Paul sahen, der am Gatter der Pferdekoppel stand und Jenny, Selmas Fohlen, den Kopf kraulte.

„Was macht der hier? Hat er mit unseren Kindern zu tun?"

„Meinen Sie den dreizehnjährigen Paul? Er hat das Down-Syndrom, ist aber nicht dumm und ein sehr lieber und umgänglicher Junge mit einem feinen Gespür für Tiere, mehr, als es mancher Gesunde hat."

Franziska musste sich beherrschen, um nicht heftiger zu widersprechen. Barbara, die neben ihr stand, stülpte ihre Lippen vor, ein deutliches Zeichen für ihre innerliche Entrüstung.

Anhand der Fragen, die man ihnen stellte, erkannten Franziska und Barbara, dass die Eltern, die ihre Kunden werden würden, ihre Sprösslinge gern einen ganzen Tag auf dem Hof lassen würden, um selbst unbeschwert einen freien Tag zu genießen, und sie waren aufgeregt, als die ersten Anmeldungen für die nächsten Sommerferien eintrafen.

Anfangs schaute Paul misstrauisch auf Jüngere und Gleichaltrige, und auch die Kinder mieden ihn. Doch bald überwanden sie die anfängliche Scheu und riefen ihn, wenn die Haflinger ihnen nicht gehorchen wollten. Paul zeigte ihnen geduldig, wie sie aufsitzen und welche Position sie einnehmen mussten. Er schüttelte heftig den Kopf, wenn die Mädchen oder Jungen zu sehr am Zaumzeug rissen.

„Nein, nein!“, rief er dann. „So, du!“ Er zeigte ihnen, wie sie die Zügel halten mussten.

Maria und Wilhelm freuten sich, als sie ihren Sohn munter zwischen den Kindern herumspringen sahen. Um seine Liebe zu Tieren, ob Pferd, Hund, Vogel oder Schnecke, Wurm und anderes Getier, wussten sie. Wie oft kam er mit einem Frosch zu ihnen, den er im feuchten Gras der Gräfte gefangen hatte!

Barbara beobachtete Paul. In seiner kaum verständlichen Sprache redete er auf die Tiere ein, wenn ein Pferd unruhig war. Hatten Kinder Angst vor den Tieren, gelang es ihm, dass sie Vertrauen fassten. Barbara konnte sich kaum noch vorstellen, dass Paul nicht da wäre, obwohl er noch ein Kind war. Er würde eine große Hilfe sein.

„Der Junge lebt auf, wenn er bei den Tieren ist“, sagte ihre Mutter. Es war später Nachmittag, der Trubel war abgeklungen, und auf dem Gräftenhof kehrte Ruhe ein.

„Das hat Conrad mir prophezeit.“

„Conrad?", fragte ihre Mutter.

Barbaras Gesicht verfärbte sich rot. „Ja, er hatte viele Anregungen für den Reiterhof, als ich ihm nach Ludgers Hochzeit den Gräftenhof gezeigt habe."

„Nur für den Reiterhof?"

Barbara wagte nicht, ihre Mutter anzuschauen, sie zwang sich, unbefangen zu antworten. „Mama, wir müssen unseren Gästen etwas bieten. Die Eltern möchten mit ihren Kindern den ganzen Tag auf dem Hof verbringen, das hat der Tag heute gezeigt, aber sie können nicht immerfort im Sattel sitzen oder in den Ställen wirken."

„Du scheinst dir viele Gedanken zu machen. Was schlägst du vor?"

„Ich denke an Fahrradtouren und Wanderungen in der Umgebung. Es wäre auch ein Zeitvertreib für die Familien, sie mit einem Planwagen durch Feld und Wald zu kutschieren."

Franziska schwieg und wartete auf weitere Geistesblitze ihrer Tochter. Es stimmte, den ganzen Tag hatten sie sich um die Kinder gekümmert, die Fragen der Eltern beantwortet und dabei gemerkt, dass diese sich nicht nur einzelne Stunden Betreuung für die Kinder wünschten. Sie freute sich, dass Barbara sich so begeistert in diese Aufgabe hineinkniete, hegte jedoch den Verdacht, dass manche Ideen von Conrad stammten.

„Uns fehlt ein Platz, wo unsere Gäste essen oder picknicken können. Wir sollten ein Hofcafé einrichten und Kleinigkeiten zu essen anbieten."

„Barbara, wie stellst du dir das vor? Du kümmerst dich um die Pferde und Kinder, und deine Mutter kocht Kaffee, backt Kuchen und Brot, schmiert Schnittchen und bedient die Gäste?"

Unbeirrt redete Barbara weiter. „Mama, es ist nur der Anfang. Im nächsten Jahr, wenn ich Reitlehrerin bin, brauchen wir Unterkünfte.

Zu einem Reiterhof gehören nicht nur ein Pferdestall und ein Parcours."

„Barbara, wir haben den Gräftenhof nicht zum Hotel oder Landgasthaus umgebaut. Er ist und bleibt ein Bauernhof."

Barbara erschrak. Der Gräftenhof ein Hotel? Nein! Das hatte sie nicht gemeint.

„Außerhalb der Gräfte ist ausreichend Platz. Es gibt schöne hölzerne Blockhütten oder diese niedlichen Nurdachhäuser, für die im Wochenblatt geworben wird. Conrad hat auch Tiere vorgeschlagen. Großstadtkinder kennen heute kaum noch Schweine, Kühe, Gänse, Hühner oder Enten. Mama, dann hättest du doch deinen Bauernhof wie früher."

„Conrad meint das also, Barbara?" Franziska dachte: Wenn doch Johannes das mitgehört hätte! Wir wollten mit unserer Tochter sprechen. Jetzt bietet sich die Gelegenheit für ein Gespräch zwischen Mutter und Tochter. „Hat Conrad noch mehr gesagt?"

Als Barbara nur vage mit den Schultern zuckte, fragte sie: „Barbara, was ist zwischen dir und Conrad?"

Barbara starrte in die Ferne. Sie vermochte nicht in Worten auszudrücken, was sie fühlte. Bisher hatte sie stets gewusst, wer sie war. Aber das Wiedersehen mit Conrad hatte ihre Selbstsicherheit zerstört; ohnmächtig war sie ihren Gefühlen ausgeliefert. Wer war sie und was wollte sie?

„Barbara!"

Sie drehte sich zu ihrer Mutter um, die Augen tränenumflort. Schluchzend warf sie sich wie ein kleines Kind in ihre Arme.

„Also doch! Ich habe mich nicht geirrt. Habt ihr miteinander geschlafen?"

Heftig schüttelte Barbara ihren Kopf. Die warme Abendsonne ließ ihre Tränen wie funkelnde Kristalle glitzern. Franziska fühlte sich zurückversetzt in ihren seelischen Kampf jüngerer Jahre, als sie sich ihre Liebe zu Johannes nicht eingestehen wollte.

Beruhigt über die Antwort ihrer Tochter atmete sie auf.

„Mama, was denkst du? Conrad ist mein Cousin!"

„Aber du liebst ihn?"

Barbara schaute sie an und flüsterte: „Ich weiß es nicht. Ich habe ihn lieb, aber lieben? Er ist mir ein lieber Freund.

„Ist es, weil er deine Vision für den Gräftenhof teilt?"

Diese Frage hatte Barbara sich oft gestellt, wenn sie nachts wach lag.

„Nein, Mama. Ich will nicht, und doch kann ich Conrad nicht aus meinen Gedanken verdrängen."

Sie wunderte sich, dass ihre Mutter sich nicht entrüstete.

Franziska strich ihrer Tochter über den Kopf, bis sie sich beruhigte. „Kind, horche auf dein Herz. Es sagt dir, was du tun musst."

Barbara lächelte. „Mama, du redest wie Oma Martha."

„Wie Oma Martha?"

„Ja."

Wenn sie an Conrad dachte, erinnerte sie sich oft an Oma Marthas Worte: „Auf dem Weg zur wahren Liebe wirst du so manche Verliebtheit erleben und glauben, dieser junge Mann sei bereits der Eine, Einzige. Liebeskummer wird an dir zehren. Doch wenn du den wahren Richtigen gefunden hast, wirst du sehen, dass alles andere im Vergleich zu ihm nur Spielerei war."

„Mama, Conrad hat mir gestanden, dass er mich liebt. Ich habe ihm gesagt, dass es nicht sein darf."

„Warum darf es nicht sein?"

„Wir sind Cousin und Cousine. Ich will gesunde Kinder!"

Diese Worte betonte sie, wie sie es auch bei ihrem Bruder Ludger und Conrad gegenüber getan hatte.

„Papa meint, Conrad und du stammt aus zwei gesunden Familien ohne bekannte Erbkrankheiten."

„Papa?"

„Ja, dein Vater. Aber Kind, tu nichts Unbedachtes. Hat Conrad mit seiner Mutter gesprochen?"

„Nein, ich glaube nicht, dass er mit ihr über uns gesprochen hat. Mama, ich möchte einen Mann, der mich liebt und ich ihn, so wie du und Papa euch liebt."

Arm in Arm schlenderten Mutter und Tochter zum Haus zurück. Barbaras Vater und Bruder waren, obwohl es Sonntag war, noch draußen auf den Feldern und bereiteten die Ernte des Saatweizens vor, die morgen beginnen sollte, da das Wetter stabil war.

Ludger steuerte am nächsten Tag den Mähdrescher. Es war später Nachmittag, nur noch eine Parzelle des Weizens musste geschnitten werden. Das Korn war in diesem Jahr früh gereift. Einige Tage zuvor hatte er die Qualität des Weizens prüfen lassen. Das Institut erkannte das Getreide als Saatgut an. Da es in der vergangenen Woche nicht geregnet hatte, konnten sie das Saatgut ohne nachzutrocknen abliefern.

Wilhelm Schulze-Westhoff hatte darauf bestanden, ihnen zu helfen, er wartete am Feldende mit dem alten Deutz und einem Anhänger, um das gedroschene Getreide aufzunehmen, das der Mähdrescher ausspuckte. Für Wilhelm war es die letzte Fuhre, den Rest würde Ludger auf das Gefährt seines Vaters aufladen, der ebenso am Feldrand wartete.

Ludger beobachtete, wie Wilhelm im Zickzackkurs den Feldweg entlangsteuerte, als wollte er zurück zum Hof fahren. Da stimmte etwas nicht. Er stoppte den Mähdrescher, winkte seinem Vater zu und rannte los. Der Deutz prallte gegen einen Baum und blieb stehen.

Fast gleichzeitig erreichten Vater und Sohn den Trecker. Wilhelm lehnte kopfüber auf dem Lenkrad. Ludger zog den schwer atmenden Mann vom Trecker auf den Boden, öffnete ihm die Jacke und das verschwitzte Hemd. Wilhelm stammelte Worte, die sie nicht verstanden. Johannes begriff, sein Nachbar hatte einen schweren Herzanfall.

„Wir bringen ihn zum Gräftenhof. Maria muss sofort Dr. Welzel rufen."

Vorsichtig betteten sie Wilhelm Schulze-Westhoff auf den mit Weizen beladenen Anhänger, schoben Getreide zur Seite, um so Platz zu schaffen. Johannes stieg hinten auf, hielt seine Hand und wischte ihm den Schweiß ab. Maria kam ihnen entgegengelaufen, als der Trecker durch das Torhaus auf den Gräftenhof rollte. Sie ahnte, was geschehen war, und schlug bestürzt die Hände vors Gesicht. Paul stand unschlüssig neben ihr und ergriff ihre Hand.

„Papa?", stammelte er.

Johannes und Ludger wagten nicht, Wilhelm vom Anänger zu heben, um ihn ins Haus zu tragen; er röchelte und rang nach Atem. Maria und Paul kletterten beide auf den Wagen. Sie bettete den Kopf ihres Mannes in ihrem Schoß; Paul schaute verständnislos auf seinen Vater. Er nahm eine Handvoll Weizenkörner und ließ sie auf dessen Brust rieseln. Niemand hinderte ihn. Noch bevor Dr. Welzel, den Ludger inzwischen gerufen hatte, nach dreißig langen Minuten eintraf, starb Wilhelm.

Drei Tage später wurde er auf dem Dorffriedhof in der Familiengruft der Westhoffs beigesetzt, in der Generationen vor ihm ruhten, und in der er und Maria die zwei Fehlgeburten, die Maria geboren hatte, beigesetzt hatten. Franziska und Johannes führten Maria ans Grab, Paul fasste Johannes' Hand.

„Papa tot. Loch!" Er wollte weglaufen, doch Johannes hielt ihn zurück, hockte sich vor ihn und flüsterte ihm zum Himmel zeigend etwas zu. Paul bewegte seine Hände, als wären sie die Flügel eines Vogels, der über dem Grab schwebte.

Maria starrte auf den Eichensarg. Die Krankheit hatte einen Baum gefällt. Vielleicht war seine Seele ausgedörrt, da sich seine Träume nicht erfüllt hatten? Schmerz und Verlust hatten sein Gesicht gefurcht und Jahresringe gezeichnet, die ihre Liebe nicht auffangen konnte. Der Herrgott möge ihm vergelten, was er ihr und Paul Gutes getan hatte.

Beim Poltern der Erde auf dem Sarg, die der Pastor ins Grab warf, bebte sie und öffnete das kleine Leinensäckchen, das sie eingesteckt hatte. Aus ihrer Hand rieselten Weizenkörner auf den Sarg. Sein Herz hatte beim Einbringen der Ernte versagt, auf dem Saatgut liegend war er gestorben. Mit ihm erlosch das Geschlecht der Westhoffs, dessen Generationen fast vierhundert Jahre auf ihrem Hof gearbeitet und geerntet hatten.

Johannes erhob sich aus der Hocke, als Maria einen Schritt zur Seite tat. Vor Wochen hatte Wilhelm ihn gebeten, an seinem Grab den Sonnengesang des Heiligen Franziskus als Abschiedsgruß zu lesen. Er sagte, er spüre, dass es nicht mehr lange dauern werde, bis der Herrgott ihn zu sich riefe: „Johannes, dat ligg an usse Häärchott, wann ik choan mot; oaber ik gleive, he röp mii bolle af." Dann bat er ihn auf Hochdeutsch: „Bete die Verse, sie besingen unsere wunderbare Natur und preisen unseren Herrgott in seiner Schöpfung, so wie du und ich es Jahr für Jahr erleben."

Johannes betete den Gesang. Die Trauernden schwiegen oder schauten mit feuchten Augen zum Himmel.

„Höchster, allmächtiger, guter Herr, lobt und preist meinen Herrn und sagt ihm Dank und dient ihm mit großer Demut.

Immer wieder quälten Johannes Gedanken an seine alte, verloren gegangene Heimat und seine Eltern, nach denen er vergeblich gesucht hatte. Dann saß er oft bedrückt in seinem Sessel.

„Johannes, woran denkst du, an deine Eltern?“

„Auch“, antwortete er. „Aber gerade habe ich mich an eine Situation von 1962 erinnert.“

„Vor fünf Jahren? Was war da?“

In der ersten Septemberwoche 1962 hatte der französische Staatspräsident Charles de Gaulle die Bundesrepublik besucht.

„Frankreich und Deutschland freundeten sich an. Politiker wie Konrad Adenauer hatten erkannt, dass die Menschen nach all der Zerstörung des letzten Krieges Frieden wollten, und sie handeln. Wenn das doch auch mit Polen und der Ukraine möglich wäre! Aber der Eiserne Vorhang ist eine unüberwindbare Grenze. Mit ihren irrsinnigen Ideologien untermauerten die Sowjets ihren Machtanspruch und unterbanden freiheitliches Denken. Wer sich skeptisch äußerte, wurde nach Sibirien verbannt.“

An solchen Bemerkungen erkannte Franziska, dass im Herzen ihres Mannes, verborgen und unterdrückt, die Sehnsucht nach seiner Heimat schwelte. Wie sollte ein Mensch auch sein Zuhause vergessen, das ihm der Krieg entrissen hatte? Die Eltern und Geschwister, das Dorf, in dem er aufgewachsen war, die Schul- und Jugendfreunde? Er litt darunter, dass in seinem Vaterland die Menschen weiterhin in Unfreiheit lebten.

Johannes beobachtete alles, was im Osten geschah. Der 20. Parteitag der KPdSU hatte sich 1956 zwar vom Personenkult Stalins wie von einer schweren Last befreit, und unter Chruschtschow begann man, sich mit dem Stalinismus auseinanderzusetzen. Aber Freiheit und Demokratie blieben weiterhin Fremdworte. Er kaufte sich Bücher des sowjetischen Schriftstellers Alexander Solschenizyn, die im Westen erschienen und die das Elend und die Drangsal in den Lagern schilderten.

Nur die Arbeit auf dem Hof, die Pläne für den Gräftenhof und die Freude über Viktorias Schwangerschaft lenkten ihn ab.

Ausbildung zur Reitlehrerin

Am Tag nach dem Staatsfeiertag, dem 17. Juni, an dem der Protest der Ostberliner Arbeiter gegen das DDR-Regime 1953 von den Russen mit ihren Panzern blutig niedergeschlagen worden war, brachten sie Barbara nach Warendorf zur Reitschule der Deutschen Reiterlichen Vereinigung. Barbara fiel der Abschied schwer. Aber sie hatte den Entschluss gefasst, Reitlehrerin zu werden, und dazu musste sie für einige Monate von zu Hause fort. Diese Zeit würde sie überstehen. Ihr Tag der offenen Tür hatte gezeigt, dass viele Eltern auf einen Reiterhof für ihre Kinder, wie sie ihn planten, anscheinend nur warteten.

Sie bewohnte wie alle anderen Schüler ein kleines Zimmer. Die Ausbildung bestand aus theoretischem Unterricht, Pferdepflege und Reitunterricht. Sie schätzte sich selbst als gute Reiterin ein. Aber ihr Reitlehrer, ein älterer Mann mit ruhiger Stimme, ermahnte sie: „Zügel nicht durchhängen lassen", „Gerade sitzen und ein Hohlkreuz machen", „Mit den Beinen arbeiten, um das Pferd zu entlasten."

Zu Hause war sie mit fliegenden Haaren geritten, hier war es Pflicht, eine Reiterkappe zu tragen. „Dient Ihrem eigenen Schutz, falls Sie stürzen."

Nach dem praktischen Unterricht, in dem sie erwachsene Reitschüler betreute, besprach er mit ihr die Fehler.

„Barbara, seien Sie geduldig mit Ihren Schülern und auch mit Ihren Pferden."

Sie lächelte, Geduld war nicht ihre Stärke, das wusste sie.

„Um eine gute Reitlehrerin zu werden, brauchen Sie Fingerspitzengefühl. Kein Pferd ist wie das andere, und ebenso unterscheiden sich die Reitschüler. Kindern müssen Sie die Angst und Befangenheit vor den Tieren nehmen."

Bei diesen Bemerkungen dachte Barbara an Paul, dem die Unbefangenheit im Umgang mit Tieren angeboren war. Die Pferde scheuten nicht bei ihm, sondern suchten seine Nähe.

Nach den Reitstunden wartete der Reitstall auf sie: „Sie sind Mädchen für alles, wenn Sie Reitlehrerin sind."

Mit väterlicher Geduld führte er sie wie eine Tochter.

Sie war die einzige Frau unter den Reitschülern. Beim theoretischen Unterricht setzte sie sich in die erste Bank. Sie ahnte, dass sich die Augen ihrer männlichen Kollegen auf sie hefteten und einige die Nase rümpften, weil sie als Frau in eine männliche Domäne eindrang. Nur bei den Dressurreitern sah sie ab und zu eine Frau im Übungskarree.

Mit Pferderomantik hatte der Beruf als Reitlehrerin nichts zu tun, das begriff sie nach wenigen Tagen. Beim Flicken des Reitzeugs riss sie sich die Hände an den gewachsten Seidenfäden auf, und die gebogenen Nadeln zerstachen ihre Finger. Auch wenn sie erschöpft war und sich nach ihrem Zimmer sehnte, um sich auszustrecken, bestand ihr Lehrer darauf, dass sie die Pferde bürstete und fütterte. Nach einer Woche war sie total erschöpft.

„Ich will!", beschwor sie sich. Wenn der Gräftenhof als Reiterhof für Kinder ein Erfolg werden sollte, würde das kein Kinderspiel; sie konnte dann nicht nach acht Stunden alles stehen und liegen lassen.

Ihr väterlicher Reitlehrer drängte sie, sich abends nicht in ihrem Zimmer zu verkriechen, sondern in die Kantine zu gehen: „Mischen Sie sich unter die jungen Leute und lenken Sie sich ab. Reiten ist nicht alles."

Sie raffte sich auf, obwohl sie müde war und Heimweh hatte. Sie vermisste ihre Eltern, ihre Schwester und ihren Bruder mit Viktoria.

Hier war sie eingezwängt in den strengen und engen Tagesablauf mit theoretischem Unterricht, der Arbeit in den Ställen und den Reitübungen. Sie wollte sich dennoch bestmöglich auf ihre Prüfung vorbereiten.

In der Kantine herrschte reges Treiben. Laute Stimmen, das Lachen der vielen jungen Männer und ein Schwall Zigarettenrauch, gemischt mit Bierdunst schlug ihr entgegen. Für einen Moment verstummte der Lärm, und mehr als zwanzig Augenpaare starrten sie an. Sie war neben der Bedienung die einzige Frau in diesem Raum. In einer Ecke fand sie einen freien Tisch und bestellte sich ein Bier.

„Barbara, was machst du hier in der Reitschule?"

Vor ihr stand Bernward zu Trendelburg. Er setzte sich zu ihr.

„Ich absolviere die Ausbildung zur Reitlehrerin." Sie erzählte ihm, wie erfolgreich der Versuch in den Ferien gewesen war, auf dem Gräftenhof Reitmöglichkeiten für Kinder anzubieten. Wegen der Verantwortung für die Kinder habe ihr Vater von ihr gefordert, sich als Reitlehrerin ausbilden zu lassen. „Und was machst du hier, Bernward?"

„Ich leiste in der Sportabteilung der Bundeswehr meinen Wehrdienst. Mein Vater, du kennst ihn, hat getobt, als ich den Wehrdienst verweigern wollte. ‚Ein Trendelburg dient seinem Volk und Vaterland, wie ich es im Krieg getan habe und deine Vorfahren ebenso. Mein Sohn ist keine Memme, die sich drückt.' Durch seine Beziehungen bin ich in Warendorf gelandet. Er leitet in der Sportschule der Bundeswehr die Abteilung Reiterei. Aber keine Angst, er taucht hier bei uns nicht auf, er vergnügt sich im Offizierskasino."

Bernward gab sich locker und fröhlich, scherzte und lachte. Die Übermacht des Vaters erdrückte ihn hier nicht. Er machte keine Annäherungsversuche und erwähnte auch nicht, was letztes Jahr nach dem Erntedankfest und dem Reitturnier geschehen war. Sie verabredeten sich für den nächsten Abend wieder hier in der Kantine, und Barbara stellte fest, dass ihr Reitlehrer recht hatte. Ein wenig Ablenkung und die Gesellschaft von Gleichaltrigen tat ihr gut.

Zweieinhalb Monate später konnte Barbara die Ausbildung für ein Wochenende unterbrechen. Sie nahm den Zug nach Telgte, um dort ihre Eltern zu treffen. Franziska und Johannes fuhren mit ihrem grünen 180er-Mercedes, dem typischen Auto vieler Landwirte, zum traditionellen Mariä-Geburtsmarkt, um noch zusätzlich zwei Haflinger zu ersteigern. Paul begleitete sie. Nach dem Tod seines Vaters kümmerte sich Johannes vermehrt um den Jungen. Bevor sie sich in den Trubel des Festes und der Pferdeauktion stürzten, besuchten sie die barocke Gnadenkapelle mit dem Gnadenbild der Schmerzhaften Muttergottes aus dem 14. Jahrhundert, um zu beten. Darauf bestand Johannes. Sie zündeten Kerzen an und verharrten einige Minuten im stillen Gebet.

Franziska starrte auf die Skulptur der Schmerzhaften Muttergottes, die nichts mit der Schutzmantelmadonna in der Kapelle des Gräftenhofs gemein hatte. Ihre Brust verkrampfte sich, als sie an ihre Tochter Alexa dachte. Was war mit dem Kind? Sie machte sich Sorgen. Allein das schnelle Wachstum der Fünfzehnjährigen konnte nicht der Grund für ihre Blässe und Lustlosigkeit sein. Während Ludgers Hochzeit, der Ernte, dem Tod ihres Nachbarn und der Betriebsamkeit auf dem Gräftenhof hatte sie diese Gedanken verdrängt, obwohl Alexa sich zurückzog und nur selten auf dem Hof oder im Haus half. Sie sattelte ab und zu ihr Pferd und ritt stundenlang allein durch Feld und Wald. Im gemächlichen Schritt kehrte sie zurück und nicht wie früher im Trab oder Galopp. Langsam glitt sie dann vom Pferd, rieb ihren Kopf am Hals des Tieres und verschwand im Haus.

Sie würde Johannes in den nächsten Tagen bitten, Dr. Welzel zu konsultieren.

Paul rutschte in der Kapelle unruhig in der Bank hin und her. Er saß neben ihr und Barbara, die sie am Bahnhof in Telgte abgeholt hatten. Barbara nahm seine Hand und schaute ihn an. Tränen rollten über seine Wangen. Sie legte den Arm um seine Schultern und zog seinen Kopf an sich.

„Paul, was ist?“, fragte ihr Vater, dem die Unruhe des Kindes ebenfalls auffiel.

„Mama, Papa.“ Er zeigte auf die Pieta, die Darstellung von Maria mit dem vom Kreuz abgenommenen Jesus Christus.

Vor der Kapelle sagte Johannes zu Barbara und Franziska: „Paul erinnert sich. Bei der Pieta denkt er an seine Mutter, wie sie Wilhelm auf ihren Schoß gebettet hat, als er auf dem Erntewagen starb.“

Franziska bückte sich und wischte Paul die Tränen ab. „Er hat ein ausgeprägtes, feinsinniges Gespür.“

Johannes nickte. „Seine Eltern haben ihm viel Liebe und Aufmerksamkeit geschenkt.“

Paul zog ihn und Barbara und Franziska von der Gnadenkapelle fort.

Der Mariä-Geburtsmarkt blickte auf eine mehr als dreihundert Jahre alte Tradition zurück. Das Volksfest mit Kirmes, Pferdemarkt, Krammarkt, einer Landmaschinenausstellung und einem Reitturnier in der Emsaue übte in der Region einen großen Reiz aus, sodass schon am Morgen ein reges Treiben herrschte.

Franziska und Johannes beobachteten Paul, der in seiner typischen Art seinen Kopf neigte, um die Haflinger auf dem Pferdemarkt zu begutachten. Er verstand, dass er zwei Pferde mit aussuchen durfte.

Sie ersteigerten zwei Einjährige, auf die Paul zeigte. Nun besaßen sie fünf Pferde.

Seit der vierten Woche übte Barbara parallel zum Reitunterricht das Voltigieren.

„Barbara, ich bin Georg, alle nennen mich so."

Es überraschte sie, dass ein so junger Mann sie beim Voltigieren als Lehrer betreute.

Unter seiner Anleitung trainierte sie wie im Turnunterricht zunächst mit Trockenübungen auf dem Boden, anschließend auf einem Holzpferd Haltungsübungen wie Knien, freihändiges Stehen auf zwei oder einem Bein und als Höhepunkt Handstand.

„Barbara, Voltigieren ist eine Sportart, bei der turnerische und akrobatische Übungen auf einem an einer Longe gehenden Pferd ausgeführt werden. Was du die Kinder lehren willst, musst du ihnen vorher zeigen."

Sie hatte Georg erzählt, warum sie voltigieren lernen wollte. „Oh Barbara, da nimmst du dir viel vor, aber Voltigieren ist ideal für therapeutisches Reiten!"

Er erklärte ihr, dass eine Grundvoraussetzung das Zusammenspiel zwischen dem Pferd und der Longen-Führerin sei, die sie später sein würde, sowie den Kindern, denen sie das Voltigieren beibringen wollte. „Die Zusammenarbeit zwischen dir und dem Tier, das du lenkst, bildet, gleich den Saiten einer Geige, eine Harmonie."

In der ersten Unterrichtsstunde auf dem trabenden Pferd genierte sie sich in ihrem Trikot, das sich eng wie eine zweite Haut an ihren Körper schmiegte. Im Turnunterricht an der Hildegardisschule waren sie als Mädchen unter sich gewesen, hier enthüllte sie, wie sie meinte, ihren Körper einem jungen Mann. Verschämt und mit hochrotem Kopf betrat sie die Übungshalle und folgte Georgs Anleitungen, freihändig auf dem langsam trabenden Pferd zu balancieren, die Arme auszubreiten und die Beine abwechselnd anzuwinkeln. Bald gelang es ihr, das Gleichgewicht auf dem Pferderücken zu finden, so wie sie es am Boden und auf dem Holzpferd trainiert hatte. Georg kam zu ihr und korrigierte ihre Haltung, indem er ihr Bein waagerecht streckte. Sie zuckte zusammen, als sie den Druck seiner Hand auf ihrer nackten Haut spürte. Viele Male wiederholte er die Übung, bis sie ihr ohne Mühen gelang.

„Nun zu zweit! Kinder mögen es, wenn sie die Figuren zu zweit oder zu dritt auf einem Pferd probieren."

Georg legte die Schlaufe der Leine um einen Pflock in der Mitte des Kreises, dem Voltigierzirkel, und schwang sich zu ihr auf das Pferd.

„Barbara, mach eine Brücke, ich stütze dich. Du bist gelenkig, du kannst das."

Seine Stimme elektrisierte sie. Sie zögerte. Doch dann reckte sie ihre Arme hoch und beugte ihren Oberkörper nach hinten, bis ihre Hände den Pferderücken berührten.

„Versuch, einen Handstand zu machen."

Alle Scheu war von ihr gewichen. Sie konzentrierte sich auf die geforderten Übungen. Beim ersten Versuch ergriff Georg ihre Fesseln und hielt sie. Er sprang vom Pferd, als er merkte, dass sie sicheren Halt hatte, und nahm die Longe wieder in die Hand. Das Pferd trabte schneller. Barbara gelang es, ohne fremde Hilfe im Handstand zu verharren. Sie wollte Georg imponieren, der ihr applaudierte.

„Die Kinder werden begeistert sein, eine so tüchtige Lehrerin zu bekommen."

Im beginnenden Herbst schrieb Conrad ihr aus Freiburg.

Liebe Barbara,

Du bist nun in Warendorf und wirst die Reitschule als perfekte Reiterin und Lehrerin verlassen. Wie weit sind Eure Planungen mit dem Gräftenhof gediehen? Sind die Umbauarbeiten abgeschlossen und wie erweitert Ihr

Euer Angebot für die Kinder?
Ihre Eltern hatten zugestimmt, später einige Unterkünfte für Familien in kleinen Holzhäusern einzurichten und das Gebäude, wo früher die Maschinen standen, in eine Küche und einen Speiseraum umzubauen. Ihre Mutter begeisterte sich zusehends für die Idee, den Familien ein umfassendes Ferienangebot mit Wanderungen und Fahrradtouren durch die Wälder, Turngeräten für die Kinder, einem Streichelzoo und Grillabenden für die Gäste anzubieten.

Ich denke oft an unsere Wanderungen durch Wiesen und Felder, an das Rauschen der Buchen und Eichen in unseren Wäldern. Hier in Freiburg sind die Tannenwälder dunkel. Aber tritt man am Rande auf eine Lichtung, so breitet sich eine berauschende Landschaft aus. Ich denke an das Sprudeln des Baches, der den Waldsee und die Gräfte speist, an zertretene Blumen und ausgerissene Pflänzchen, wenn wir im Gras gelegen und geträumt haben. Das alles ist meine Heimat, die ich liebe. Dort wachsen unsere Eichen, die dein Großvater für uns gepflanzt hat.

Warum schreibe ich Dir das?

Noch ein Semester Studium, dann werde ich mit meinem Diplom als Sonderschullehrer zurückkehren.

Wie geht es Dir, meine liebe Barbara?

Es grüßt Dich

Conrad

Noch am gleichen Tag beantwortete sie den Brief und erzählte ihm von den Plänen ihrer Eltern für den Gräftenhof und von ihrer Ausbildung in Warendorf, die sie in drei Wochen mit einer Prüfung abschließen würde.

In dieser Nacht fand sie kaum Schlaf. In ihren Wachträumen tauchte Conrad auf. Machte er sich immer noch Hoffnungen, weil sie ihn am

Tag vor Ludgers Hochzeit geküsst hatte, als er plötzlich in ihrem Zimmer stand? Conrad war nicht der Mann, mit dem sie sich ihre Zukunft vorstellte. Zu sehr widerstrebte ihr dieser Gedanke in ihrem Innersten.

In diesen Monaten in Warendorf erkannte Barbara, dass sie Conrad nicht liebte. Sie mochte ihn, bewunderte ihn. Er war ein lieber Freund, ja, aber ihn lieben wie Mann und Frau? Sie sehnte sich nicht länger nach ihm. Conrad, wir haben keine Zukunft, dachte sie.

Diese Gewissheit wollte sie ihm nicht schreiben, die musste er selbst auch für sich finden.

Diese Erkenntnis beendete ihr Zaudern. Sie konzentrierte sich auf ihre Reitlehrerprüfung und das Voltigieren.

Am dritten Sonntag im Oktober, einem milden Altweibersommertag, lieh sie sich ein Fahrrad und fuhr über Pättkes zwischen den abgeernteten Feldern hindurch an die Ems. Dort lehnte sie ihr Rad an eine alte Weide und suchte sich am bewachsenen Ufer einen geschützten Platz. Das Wasser, in dem sich die Wolken spiegelten, floss gemächlich dahin. Im leisen Herbstwind raschelte das Schilf, und die Rohrkolben, die wie Wächter im seichten Wasser standen, reckten ihre braunen, kegelförmigen Fruchtstände empor. Schwalben, die die lange Reise in den Süden noch nicht angetreten hatten, schossen pfeilschnell über das Wasser, um Mücken zu erhaschen.

Befreit von den Gedanken und Fragen um Conrad streckte sie sich aus und legte sich rücklings ins Gras. Voltigieren, Reitübungen, Lehrstunden und theoretischer Unterricht belasteten sie nicht mehr, sondern sie genoss die mit neuen Erfahrungen prall gefüllten Tage.

Platsch, machte es.

Sie erschrak und suchte mit den Augen das Ufer ab. Ein Stück flussaufwärts erspähte sie einen Angler, der im Gras hockend seine

Angelrute umklammerte und ins Wasser starrte. An seinem blonden Lockenkopf erkannte sie Georg. Magisch angezogen erhob sie sich und schlich zu ihm, ohne dass er sie wahrnahm. Eine Weile verharrte sie reglos hinter ihm stehend; ihr Schatten fiel auf seinen nackten, von der Sonne gebräunten Oberkörper. Mit der Hand fuhr er sich durch seine vollen Haare.

Wer war Georg? Ihr Lehrer beim Voltigieren, mehr wusste sie nicht von ihm. Was war es, das sie in diesem Moment anzog und ihren Körper elektrisierte?

Überrascht starrte er sie an, als er sie bemerkte. „Barbara, du hier?"

Er reichte ihr die Hand, und sie setzte sich neben ihm ins Gras. Seine Berührung ließ sie zittern wie schon beim Voltigieren auf dem Rücken des trabenden Pferdes, als er sie stützte. War Georg jener fremde Mann aus ihren Träumen, dessen Gesicht und Gestalt ein Schleier verbarg, der sich nun in der Sonne des Herbstes lichtete?

Als Georg seine Scheu überwand, berührten seine Hände leicht die ihrigen. Eine Hand legte sich an ihre Wange, zunächst nur die Fingerspitzen, dann zeichneten sie die Konturen ihres Gesichtes nach und entlockten ihrem Mund ungeahnte Laute. Die Welt um sie herum versank. Zum ersten Mal gab sie sich bedingungslos der Zärtlichkeit hin. Mehr noch, in ihr wuchs das Begehren, auch ihn zu berühren, mit ihm die ihr unbekannten Rätsel der Liebe, die Geheimnisse und Sehnsüchte zu lösen, deren Tiefe sie bisher nur erahnte. Seine Küsse berührten ihr Herz und rissen alle Schranken nieder.

„Barbara, ich liebe dich."

Sie schlang die Arme um seinen Hals und bettelte: „Sag das noch einmal, Georg!"

„Barbara, ich liebe dich. Vom ersten Augenblick an, als du zu mir kamst, damit ich dich unterrichte, habe ich mich in dich verliebt."

Sie legte sich in seine Armbeuge. Ihre Lippen brannten von seinen Küssen. Sie schmiegte ihren Körper an seinen.

„Erzähl von dir, Georg. Ich möchte mein Leben mit dir teilen und alles von dir wissen."

„Barbara, machst du mir einen Heiratsantrag?"

Sie dachte an das, was Oma Martha ihr kurz vor ihrem Tod prophezeit hatte: „Wenn du den wahren Richtigen gefunden hast, wirst du sehen, dass alles andere im Vergleich zu ihm nur Spielerei war."

„Willst du mich, einen armen Reitlehrer, für deinen Gräftenhof?"

Sie setzte sich auf ihn und drückte seine Arme zur Seite. Reglos lag er unter ihr und wehrte sich nicht.

„Spielst du mit mir?" Ihre Augen sprühten Funken.

Er sah sie offen an. „Spielen? Nein, Barbara. Es ist mir ernst."

Er liebte diese Frau. Vom ersten Augenblick an, als er sie sah, hatte er sich beherrschen müssen, sie nicht in den Arm zu nehmen. Jede Berührung weckte in ihm Verlangen. Ihre Stimme betörte seine Sinne. Noch wagte er nicht, daran zu glauben, dass Barbara ihn lieben könnte.

Gurrend erzählte sie ihm, wie sie sich geniert hatte, als sie zum ersten Mal im Turntrikot zum Voltigieren gekommen war.

„Du hast so getan, als ob du mich nicht wahrnimmst."

„Ich dachte, eine Fee erscheint wie in einem Märchen. Du hättest mich geohrfeigt, wenn ich dir zu nahegetreten wäre."

„Ja, das hätte ich wirklich getan!"

„Und jetzt?"

Sie legte ihren Finger auf seine Lippen.

Sie erzählte ihm die Geschichte ihrer Eltern, berichtete von ihren Geschwistern und Viktoria, die sie um ihre Schwangerschaft beneidete. Conrad verschwieg sie, dafür erwähnte sie Paul und die Verpflichtung, die ihre Eltern eingegangen waren. Dabei beobachtete sie Georgs Reaktion, ob er erschreckt zurückweichen würde.

„Ich werde dir die Eiche zeigen, die mein Großvater für mich gepflanzt hat, und wir werden zusammen Oma Marthas Grab besuchen."

Sie teilte mit ihm ihre Träume und Pläne für den Gräftenhof, die er bisher nur in Umrissen kannte. Nichts an ihm war ihr fremd.

„Barbara, mir wird schwindelig bei deinem Tempo. Wir kennen uns erst seit Kurzem, schon sprichst du von unserer gemeinsamen Zukunft. Deine Eltern müssen zustimmen, und wer weiß, ob sie mich akzeptieren."

„Wenn ich dich liebe, werden sie dich wie ihren Sohn annehmen, so wie mein Großvater meinen Vater als Sohn angenommen hat."

„Barbara, ich bin arm, ich habe nichts an den Füßen, wie man sagt. Der Gräftenhof, von dem du schwärmst, ist ein sehr großer Hof. Du hoffst, dass deine Eltern ihn dir anvertrauen. Wie sollen wir ihn verwalten und beackern? Ich verstehe nicht so viel von richtiger Landwirtschaft wie dein Bruder!"

„Aber du kannst mit Pferden umgehen. Wir, du und ich, werden den Traum von einem Reiterhof für Kinder verwirklichen! Wir werden therapeutisches Reiten und Voltigieren für Kinder anbieten. Mit allem anderen wird uns Ludger helfen."

Georg war das zweitjüngste von fünf Kindern. Seine Eltern bewirtschafteten im Nebenerwerb einen kleinen Hof am Rande des Teutoburger Waldes. Sein Bruder würde den Hof erben; er selbst hatte eine Lehre als Koch gemacht. Doch er fühlte sich in dem Beruf eingezwängt und bewarb sich bei der Reiterlichen Vereinigung.

„Ich wollte nicht als Junggeselle versauern. Anfangs habe ich hier als Pferdepfleger gearbeitet. Als die Reiterliche Vereinigung zusätzlich Voltigieren anbot, habe ich einen Kursus belegt und wurde schließlich Lehrer. So bist du in meine Fänge geraten."

„Dann hast du deine Finger absichtlich auf meine Hüften gelegt?" Sie schaute ihn keck an.

„Barbara, ich habe vom ersten Augenblick an bewundert, wie grazil und sicher du dich auf dem Pferderücken bewegt hast. Ich musste an mich halten, als du deinen Körper artistisch zurückgebogen hast und ich dich beim Handstand gehalten habe. Meine Hände brannten tagelang, sie hungerten danach, dich zu berühren."

Sie nahm sie, öffnete sie und küsste die Innenflächen.

Eine Woche noch, dann war der Tag der Reitlehrerprüfung, und sie würde wieder nach Hause zurückkehren.

„Barbara!"

Diese Stimme kannte sie. Es war Paul, der quer durch den Zirkel auf sie zustürmte, sich in ihre Arme warf, als sie vom Pferd glitt.

„Mama, Papa, was macht ihr denn hier?"

Ihre Eltern warteten in der Tür des Voltigierstalls. Sie winkte ihnen zu, da Paul sie aufforderte: „Barbara, einmal!"

Sie schwang sich erneut auf die Stute, die ihren Kopf Paul zuwandte und die Nüstern blähte.

„Wer du?", fragte Paul Georg, der in der Mitte des Zirkels stand.

„Ich bin Georg, und wer bist du?"

Paul neigte den Kopf zur Seite und betrachtete Georg prüfend. „Ich Paul Schulze-Westhoff!"

Er griff nach der Longe, Georg gab sie ihm. Nach einem Schnalzer trabte die Stute los, und Barbara machte ihre Übungen. Wie von Zauberhand führte Paul das Pferd.

Franziska und Johannes, die nähergekommen waren, betrachteten ihre Tochter auf dem Pferderücken und Paul, der die Longe hielt.

„Genug, Paul." Barbara sprang vom Pferd. Paul lief in seinem watscheligen Gang auf die Stute zu und kraulte das Tier. „Mama, Papa. Das ist Georg Pagenkemper, mein Voltigierlehrer."

Georg reichte ihren Eltern die Hand, trat dann einen Schritt zurück, da Barbara ihre Eltern umarmte. An ihren ernsten Gesichtern erkannte sie, dass sich etwas Ungewöhnliches ereignet hatte.

„Alexa ist in der Klinik."

Barbara erschrak. „Was ist mit ihr? Ist sie verunglückt?"

„Sie ist krank, Alexa ist ernstlich krank. Sie hat Leukämie. Wir machen uns große Sorgen."

Ihre Eltern waren zu ihr gekommen, um ihr diese traurige Nachricht zu überbringen, die sie wie ein Schlag traf.

„Sie ist in der Schule zusammengebrochen. Dr. Welzel hat sie in die Klinik eingewiesen. Dort wurde eine akute Leukämie diagnostiziert."

„Was ist Leukämie?"

„Es ist Blutkrebs. Die weißen Blutkörperchen vermehren sich unkontrolliert. Unbehandelt führt die Krankheit zum Tod."

Tränen schossen Barbara in die Augen. „Wann ist das passiert?"

„Kurz nach dem Mariä-Geburtsmarkt. Sie haben gleich mit der Therapie, der Chemotherapie begonnen, können uns aber nicht sagen, ob sie wirken wird."

„Muss Alexa sterben?" „Barbara, wir können nur beten. Alexa ist sehr tapfer. Die Ärzte sagen, dass die Chemotherapie bei Kindern und jungen Menschen oft erfolgreich ist, es sei aber eine Tortur."

„Ich fahre mit euch heim. Ich will meine Schwester sehen!"

Ihre Mutter nahm sie in den Arm. Zu dritt verließen sie die Reithalle und setzten sich im Hof auf eine Bank unter eine Linde, deren Blätter sich bereits verfärbt hatten.

Georg war zu Paul gegangen und führte mit ihm zusammen die Stute an den Rand des Voltigierzirkels. Bei der Botschaft, die Barbaras Eltern überbrachten, hatten sich ihre Augen in panischer Angst geweitet. Er musste an sich halten, nicht zu ihr zu eilen und schützend seine Arme um sie zu legen. Er hatte die Worte Leukämie und Blutkrebs mitbekommen. Wie konnte das Schicksal nur so grausam sein, sie in der Stunde ihres Glücks an einen solchen Abgrund zu stoßen? In ihrem Schmerz wollte er die Familie nicht stören, zumal Barbaras Eltern nichts von ihrer Liebe ahnten.

„Deine Schwester liegt auf der Isolierstation in einem Einzelzimmer. Nur deine Mutter darf sie besuchen. Die Gefahr einer Infektion während der Behandlung ist zu groß."

Barbaras Atem stockte. Allein? Isoliert? Eingeschlossen in einem Zimmer? Wie sollte ihre kleine Schwester das ertragen?

„Es geht um Leben und Tod. Wenn Alexa es schafft, wird sie im nächsten Jahr zu Ostern wieder bei uns sein."

Ihre Mutter schaute sie ernst an, ihre Stimme stockte. „Barbara, wir sind nicht nur hier, um dir zu sagen, dass Alexa sehr krank ist."

Barbaras Augen weiteten sich noch mehr. Welche Nachricht erwartete sie außerdem?

„Es gibt ein neues Verfahren, das Alexa vielleicht das Leben retten könnte. Dazu muss ihr gesundes Knochenmark übertragen werden."

„Kann ich ihr helfen?"

„Möglicherweise. Die behandelnde Ärztin hat uns Hoffnung gemacht. Gesunde weiße Blutkörperchen bilden sich im Knochenmark. Alexas Knochenmark ist verseucht, aus den Fugen geraten, so haben es uns die Ärzte erklärt. Durch die Chemotherapie mit Cyclophosphamid, so heißt das Arzneimittel, werden die kranken Krebszellen bekämpft. Alle müssen zerstört werden. Danach werden Alexa gesunde Rückenmarkzellen eingepflanzt, in der Hoffnung, dass sie sich wieder vermehren."

Barbara hörte gespannt zu.

„Alexa und du seid Geschwister, ihr habt die gleichen Eltern, deinen Vater und mich. Daher gibt es eine gewisse Wahrscheinlichkeit, dass deine Schwester dein Rückenmark verträgt."

Barbara nickte. „Mama, selbstverständlich helfe ich Alexa."

„Wenn du deine Prüfung bestanden hast, werden wir in die Klinik fahren. Du musst einige Tage dortbleiben, sie werden dir eine Probe entnehmen, um zu untersuchen, ob die Gewebemerkmale übereinstimmen."

Eine freudige Erregung, ihrer Schwester vielleicht helfen zu können, erfasste Barbara.

„Barbara, der Eingriff schmerzt und ist nicht ungefährlich."

Fragend blickte sie ihre Mutter an, um deren Mund es zuckte. „Im Rückenmark verlaufen alle Nervenbahnen. Wenn die Ärzte einen Nerv verletzen, könntest du gelähmt werden."

Sie erbleichte, und ihre Hände begannen zu zittern. Ihre Eltern schwiegen. Sie allein musste die Entscheidung treffen, das konnte ihr niemand abnehmen.

Barbara sah zu Georg, der mit Paul bei den Pferden stand und immer wieder zu ihr herüberschaute. Gestern noch hatte sie seine Küsse gespürt. Nun stand sie am Abgrund.

Nach langer Pause flüsterte sie mit rauer Stimme: „Mama, ich tue alles, damit Alexa wieder gesund wird."

Ihre Mutter schloss sie in die Arme, sie weinten beide, und es dauerte seine Zeit, bis sie sich wieder fassten.

„Und Ludger?" fragte sie.

„Auch er hat zugestimmt. Aber du und Alexa seid weiblich, das gleiche Geschlecht erhöht die Wahrscheinlichkeit für eine Spende."

Ihr Vater hatte bisher geschwiegen. Jetzt sagte er: „Barbara, Alexas Krankheit zwingt uns umzudenken." Er machte eine Pause. „Wir müssen vielleicht den Gräftenhof verpachten."

Barbara erschrak.

„Wir haben alles mit Maria besprochen. Mama will in dieser schweren Zeit ganz für Alexa da sein. Sie wird keine Zeit für einen Reiterhof oder für fremde Kinder erübrigen können, das müsstest du allein schaffen. Sollte deine Schwester, so Gott will, diese Krankheit überstehen, braucht sie einige Jahre, um sich zu erholen. Sie wird nie wieder so leben können wie früher. Über ihr wird die Angst schweben, der Krebs könnte sie wieder einholen."

Barbara senkte den Kopf. Ihre Träume zerstoben. Sie verstand, dass ihre Eltern kein zusätzliches Geld in den Gräftenhof investieren konnten, und die freie Zeit ihrer Mutter gehörte ihrer Schwester. Für Alexas Gesundheit musste alles andere zurückstehen.

Von fern vernahm sie die Stimme ihres Vaters: „Du machst deine Reitlehrerprüfung, und dann sehen wir weiter."

Sie nickte.

Georg kam mit Paul an der Hand aus der Reithalle und ging mit ihm zur Koppel, wo die anderen Pferde grasten. Sie schauten den beiden nach, registrierten, wie selbstverständlich Paul neben Georg her trippelte und auf ihn einredete.

Barbara druckste ein wenig herum. Trotz der erschreckenden Nachricht musste auch sie ihre Neuigkeit loswerden. „Mama, Papa, Georg ist nicht nur mein Voltigierlehrer. Ich liebe ihn."

Ihre Eltern wechselten einen überraschten Blick. Trotz ihres Schmerzes lächelten sie. Ihre Tochter hatte ihren Weg gefunden.

„Georg und ich möchten gern im nächsten Jahr heiraten, wenn ihr es erlaubt. Bitte gebt uns eine Chance und damit auch dem Gräftenhof!"

Sie fragten nicht: „Wer ist dieser Georg?" Einem, dem Paul so unbefangen vertraute, konnten sie ihre Tochter anvertrauen.

Ihr Vater erhob sich und ging zu Georg. Franziska und Barbara beobachteten gespannt, wie sich die beiden Männer unterhielten. Nach einer Weile klopfte Johannes Georg auf die Schulter, und sie schüttelten sich die Hände.

„Ich habe Georg zu uns eingeladen", sagte er, als er zu Franziska und Barbara zurückkam.

Innerlich jubelte Barbara. Ihr Vater hatte Georg akzeptiert. Aber zunächst musste sie ihrer Schwester helfen. Georg würde das verstehen.

Die Rückfahrt von Warendorf unterbrachen Franziska und Johannes in Telgte. Paul schlief auf der Rückbank und murmelte unverständliche Laute im Schlaf; so gingen sie allein in die Gnadenkapelle. Ihr Leben hatte sich in den letzten Wochen geändert. Johannes legte den Arm um seine Frau, sie zündeten drei Kerzen für ihre Kinder an und verharrten in stillem Gebet vor dem Gnadenbild. Sie erwarteten kein Wunder, dass alles nur ein böser Traum gewesen sei, sondern suchten Kraft und Trost.

Wir haben hier mit unseren Sorgen um unsere jüngste Tochter und unserer Dankbarkeit für unseren Sohn mit seiner Frau und unsere zweite Tochter für ihr junges Glück gebetet: Franziska und Johannes, schrieb Franziska in das ausliegende Buch, dem Beter ihre Anliegen anvertrauten. Johannes las unterdessen die Verse auf der aufgeschlagenen Seite.

„Franziska, sieh nur. Das ist, als wenn jemand es für uns geschrieben hätte."

Erwarte das Licht.

Ruhiger verließen sie die Kapelle.

Ihre Eltern waren abgereist.

Barbara und Georg traten in die Nacht hinaus. Er hielt ihre Hand.

Die Unbeschwertheit der letzten Tage war verloren. Sie verharrten an einem Baumstamm nahe der Pferdekoppel. Barbara lehnte sich an Georg. Sie suchte seine Nähe und Halt bei ihm.

„Was hat mein Vater von dir wissen wollen?“

Georg lächelte. „So neugierig?“

Sie wartete.

„Dein Vater hat mich gefragt, ob ich dich liebe.“

„Und deine Antwort?“

Er zog sie an sich und küsste sie. „Reicht dir das?“

„Nein! Ich will dich ganz und für immer.“

Sie zog ihn an sich, und in ihre Küsse legte sie all ihre Sehnsucht und Ängste der letzten Stunden. Dann erzählte sie ihm von der Rückenmarkentnahme und der Gefahr, die damit verbunden war.

Fünfundzwanzig Jahre später

Barbara und Georg frühstückten. Ihre drei Kinder schliefen noch. Die Sommerferien waren zu Ende, gestern waren die letzten Gäste abgereist. So genossen sie den ruhigen Morgen.

Da fuhren ihre Eltern auf den Hof. Sie kamen ins Haus und setzten sich zu ihnen. Barbara goss ihnen Kaffee ein, sie spürte ihre Erregung.

Unvermittelt platzte ihre Mutter heraus: „Euer Vater und ich fahren morgen in die Ukraine. In dem Trubel der Ferien wollten wir euch nicht damit belästigen. Aber jetzt ist es so weit. Ich möchte den Herzenswunsch deines Vaters erfüllen, Barbara, darum frage ich dich: Begleitest du deine alten Eltern?"

Barbara wusste nicht, was sie sagen sollte, sie war schockiert und schaute Georg an, der ebenfalls schwieg.

Ihre Mutter fuhr fort: „Die Mauer in Berlin ist gefallen, den Eisernen Vorhang gibt es nicht mehr. Die Sowjetunion hat sich in einzelne Republiken aufgelöst, und die Ukraine ist nun selbstständig. Alexa ist für ihre jährliche Kur in Bad Oeynhausen. Dank deiner Rückenmarkspende geht es ihr gut. Nun können wir fahren."

Barbaras Vater blickte sie mit bittenden Augen an. Die beiden tranken ihren Kaffee aus und standen auf.

„Barbara, ruf uns an, wenn du dich entschieden hast. Wir wollen morgen um acht Uhr starten, damit wir es bis abends an die Grenze nach Polen schaffen. Grüß die Kinder von Oma und Opa." Ihre Mutter hatte offenbar den eisernen Willen zu fahren. „Johannes komm, wir müssen packen." Sie gingen zu ihrem Auto.

Barbara stand wie angewurzelt in der Haustür und schaute ihren Eltern nach, als sie winkend abfuhren. Sie fühlte sich überrumpelt.

Zurück am Frühstückstisch sagte Georg: „Barbara, erfülle deinen Eltern diesen Wunsch. Fahr mit ihnen. Ich schaffe das hier. Es kommen nur noch zwei Patienten täglich zum Voltigieren, Paul assistiert mir dabei. Und denke daran, deine Eltern haben uns beim Aufbau des Gräftenhofs mit Rat und Tat begleitet und unterstützt. Du hast einen florierenden und anerkannten Reiterhof für therapeutisches Reiten geschaffen. Jetzt brauchen deine Eltern dich."

Sie überlegte einen Moment. „Georg, danke für dein Verständnis." Sie gab ihm einen innigen Kuss. „Ich rufe meine Eltern an und packe dann für morgen. Wir gehen auf Spurensuche in der Heimat meines Vaters."

Stunde um Stunde fuhren sie schon den zweiten Tag, nachdem sie die Nacht in einem Hotel in Frankfurt (Oder) verbracht hatten. Franziska und Johannes saßen im Fond des Autos nebeneinander, Barbara steuerte den Wagen.

Von Zeit zu Zeit lächelte Johannes und drückte Franziskas Hand, die er während der Fahrt nicht losließ.

Sie spürte, wie sich seine Anspannung auf der langen Autofahrt durch Polen und später durch die Ukraine steigerte. Sein Blick glitt über die endlosen Weizenfelder rechts und links der Straße, er beobachtete die Menschen, die auf den Feldern arbeiteten, und betrachtete aufmerksam die kleinen Orte, durch die sie fuhren. Weckte all das wehmütige Erinnerungen in ihm?

Ohne Schwierigkeiten passierten sie die Grenze zur Ukraine. Johannes' Pass, ausgestellt auf Johannes Große-Bawinkel, verriet nicht, dass er gebürtiger Ukrainer mit deutschen Wurzeln aus dem Elsass war.

Sein Heimatdorf lag nun auf dem Staatsgebiet der Ukraine.

Noch waren die Staaten Ukraine und Russland befreundet.

Was war aus seinem Wohnort und den Menschen dort geworden? Er hatte in all den Jahren keine Briefe von seinen Eltern oder Geschwistern erhalten, obwohl er geschrieben hatte; er wusste nicht, ob sie noch lebten.

Sie reichte ihm die Thermoskanne, und sie tranken beide einen Schluck Tee. Nach weiteren Stunden Fahrt stoppten sie neben wogenden Weizenfeldern.

Johannes öffnete die Tür und stieg aus. Er sprang über den schmalen Graben zwischen der Straße und dem Weizenfeld, pflückte ein paar Ähren und zerrieb sie zwischen seinen Handflächen. Durch das heruntergelassene Autofenster hielt er Franziska die geöffnete Hand hin. Sie nahm einige Körner und steckte sie in den Mund, Johannes tat dasselbe.

Beide kauten andächtig.

Johannes legte seine Hände an Franziskas Wangen. „Wie zu Hause“, murmelte er. Sie nickte mit einem Lächeln.

Bald erreichten sie sein Heimatdorf. Es war kein richtiges Dorf, sondern eine Ansammlung von Häusern mit Schule und Kirche, ähnlich wie in vielen Bauerschaften daheim.

Das Häuschen, in dem er mit seiner Familie am Ortsrand gewohnt hatte, stand noch.

Johannes strich mit der Hand über die Steine der Mauern, als ob er Erinnerungen wachrufen wollte.

Es war ein einstöckiges Haus, wie alle Häuser im Dorf, mit grün gestrichenen Fenstern, deren Farbe abblätterte. Im Garten hinter dem Haus flatterte Wäsche im Wind. Auf der Türschwelle lag eine Katze, die blinzelte, als ihre Schatten auf sie fielen.

Johannes zögerte, doch dann klopfte er an die Tür. Nach einer Weile vernahmen sie schlurfende Schritte. Eine gebeugte Frau, ein Kopftuch um die Haare gebunden, öffnete ihnen und schaute sie fragend an.

Johannes sprach Russisch, er hatte es nicht verlernt: „Hier habe ich gewohnt“, erklärte er ihr.

Die Frau starrte sie ihn an, legte dann die Hand an ihr Ohr.

Er sagte etwas, das ähnlich klang wie zuvor und doch anders, gestikulierte, sagte: „Bajis mien“, und zeigte mit dem Finger auf sich.

Die Frau verstand schließlich, was er meinte, und bedeutete ihm, dass sie eintreten sollten.

Johannes zögerte. Barbara fragte ihn erstaunt: „Welche Sprachen hast du gesprochen, Papa?“

Er lächelte. „Russisch, Ukrainisch und Jiddisch.“

„Warum Jiddisch?“, wollte Barbara wissen.

„Nördlich des Schwarzen Meeres siedelten viele jüdische Familien, bis die SS hier wütete. Die Bauern und die Kinder auf der Straße sprachen Jiddisch. Bei meinen Spielkameraden habe ich viele Worte aufgeschnappt.“

„Papa, davon musst du mir erzählen. Nenn mal ein paar Beispiele.“

Ihr Vater lachte. „Später, mein Liebling.“

Sie traten ein und nahmen an einem Tisch Platz. Die Frau ging zum Herd und füllte aus einem Samowar Tee in vier Tassen aus Steingut.

Johannes' Blick wanderte durch den Raum. Er strich sich lächelnd über seine Haare. An der Stirnwand stand wie in seiner Jugend der mächtige Herd, der den Raum wärmte. Daneben lagen aufgestapelt Holzscheite. In einem Winkel brannte ein Licht vor einer Marienikone.

„In kalten Wintern haben wir Kinder hier in der Küche nahe dem Ofen auf dem Boden geschlafen. An so einem Tisch wie diesem haben meine Geschwister und ich unsere Hausaufgaben gemacht“, sagte er.

Franziska vermutete, dass die abgehenden Türen zu den Schlafkammern führten. So ähnlich war auch das Kötterhaus gebaut, das zum Hof ihres Vaters gehörte.

Die alte Frau kramte in ihrer Schürzentasche und legte ein Foto auf den Tisch. „Serge", murmelte sie.

Das Foto zeigte einen jungen Mann in russischer Uniform. Sie strich sich mit ihrer runzeligen Hand über ihre Augen und wischte sich mit einem Schürzenzipfel die Tränen ab.

Unerwartet stand Barbara auf, ging hinaus und kehrte nach kurzer Zeit mit einem Paket unter dem Arm zurück. Ihre Eltern und die Frau schauten sie erstaunt an. Auf dem Tisch wickelte sie aus einem blau bedruckten Leinentuch ein Stück Schinken, Butter und ein Weißbrot aus. „Unser Reiseproviant, den wir bisher nicht gebraucht haben."

Sie lächelte auffordernd und strich das Tuch glatt.

Die alte Frau verstand und holte ein Messer, hielt sich den Laib Brot an die Brust und schnitt Scheiben für jeden von ihnen ab, ebenso vom Schinken. Aus ihrem Vorratsschrank bot sie ihnen ein Glas Gänseschmalz und Salz zum Brot an. Ihre Gesten sagten, dass sie ihnen das Glas schenkte.

Als sie ihren Tee getrunken und das Brot mit Schmalz verzehrt hatten, verließen sie das Haus. Von einer Familie Schobert hatte die alte Frau nichts gehört. Aber sie winkte ihnen freundlich nach, als sie sich in Richtung Dorfmitte entfernten.

Der Weltkrieg hatte die Landkarte in diesem Teil Osteuropas verändert und damit auch Johannes' Heimat.

Nach dem Besuch in seinem Elternhaus streiften sie durch das Dorf. Johannes zeigte ihnen seine Schule, die tatsächlich erhalten war, und führte sie durch die engen Gassen.

Wie in seiner Kindheit waren die Wege und Straßen noch mit Kopfsteinen gepflastert.

Der Ort war nicht groß, und überall erahnte man am Ende einer Straße das weite Land.

Die jetzigen Bewohner ernteten in den Gärten ihr Gemüse oder züchteten Gänse.

Vor der kleinen Kirche des Dorfes, aus Feldsteinen erbaut, in der Johannes getauft worden war, blieben Franziska und Johannes andächtig stehen. Das Innere war ein Trümmerfeld. Sie wagten nicht, den Raum zu betreten.

„Die Atmosphäre erinnert mich an das Musical Anatevka. Es fehlt nur noch der Fiedler auf dem Dach“, sagte Barbara, die vor dem Eingang auf sie gewartet hatte, und summte eine Melodie aus dem Musical.

Ihre Eltern stimmten ihr zu.

Sie gingen weiter zum Friedhof mit den umgefallenen Grabsteinen.

Barbara eilte voraus, um nach dem Grab ihrer Urgroßeltern oder anderen Familienmitgliedern ihres Vaters zu suchen.

Franziska betrachtete ihre Tochter. Sie war sein Ebenbild; Johannes hatte ihr die schwarzen Haare und das ovale Gesicht mit den kräftigen Wangenknochen vererbt, die grünen Augen stammten von ihr.

Auf dem kleinen Areal neben der Kirche suchte Barbara jedoch vergeblich nach einem Grabstein mit den Namen der Eltern oder Geschwister ihres Vaters.

Johannes führte sie und ihre Mutter in einen Winkel und bog mit den Händen das wuchernde Dornengestrüpp auseinander.

„Hier muss es sein“, murmelte er.

Unter den Sträuchern, von Gras überwachsen, fanden sie das Grab der Großeltern. Barbara hockte sich nieder. Ihr Vater hatte ihr auf vielen Spaziergängen von seinen Eltern und seinen Großeltern erzählt. Hier waren ihre Wurzeln.

Barbara säuberte den Stein; die kalte, feuchte Erde rieselte durch ihre Finger. Sie sog ihren Duft ein; sie roch wie die Erde auf den Feldern zu Hause. Mit ihrem Zeigefinger zeichnete sie die eingeritzten Buchstaben nach: Schobert.

Als Sechsundvierzigjährige besuchte sie zum ersten Mal das Dorf ihrer Vorfahren, die mehr als hundert Jahre hier gelebt hatten. Traurigkeit legte sich auf ihre Seele; wehmütig dachte sie daran, wie gern sie den Eltern und Großeltern ihres Vaters begegnet wäre, um damit mehr über sich selbst und ihre Herkunft zu erfahren.

Wenn sie allein war, überfiel sie oftmals eine tiefe Melancholie. Als Kind verkroch sie sich in diesen Stunden meist in dem Baumhaus, das ihr Vater mit Ludger am Waldsee in den Ästen einer knorrigen Weide gebaut hatte. Mit angezogenen Knien hockte sie dort im Wipfel und starrte auf das Wasser, über dem die Mücken tanzten, während die Entenpaare mit ihren Jungen lautlos ihre Bahnen zogen. Heute legte sie Musik von Peter Tschaikowsky auf, dessen Schwermut zu ihrer Stimmung passte. Oft dachte sie: Diese Musik entspricht meiner Seele!

Zu anderer Zeit sang sie laut und wirbelte durch den Garten. Sie erinnerte sich, wie sie als Kind auf dem Rasen vor dem Haus ihrer Eltern tanzte, die Arme weit ausgebreitet und sich wild im Kreis drehte, dass ihre schwarzen, dicken Zöpfe flogen, ihr schwindelig wurde und sie sich zur Freude ihrer Großeltern rücklings ins Gras fallen ließ. Diese wechselnden Stimmungen musste ihr der Vater mit ihrem Aussehen vererbt haben, denn auch er konnte oft stundenlang in melancholischer Stimmung vor sich hinstarren.

Auf diesem Friedhof ruhten ihre Urgroßeltern. Barbara hätte sie oder die vier Geschwister ihres Vaters gern kennengelernt. Sie blickte sich um. Ihre Eltern hatten unbemerkt den Friedhof verlassen.

Wie lange hockte sie schon hier vor diesem Grabstein?

Ihre Glieder schmerzten, als sie sich aufrichtete. Sie fror. Durch die sich verfärbenden Wipfel der alten Bäume drang kein Sonnenstrahl auf das Grab. Sie suchte sich einen sonnigen Platz auf der niedrigen Friedhofsmauer, um auf die Rückkehr ihrer Eltern zu warten.

Sie tauchten jedoch nicht auf. Barbara erinnerte sich an Erzählungen ihres Vaters von einem Fluss, der sich am Rande des Ortes durch Felder und Wiesen schlängelte. Hier war er geschwommen oder hatte träumend am Ufer gesessen. Als sie vor mehreren Stunden in den Ort gefahren waren, hatten sie auf einer holprigen Holzbrücke diesen Fluss überquert; es war mehr ein Bach und nur in der Erinnerung ihres Vaters ein Fluss gewesen.

Aneinander gelehnt fand sie dort ihre Eltern. Ihre nackten Füße baumelten im Wasser. Barbara verharrte still, um die Zweisamkeit nicht zu stören. Die untergehende Sonne tauchte ihre Gesichter in glühende Farben und zauberte in die grauen Haare ihrer Eltern ein Spiel aus Licht. Die Strahlen brachen sich wie in einem Prisma, ihre Köpfe flossen zusammen zu einem Ganzen. Da war nichts Trennendes. Schillernd spiegelten sich ihre Gestalten im schmalen Band des Baches. Sie wartete, bis die Sonne hinter dem Horizont versunken war.

„Hier ist nichts mehr, wie es früher war“, hörte sie ihren Vater sagen. Er stand auf, reichte ihrer Mutter die Hand und zog sie hoch.

Mit einem Lächeln kamen beide auf sie zu und nahmen sie in ihre Mitte, wie sie es in ihren Kindertagen oft getan hatten.

„Franziska, wir fahren zurück“, erklärte ihr Vater. „Ludger wartet auf uns. Das Wintergetreide muss ausgebracht werden.“

Franziska setzte sich neben ihren Mann auf den Beifahrersitz; Barbara streckte sich auf der Rückbank aus. Es dunkelte bereits, als sie aufbrachen. Die schmale Straße erhellte nur das Licht der Scheinwerfer. Franziska bemerkte, wie fest ihr Mann das Lenkrad umklammerte, und dass von Zeit zu Zeit die Knöchel weiß hervortraten. Sanft strich sie über seinen Handrücken und legte ihre Hand an seine Wange.

Sie hatte es gespürt: Am Ufer des Baches rang ihr Mann mit seiner Traurigkeit. Die alte Heimat war für ihn für immer verloren. Belastender war jedoch, dass sie keine Spur von seiner Familie entdeckt hatten außer dem verwitterten Grabstein seiner Großeltern auf dem Friedhof.

Er hatte sie zu einem abgeflachten Findling geführt. Den Pfad dorthin musste er nicht suchen, er fand ihn, als ob er erst gestern dort gewesen wäre, zog seine Jacke aus und breitete sie auf dem Stein aus. Er bot Platz für sie beide. Von diesem Ort hatte er geschwärmt. Wie er in seiner Jugend mit einem Buch hier gesessen und gelesen oder sich im warmen Sand am Ufer ausgestreckt hatte, um sehnsüchtig den vorbeiziehenden Wolken nachzuschauen oder der Musik des Windes zu lauschen, der durch das Schilf strich. Mit schalkhaftem Lächeln erzählte er ihr, hier habe er Monika, seine Freundin, zum ersten Mal geküsst.

Sie hatte ihren Kopf an seine Schulter gelehnt. Die Zeit wich zurück. In diesem Moment war sie dieses junge Mädchen, das mit ihm von der Zukunft träumte, obwohl ein anderes Schicksal sie zusammengeführt hatte.

Wann hatte er ihr von diesem Findling am Ufer des Baches erzählt?

Diese Nacht vergaß Franziska nicht. Der Krieg war sechs Jahre zu Ende. Angst beschlich sie, als das Bett neben ihr leer war.

Die Wirren der Nachkriegszeit hatten sich gelegt. Im Juni 1944 hatten sie geheiratet, und zehn Monate später war ihr Sohn Ludger auf die Welt gekommen. Sie hatten ihm den Namen ihres Vaters gegeben, wie es nach der Tradition im Münsterland üblich war. Zwei Jahre darauf wurden sie Eltern von Barbara. Die Besatzungsmächte, die ein großes Zeltlager nahe dem Hof aufgeschlagen hatten, waren abgezogen. Seit in Deutschland die neue Währung eingeführt worden war, zogen keine Hamsterer mehr durch die Lande. In den großen Städten begann der Wiederaufbau.

Sie fand ihn hockend am Kartoffelfeuer; er starrte in die Glut und wiegte seinen Oberkörper hin und her. Sie schlang die Arme um ihn. Er lehnte sich zurück und barg seinen Kopf an ihrer Brust. Sie wusste um den Kampf, den er mit sich ausfocht, spürte seine Sehnsucht nach der Heimat, den Eltern und Geschwistern. Nach langen Minuten erhob er sich. Hinter ihm kniend hatte sie ihm eröffnet, dass ihr Vater ihr und ihm den Hof übergeben wolle. Ungläubig schaute er sie an. Wie konnte der Bauer ihm, einem Fremdling, den Hof vermachen?

„Johannes, du bist meinem Vater zu einem Sohn geworden. Du hast in den letzten Jahren den Hof geführt und zu dem gemacht, was er heute ist."

Nach und nach begriff er, was das bedeutete.

Er erhob sich damals, um mit ihr zum Haus zurückzukehren. Die Sonne erwachte, und wie von Zauberhand verfärbte sich der Himmel, hob die schwarze Nacht ihren Vorhang. Wie von selbst nahmen sie den Umweg und schlenderten zum Waldsee, wo sie sich zum ersten Mal geliebt hatten. Hier erzählte er ihr von diesem Bach. Aneinander gelehnt blickten sie auf den See, den die aufgehende Sonne in ein tiefes Rot tauchte. Die Bäume, die das Ufer säumten, entzündeten sich durch die Sonnenstrahlen wie leuchtende Fackeln im Spiegelbild des Wassers. Sie unterbrach damals die feierliche Stimmung, wandte sich ihm zu und nahm sein Gesicht in ihre Hände. Sie flüsterte: „Johannes, ich will noch ein Kind von dir.“

Sekundenlang starrte er sie mit seinen dunklen Augen an, ohne zu begreifen, was sie gesagt hatte. Dann zog er sie auf die feuchte Erde nieder. Sie lagen auf dem weichen Boden in einer Mulde, die ihre Körper geformt hatten. In taumelnder Glückseligkeit liebten sie sich. Durch ihre Finger ließ sie Erde auf seinen nackten Körper rieseln. Neun Monate später gebar sie Alexa, ihr drittes Kind.

Als sie an diesem Morgen zum Hof zurückkehrten, stand ihr Vater in der Tennentür.

„Ich füttere heute das Vieh.“ Er nahm seinen Stock und ging zu den Ställen.

Johannes küsste sie, als sie müde und erschöpft, aber glücklich in ihrem Zimmer waren und sie sich wohlig in seinen Arm kuschelte. „Franziska, du bist eine unglaubliche Frau.“

Sie murmelte nur noch: „Ich liebe dich, Johannes“, und schlief wieder ein. Als sie erwachte, ruhte sie immer noch in seinem Arm; seine Hand bedeckte sie, als ob er sie auch im Schlaf beschützen müsste.

Franziska lächelte bei diesen Gedanken. Ihr Mann schaute nun entspannt auf das enge Band der Straße. Die Straßenbäume, die die Fahrbahn begrenzten, warfen im Lichtkegel der Scheinwerfer lange Schatten. In Waldgebieten drosselte Johannes die Geschwindigkeit, um nicht von den hier die Seite wechselnden Rehen, Hirschen oder einer Rotte Wildschweinen überrascht zu werden.

Ja, so ist es, dachte sie. Die Tiere suchen sich Jahr für Jahr diese Wege, wie ihr Instinkt es ihnen eingibt, ohne dass der Mensch sie hindern kann, es sei denn, er baut Zäune und Mauern. In den Wäldern finden die Tiere Schutz und haben ihre Heimat. Die Menschen jedoch bekriegen sich und rauben einander Haus, Hof und Heimat, entwurzeln Generationen, zerreißen Familien und ermorden diejenigen, die sich widersetzen.

Und warum?

Zorn und Empörung stiegen in Franziska auf, so wie während des Krieges, als sie im Lazarett die verwundeten Soldaten, oft noch Kinder, pflegte. Oder wenn sie sah, wie Menschen Unrecht geschah. Sie erinnerte sich an das Lazarett mit den Sälen und den verwundeten Soldaten, Bett an Bett, in dem sie Sanitätsdienst geleistet hatte. 1944, einige Tage vor Weihnachten, war Johannes, verwundet an der Ostfront, mit einem Krankentransport eingeliefert worden. Er fieberte und murmelte unverständliche Laute in einer Sprache, die sie nicht verstand.

Die Wunde an seinem rechten Oberschenkel eiterte. Der Arzt befürchtete, das Bein amputieren zu müssen.

„Dieser verdammte Krieg zerstört unsere Jugend!“, fluchte der Arzt und wies Franziska an: „Pflegen Sie den jungen Mann. Vielleicht retten Sie sein Bein.“

So oft sie Zeit fand, eilte sie zu seinem Bett, löste den Verband von der Wunde, die ein Granatsplitter gerissen hatte, reinigte sie mit verdünnter Wasserstoffperoxid-Lösung und bestrich sie behutsam mit Jod. Nach einer Woche fiel das Fieber, und Johannes lächelte sie an.

In diesen Mann verliebte sie sich unsterblich.

Als das Bein von Johannes halbwegs abgeheilt war und er humpelnd das Lazarett verlassen konnte, nahm sie ihn mit auf ihren väterlichen Hof. Ihre Eltern erkannten ihre Liebe und versteckten ihn. Gesundet hätte er sich umgehend wieder beim Einsatzkommando melden müssen. Hätte die SS ihn gefunden, hätten sie ihn als Deserteur erschossen. Das Gleiche wäre ihm bei einer Gefangennahme durch die Rote Armee passiert.

Vergebens hatten sie nun zwei Tage nach Spuren seiner Familie gesucht. Zu Beginn des Zweiten Weltkrieges hatten die Russen auf Befehl Stalins viele Bewohner der deutschen Siedlungen nach Sibirien verschleppt. Johannes' Familie war geblieben; die deutsche Wehrmacht rückte schneller vor als erwartet, sodass die Russen die Umsiedlung abbrachen. Die deutsche Verwaltung brachte die Schwarzmeerdeutschen schließlich „zurück ins Reich", wie sie es nannten, und siedelten sie in den Warthe-Gau um.

Durch das Rote Kreuz erfuhr Johannes einige Jahre nach dem Krieg, dass auch seine Familie bei diesem Treck dabei gewesen war. Ihr weiteres Schicksal konnte er trotz intensiver Nachforschungen nicht erkunden. Johannes musste von dieser Reise enttäuscht sein, obwohl er dies vor ihr verbarg.

In all den Jahren hatte er sich wohl davor gefürchtet, darum war er nicht gefahren.

Das änderte sich allmählich ab dem Jahr 1989, als ein weiser Politiker, Michael Gorbatschow, den Eisernen Vorhang niederriss und die Mauer in Berlin unblutig fiel, weil die Menschen friedlich Freiheit für sich forderten; da keimte in ihnen die Hoffnung, die Welt würde daraus lernen. Aufgeregt hatten Johannes und sie in den Jahren zuvor die Ereignisse verfolgt, als in Polen die Gewerkschaft Solidarnosc gegen den Staat aufbegehrte und auch kein Kriegsrecht sie davon abhalten konnte, für die Freiheit zu kämpfen. Der polnische Papst Johannes Paul II. fuhr daraufhin in seine Heimat; die Machthaber wagten nicht, ihn abzuweisen. Die Massen jubelten ihm zu, und in seinen Predigten forderte er Freiheit für seine Landsleute. Vor der Schwarzen Madonna in Tschenstochau betete er für sein Volk.

Johannes sagte: „Das kann nicht gutgehen! Die Kommunisten werden Panzer auffahren lassen wie im Juni 1953 in Berlin, wie im Herbst 1956 in Ungarn und wie im Prager Frühling 1968."

Doch dieses Mal geschah ein Wunder, die Waffen schwiegen, und die Vernunft siegte. Johannes, sie und viele Menschen mit ihnen erhofften sich eine Welt des Friedens. Diese Hoffnung erfüllte sich nicht. Der große, alles vernichtende Krieg blieb aus, aber unzählige andere Kriege erschütterten weiterhin die Welt.

Nachdem die Sowjetunion zerfallen war, stellten sie erneut Nachforschungen an, um Johannes' Familie zu finden, Barbara half ihm dabei. Briefe an die Verwaltung seines Heimatortes blieben unbeantwortet; die ukrainische Botschaft gab an, über ehemalige Bewohner des Gebietes nichts zu wissen. Die polnische Botschaft erklärte ihnen, eine Familie mit dem Namen Schobert könne sie im ehemaligen Warthe-Gau nicht ausfindig machen. Sie drängte Johannes, in seine alte Heimat zu fahren, um endlich Gewissheit zu bekommen. Er zögerte, er wollte sich keinen Schikanen aussetzen.

„Du hast einen deutschen Pass und bist Deutscher", wandte sie ein.

Sie waren gefahren.

Franziska drehte sich zu ihrer Tochter um, die auf dem Rücksitz eingenickt war. Auch wenn sie auf ihrer Reise nichts erreichen konnten, war die Entscheidung richtig gewesen. Sie hatten es wenigstens versuchen müssen.

Barbara träumte von der Vergangenheit. Sie sah sich zusammen mit ihren Eltern, Großeltern und Geschwistern am Herdfeuer sitzen, in dem die Buchenholzscheite prasselten; es war ein stürmischer Frühlingstag. Oma Martha und ihr Großvater waren wie so oft vom Kötterhaus, in dem sie wohnten, zum Hof gekommen. Oma Martha half ihrer Mutter in der Küche, und der Bauer ging wie zu alter Zeit durch die Ställe. Abends blieben die beiden alten Leute noch eine Weile bei ihnen, bevor sie zurück zum Kötterhaus schlenderten.

Fast täglich rannte sie als Kind zu ihren Großeltern. Oma Martha empfing sie mit ausgebreiteten Armen, wenn sie auf den Hof stürmte.

„Da kommt unsere wilde Range!"

Ihr Großvater legte dann seine Pfeife zur Seite und schloss sie in die Arme.

In der Schulzeit schaute sie mittags bei ihren Großeltern vorbei, wenn sie von der Schule kam. Der Großvater tröstete sie, wenn Klassenkameraden an ihren dicken, schwarzen Zöpfen rissen, die ihre Mutter mit einer weißen Schleife bändigte.

„Diese Lümmel!", schimpfte er dann.

Auf seinem Schoß sitzend erfuhr sie die Geschichte ihrer Eltern, die ihr wie ein wundersames Märchen erschien. Oma Martha setzte sich dann zu ihnen und hielt ihre Hand. Begierig lauschte sie seinen Worten, wenn der Großvater von früher erzählte. Die beiden Söhne, Barbaras Onkel, hatten sich freiwillig zur Armee gemeldet und waren nicht zurückgekehrt.

„Weiter, Opa, weiter!", drängte sie, wenn der Großvater sie von seinem Schoß schob.

Oft ließ er sich erweichen und erzählte noch eine weitere Geschichte.

„Und was ist mit dem Waldsee, von dem Mama und Papa so häufig reden und dabei verlegen werden?"

Der Großvater hob schmunzelnd seine Schultern.

„Da musst du deine Eltern fragen!"

Alte Fotos im Album von Oma Martha zeigten das Kötterhaus, wie es ausgesehen hatte, bevor die Großeltern dort einzogen, mit dem Tennentor, das die Großeltern durch ein großes Fenster ersetzt hatten. Im Innern erinnerten die Fachwerkbalken und Holzpfosten daran, dass sich hier einst Stellplätze für Kühe und Pferde befunden hatten. Oma Martha hatte sich den kleinen Garten hinter dem Haus hergerichtet. In den zwei Jahren, die das Haus vor ihrem Einzug leer gestanden hatte, war er verwildert. Der Großvater hatte mithilfe ihres Vaters in einem Winkel des Gartens eine Laube errichtet, in der sie als Kind spielte, und in der sich die Großeltern an heißen Sommertagen aufhielten. Vor der Laube stand unter der knorrigen Linde eine Gartenbank, der Lieblingsplatz des Großvaters. Wenn sie kam, legte er die Tageszeitung oder sein Buch zur Seite, in dem er gelesen hatte.

Nach dem Krieg hatte Barbaras Großtante Walburga Schulte-Berghövel, eine verwitwete Cousine ihres Großvaters, mit Conrad und Eva eine Zeit lang dieses Haus bewohnt. Als das Torhaus auf dem Gräftenhof frei wurde, kamen die drei dort unter. Walburga, wie Ludger und Barbara und später auch Alexa sie nannten, half auf dem Hof, bis sie später mit ihren Kindern nach Münster zog, um dort als Schneiderin in einem großen Geschäft zu arbeiten. Barbara nannte ihre Großtante Walburga, weil auch ihre Eltern sie so riefen. Später erfuhr sie, unter welch dramatischen Umständen Walburga zu ihnen gekommen war: Auf der Flucht aus dem Osten hatte sie ihre Kinder verloren.

Ihr Großvater zögerte, ihr davon zu berichten.

„Opa, erzähl weiter!" Auch diese Geschichte faszinierte sie, so wie die ihrer Eltern.

„Barbara, dein Großvater hat Walburga geholfen, die Kinder wiederzufinden", sagte Oma Martha.

„Es war meine Pflicht."

Sie nickte. „Ja, es war deine Pflicht wie so vieles, Ludger."

Mit großen Augen sog sie in sich auf, was der Großvater darüber wusste.

„In der Nähe von Breslau hatte man die Flüchtlinge in einen wartenden Zug gepfercht, der nach Westen fahren sollte und von Flüchtenden überquoll. Die Abteile waren so voll, dass Walburga ihre zwei Kinder, Eva war damals noch ein Säugling, durch das Fenster hineingereicht hat, wo helfende Hände sie entgegennahmen. In dem Moment, als sie ihren Koffer aufhob, um sich ebenfalls hineinzuzwängen, fuhr der Zug ab. Sie schrie, doch niemand beachtete sie. Erst am nächsten Tag bekam sie einen Zug. ‚Wo sind meine Kinder jetzt? Wie kann ich sie finden?', jammerte Walburga, als sie zu mir ins Bürgermeisteramt kam. Sie zeigte mir zerknüllte Fotografien: ‚Das sind sie. Ludger, du musst mir helfen.' Ich war wütend, weil ich machtlos war, aber auch wütend auf die, die dieses Unheil angerichtet hatten. Ich habe ihr damals versprochen, nach den Kindern zu suchen. Wie sollte ich die verzweifelte Walburga sonst trösten? Zum Glück hatte sie klug gehandelt und die Namen in die Kleidung der Kinder eingenäht."

Der Großvater startete zusammen mit Major Tom Farlay, der nach Kriegsende als Kommandant der Alliierten die Geschicke des Dorfes lenkte, eine Suchaktion. Man fand Conrad und Eva in der Nähe von Oldenburg in einem Waisenhaus.

Der Major war es auch, der den Großvater bis zu den ersten demokratischen Gemeindewahlen 1947 zum Bürgermeister bestimmte.

„Barbara, dein Großvater ist bescheiden", warf Oma Martha ein. „Walburga war überglücklich. Immer wieder sagte sie: ‚Danke Ludger, du bist guter Mensch!'"

Unwillig schüttelte der Großvater den Kopf. „Martha, rede keinen Unsinn."

Als Barbara die Augen aufschlug, merkte sie, dass sie weiter durch die Nacht fuhren. Ihre Eltern auf den Vordersitzen schwiegen. Sie nickte wieder ein, und weitere, traurige Bilder aus der Kindheit stiegen vor ihrem inneren Auge auf.

Sie stand auf der Treppe des Wohnhauses ihrer Eltern. Ihre Augen brannten von den Tränen der letzten Tage. Ein mit schwarzen Tüchern und von vier Rappen gezogener Wagen holperte die Auffahrt hinauf, drehte und hielt an. Der Kutscher, in feierliches Schwarz gekleidet, auf dem Kopf einen Zylinder wie alle Männer, die sich auf dem Hof versammelt hatten, löste das Geschirr der Pferde am Wagen und zügelte sie am Halfter.

Vier Tage zuvor hatte Raureif am Morgen die Wiesen und Äcker überzogen. Während des Tages schlug das Wetter um, und ihr Opa sagte beim Mittagessen, das sie gemeinsam in der Diele einnahmen, denn ihre Mutter ließ nicht zu, dass Oma Martha für sich und ihren Großvater kochte: „Ein Frühlingssturm, jetzt ändert sich das Wetter."

Am Nachmittag brach der Großvater auf der Tenne zusammen. Barbara hörte ihn kommen, Ludger und sie bürsteten ihre Ponys, auf denen sie nach dem Mittagessen auf der Wiese hinter dem Haus geritten waren. Sie rannten zum gestürzten Großvater und versuchten, ihm aufzuhelfen. Seine Stirn triefte von Schweiß, der ihm in die Augen rann, und sein Atem rasselte. Stöhnend griff er sich an seine Brust.

„Johannes!", stammelte er.

Ludger begriff und rief die Eltern und Oma Martha. Mit vereinten Kräften trugen sie ihn in sein früheres Arbeitszimmer.

„Wir bringen dich ins Krankenhaus, Ludger."

Er schüttelte den Kopf. „Meine Zeit geht zu Ende, Martha. Ich spüre es."

Dr. Welzel, der nach dem Krieg in dem kleinen Ort eine Landarztpraxis eröffnet hatte, kam und schüttelte den Kopf. Er könne nicht mehr helfen, der Bauer habe nur noch wenige Tage zu leben. Sein Herz sei schwach und sein Körper fülle sich mit Wasser.

Oma Martha wachte Tag und Nacht an seinem Bett und hielt seine Hand. Barbara und ihre beiden Geschwister schlichen auf Zehenspitzen durch das Haus. Franziska und Johannes nahmen sie mit ins Krankenzimmer. Ein Lächeln überzog sein zerfurchtes Gesicht, und er legte ihnen die Hände auf den Kopf, als wenn er sie segnen wollte. In den nächsten Tagen huschten sie ins Zimmer, wann immer sie dort vorbeikamen, um nach dem Großvater zu sehen. Oma Martha saß am Bett und bedeutete ihnen mit dem Finger auf den Lippen, leise zu sein, wenn der Großvater schlief.

Am dritten Tag starb ihr Großvater; sie war zehn Jahre alt.

Seufzend wachte sie auf, Tränen rannen über ihre Wangen.

Ihre Mutter drehte sich zu ihr um. „Was ist, Barbara? Du weinst!" Sie reichte ihr ein Taschentuch.

Schlaftrunken murmelte Barbara: „Ich habe von Großvaters Beerdigung geträumt."

„Kind, das war vor so vielen Jahren."

Barbara erinnerte sich. Im Hof schien sich die gesamte Gemeinde versammelt zu haben. Dicht gedrängt standen sie und sahen zu, wie sechs Männer den Sarg aus der Diele trugen. Mitten im Hof stellten sie den Sarg ab, und die Menschen bildeten einen Kreis. Die Männer nahmen ihre Zylinder ab und senkten die Köpfe, und viele Frauen betupften mit Taschentüchern ihre Augen.

Aus der Stadt waren der Bruder ihres Opas, ihr Großonkel Johannes mit seiner Frau Mechthild sowie ihr Onkel Leo und Tante Johanna mit den zwei Kindern Franz und Patricia und natürlich auch Walburga mit Conrad und Eva gekommen. Bei anderen Besuchen tobten sie gemeinsam auf der Tenne oder spielten auf dem Heuboden Verstecken. Im Sommer liefen sie zum Waldsee, um dort zu schwimmen, oder ritten auf den Ponys, die der Großvater für sie und

Ludger und später auch für Alexa bei einer Auktion in der Düster Mühle ersteigert hatte. Jetzt stand sie in ihrem schwarzen Kleid mit den ebenfalls schwarz gekleideten Geschwistern zwischen ihren Eltern. Ludger hielt ihre Hand, und Alexa klammerte sich an sie. Der Großvater war nicht mehr da, aber da war noch Oma Martha, die sie in den Arm nahm, nachdem der Großvater gestorben war.

Dieser Tag der Beerdigung hatte sich unvergesslich in ihre Erinnerungen eingebrannt. Vielleicht war es überhaupt ihre erste bewusste Erinnerung. Schemenhaft waren da fröhliche Stunden, Geburtstage, Weihnachten oder Familientreffen auf dem elterlichen Hof. Der Tod des Großvaters stand ihr klar und deutlich vor Augen und war der erste schmerzliche Verlust.

Der Bürgermeister ihres Dorfes trat vor. Man hatte ihm ein kleines Podest hingestellt, damit alle ihn sehen und hören konnten.

„Mama, was hat der Bürgermeister damals gesagt, als der Großvater gestorben war?", hatte sie sich bei ihrer Mutter erkundigt, als sie sechzehn Jahre alt gewesen war. Sie besprachen im Geschichtsunterricht den Zweiten Weltkrieg und die Nazizeit, und Barbara erinnerte sich an Wortfetzen der Rede wie „Naziterror", „standhaft" und „Ehre für unser Dorf". Die Mutter nahm sie daraufhin mit in das ehemalige Arbeitszimmer des Großvaters, das nun ihre Eltern benutzten, wenn sie wichtige Dinge besprachen. Sie öffnete eine Mappe und gab ihr einen Zeitungsbericht, der am Tag nach der Beerdigung erschienen war. Die Zeitung hatte die Ansprache des Bürgermeisters abgedruckt. Die Überschrift lautete: „Ludger Große-Bawinkel ist gestorben, ein ehrenwerter Bürger unserer Gemeinde".

Liebe Trauergäste,

wir verlieren mit Ludger Große-Bawinkel ein Vorbild für jeden in unserer Gemeinde lebenden Menschen. In schwerer Zeit ließ er sich nicht be-

irren, Parolen haben ihn nicht beeindruckt oder zu Versprechen verführt. Er war kein Mitläufer, sondern folgte seinen Überzeugungen, seinem Gewissen und der Stimme seines Herzens. Unser Dorf wäre ein anderes, hätte es in der Terrorzeit des Naziregimes nicht solch standhafte Menschen wie Ludger Große-Bawinkel gegeben. Mit seiner Haltung hat er uns beschämt.

Beim Lesen waren Barbara die Reaktionen der Trauergäste wieder in den Sinn gekommen.

Einige beugten den Kopf, andere schauten trotzig nach vorn. Sie wollten an diese Zeit nicht erinnert werden; sie hatten sie hinter sich gelassen oder verdrängt. Viele sagten sich, wir haben im Krieg Männer und Söhne verloren oder wurden aus der Heimat vertrieben, wir haben genug gebüßt.

Nach dem Krieg war Ludger Bernhard Große-Bawinkel einige Jahre Bürgermeister, bis die Alliierten freie Wahlen anordneten, um die Demokratie einzuführen.

Er liebte seine Heimat, sein Dorf, seine Mitmenschen und die Natur, die Wälder und Wiesen waren ihm heilig; er empfing sie als ein Geschenk unseres Schöpfers, dem er in seinem unerschütterlichen Glauben stets treu blieb.

Dieser Hof hier, auf dem wir stehen und von dem wir ihn heute verabschieden, zeugt davon, dass er mit Fleisch und Blut, mit Leib und Seele Bauer und Landwirt war. Durch seine Initiative gründeten wir unsere Genossenschaft und eine Filiale der Raiffeisenbanken.

Ludger Große-Bawinkel, Du warst einer von uns. Wir sind stolz auf Dich.

Nach der Rede setzte sich der Trauerzug, angeführt vom Pastor und den Messdienern, in Bewegung; die Anwesenden bildeten ein Spalier und verbeugten sich, als der Leichenwagen an ihnen vorbeirollte.

Am Grab zuckte sie zusammen, als der Pastor mit den Worten: „Erde zu Erde und Staub zu Staub“ mit einer kleinen Schaufel Erde in die Grube warf. Oma Martha, ihre Eltern, ihr Großonkel Johannes und Tante Mechthild, ihr Onkel Leo und Tante Johanna folgten dem Beispiel, nachdem sie einen Moment in das Grab geschaut hatten. Für sie, Ludger und Alexa, Conrad und Eva hatte die Mutter am Morgen gelbe Narzissen gepflückt. Noch vor einer Woche hatte der Großvater sie an die Hand genommen und ihr die ersten blühenden Narzissen im Garten am Kötterhaus gezeigt. „Sieh nur, Barbara, nun wird es Frühling. Der liebe Gott hält viele kleine Wunder für uns bereit, wir müssen sie nur sehen!“

Sie warf ihren Strauß in die Grube; er blieb mitten auf dem Sarg liegen. Im selben Moment riss der Himmel auf, und die Sonne blendete sie.

In der Erinnerung lebte ihr geliebter Großvater weiter.

Barbara wischte sich eine Träne aus dem Augenwinkel. Ihr Vater hatte eine CD in den Player geschoben, und leise Musik erklang. Lieder, deren Texte sie nicht verstand. Ihre Mutter schien eingenickt zu sein, ihr Kopf lehnte an der Schulter ihres Mannes. Doch Barbara irrte, sie schlief nicht. Ihre Hand streichelte sanft über seine Wange, und er drehte den Kopf zu ihr und lächelte.

Am Abend der Beerdigung des Großvaters hatte ihr Vater sie und ihre Geschwister an die Hand genommen. Er führte sie zu der Wiese, auf der die Eichen wuchsen, zu einem mächtigen Baum, der an diesem Frühlingstag seine kahlen Äste in den nächtlichen Himmel reckte. Der Vollmond strahlte am Himmel. In der nächsten Woche würde Ostern sein.

„Das ist die Eiche eures Großvaters. Sein Vater hat sie vor achtundsiebzig Jahren zu seiner Geburt gepflanzt.“

Sie drückten ihre Hände an die raue Rinde. Für Barbara war es, als ob sie die schwielige Hand des Großvaters ertastete. Zu diesem Baum würde sie gehen, um mit dem Großvater zu reden, beschloss sie. Das tiefe Loch auf dem Friedhof, in das sie gestarrt und die Narzissen geworfen hatte, die ihre Mutter am Morgen im Garten gepflückt hatte, schreckte sie ab. Dort mochte der geliebte Großvater begraben sein, aber hier in seiner Eiche lebte er für sie weiter.

„Papa, warum fällst du die Eiche nicht?", fragte Ludger. „Großvater ist tot."

Sie erschrak, als ihr Bruder diese Frage stellte. „Nein!", wollte sie rufen. „Papa, das darfst du nicht!"

Doch ihr Vater schüttele bereits entschieden den Kopf: „Ludger, Bäume werden sehr viel älter als wir Menschen! Sie bedeuten Leben, so hat Gott es gewollt. Dieser Baum deines Großvaters wird noch wachsen, wenn du und ich nicht mehr da sind."

Ludger sah ihren Vater an und nickte. Er legte seine Hände wieder an den Stamm.

„Morgen werden wir aus der Krone einen Ast sägen und daraus ein Kreuz für sein Grab anfertigen. Aber jetzt sind wir wegen etwas anderem hier. Ludger, hier ist ein Messer. Du bist der Älteste und wirst einmal den Hof deines Großvaters erben. Schnitz mit dem Messer das Todesdatum deines Großvaters in die Rinde."

Fast ehrfürchtig nahm Ludger das Messer seines Vaters entgegen; Barbara und Alexa beobachteten ihren Bruder. Er schnitt die Zahlen 27.3.1956 in die Rinde. Als er fertig war, glitten seine Finger tastend über die tiefen Furchen.

An manchen Tagen sah Barbara Ludger unter diesem Baum stehen und an dem Stamm hinaufschauen. Sie selbst setzte sich oft in seinen Schatten auf die Bank, die ihr Vater für Oma Martha gezimmert und unter der Eiche aufgestellt hatte. Sie lehnte dann den Kopf an den

Stamm und erzählte dem Baum, was sie am Tag erlebt hatte. Die Blätter raschelten, und ihr war, als antwortete der Großvater. Oder sie spielte mit Alexa auf der Wiese, und sie rannten um die Wette: Wer zuerst beim Großvater sei. Im Herbst sammelte sie die Eicheln auf, die unter dem Baum lagen, und ging heimlich damit in den Wald, um sie dort zwischen den alten Bäumen in die Erde zu stecken. Sie merkte sich die Stellen, und im Frühjahr jubelte sie, wenn junge Eichen sprießten.

„Hier werde ich eine junge Eiche ausgraben, wenn ich einmal selbst Kinder habe, und sie dort einpflanzen, wo ich lebe", nahm sie sich vor.

Sie lächelte. So hatte sie es später getan.

Sie übernachteten erneut in dem Hotel in Frankfurt (Oder). Beim späten Frühstück stupste Barbara ihren Vater an. Spitzbübisch sagte sie: „Papa, du schuldest mir noch eine Auskunft."

Er zog die Augenbrauen hoch. „Und welche?"

„Die jiddischen Worte, die ihr als Kinder auf der Straße gesprochen habt."

„Na gut, lass mich nachdenken. Zum Beispiel ‚abzocken', ‚mauscheln', ‚dufte töfte', ‚Gauner', ‚kess', aber auch ‚mies', ‚schachern' und ‚schmusen' gehört dazu. Nun komm, Barbara, diese Lektion reicht. Jetzt müssen wir fahren. Ich schlage vor, wir wechseln uns ab und fahren durch. Wir nehmen die Strecke durch Sachsen und Thüringen, an Dresden, Weimar, Leipzig und Erfurt vorbei in Richtung Bad Hersfeld und Kassel und von dort in unser Münsterland."

„Ja Papa, das machen wir. Ich habe Heimweh nach dem Gräftenhof, ich vermisse Georg und meine Kinder Erik und Ursula und Martha, und auf euch, Oma und Opa, warten Ludger, Viktoria und nicht zu vergessen Ludger der Vierte."

Die Rückkehr nach der Spurensuche

Am frühen Morgen kehrten sie von der Fahrt in die Ukraine heim.

Barbara lehnte sich zurück.

Sie hatten die Spuren ihrer Vorfahren, der Familie ihres Vaters, in der Ukraine gesucht und gefunden.

Aber ihr Suchen war nicht beendet. Die Wurzeln der Familie befanden sich im Elsass, aus dem ihre Vorfahren vor mehr als zweihundert Jahren ausgewandert waren. Diesen Wurzeln wollte sie später auf den Grund gehen. Zuerst würde sie das in der Ukraine Erlebte verarbeiten. Dann wollte sie sich intensiv mit der Geschichte des Elsass und der Ukraine befassen und herausfinden, warum die Menschen ausgewandert waren.

„Barbara, komm mit ins Haus, wir trinken noch gemeinsam Kaffee“, lud ihre Mutter sie ein.

Ihr Blick fiel auf das Haus ihrer Eltern. Der Bawinkelsche Hof war das Zuhause ihrer Kindheit. Sie liebte ihn, hier hatte sie viele glückliche Stunden verlebt, und gern besuchte sie ihre Eltern und ihren Bruder Ludger, der nun den Hof bewirtschaftete. Seit zwanzig Jahren lebte sie jedoch nicht mehr auf dem Hof ihrer Eltern, sondern auf dem Gräftenhof, wie sie es sich immer gewünscht hatte.

Es drängte sie, dorthin zu kommen, und sie verabschiedete sich von ihren Eltern.

Sie ließ den Wagen ausrollen, um niemanden zu wecken, und ging zuerst in den Pferdestall. Ihre Stute Senta, die sie vor ein paar Jahren gekauft hatte, begrüßte sie mit einem freudigen Schnauben. Sie warf eine Decke auf den Rücken des Pferdes und legte ihr das Halfter an.

Die Nüstern der Stute blähten sich auf, um sie zu beschnuppern, sie rieb den Kopf an ihrer Schulter. Sattelzeug brauchte Barbara nicht; so war sie bereits als Kind auf ihrem Haflinger geritten. Damals klammerte sie sich an der Mähne fest und drückte beim Galopp ihren Kopf auf den Nacken des Pferdes.

„Du reitest wie eine Kosakin", hatte der Großvater oft gesagt, wenn er sie so sah.

Gemächlich trabte sie nun durch das Torhaus, das die Gräfte überspannte. Nach dieser Reise voller Eindrücke wünschte sie, allein zu sein mit sich und ihren Gedanken.

Über den Feldern und Wiesen schwebte ein dichter Nebelschleier. Im Osten dämmerte es; schemenhaft zeichneten sich die dunklen Umrisse der Hochlandrinder ab, die Georg und sie seit einigen Jahren züchteten. Die Sonne schob sich blutrot wie ein riesiger Feuerball über den Horizont und färbte den Nebel purpurn. Sie gab der Stute freien Lauf; leicht trabend suchte sie die weichen Pfade zwischen den Feldern und Wiesen. Sie ritt an einem Feld vorbei, das sie brachliegen gelassen hatten. Kniehoch wucherte das Gras, durchsetzt vom Raps des letzten Jahres. Die Natur holte sich zurück, was der Mensch ihr genommen hatte. Sie ritt an der Wallhecke mit den Nusssträuchern entlang, den Heckenrosen mit den reifen Hagebutten, den Sträuchern des Schneeballs und des Pfaffenhütchens, deren dunkelrote Beeren die Vögel anlockten. Brombeersträucher, übersät mit schwarzen, reifen Früchten, rankten sich an den Bäumen empor und drohten, die Nusssträucher zu ersticken.

Ihre Stute scheute für einen Moment. Ruhig und selbstvergessen graste vor ihr ein Rehbock, ein Prachtexemplar, das im Mai dem Förster entkommen war. Er hob den Kopf, schnupperte. Barbara verharrte still und blickte in seine schwarzen Knopfaugen. Sekunden später sprang er mit einem Satz ins Gebüsch und war verschwunden.

Im sanften Morgenwind begannen die Blätter in den Bäumen und Sträuchern zu tuscheln, sonst herrschte atemlose Stille.

Die Sonne stand hoch am Himmel, als Barbara nach ihrem Ausritt auf den Gräftenhof zurückkehrte. Vor der Brücke glitt sie vom Rücken ihrer Stute, öffnete das Gatter zur Pferdekoppel und ließ das Pferd hinein, das nach einem kurzen Schnauben zu grasen begann. Sie ging nicht ins Haus, sondern auf einem schmalen Pfad entlang der Gräfte bis in den hintersten Winkel der Insel. Dort stand am Rand des Wassers eine Bank, von der man über die Ländereien des Hofes sah. Das Wasser dampfte; gestern musste ein sonniger Oktobertag gewesen sein. Ihr fiel dieses herrliche Gedicht, „Der Schwan" von Rainer Maria Rilke ein, als im Dunst des Wassernebels das Schwanenpaar mit zwei fast erwachsenen Küken im Gefolge an ihr vorbeischwamm, das seit dem Frühjahr auf der Gräfte lebte und dort zwei Junge großgezogen hatte.

Ihre Blicke folgten dem stolzen Gleiten des Paares, bis es hinter der Biegung der Gräfte verschwand.

Heimgekehrt.

Ein seltsames Gefühl beschlich sie. In der Heimat ihres Vaters hatte sie nicht gefunden, was sie suchte. Sie war mit großen Hoffnungen aufgebrochen, dort auch ihre eigenen Wurzeln zu entdecken, und kehrte doch mit leeren Händen zurück.

Hier, dieses Haus, der Gräftenhof, war seit mehr als zwanzig Jahren ihr Zuhause. Sie beugte sich nieder, schöpfte mit der hohlen Hand das klare Wasser und benetzte damit ihr Gesicht. So kniend verharrte sie, während die Sonnenstrahlen ihr Gesicht streichelten. Sie schloss ihre Augen und atmete tief ein. Arme legten sich um sie. Als sie aufblickte, spiegelte sich im Wasser zwei Gesichter und verschmolzen miteinander.

„Ich dachte mir, dass ich dich hier finde. Im Hof stand dein Auto."

Sie drehte sich um und barg ihr Gesicht an Georgs Hals.

Mit ihr und ihrem Mann war viele Jahre zuvor eine neue Generation war auf dem Gräftenhof eingezogen.

Epilog

Georg und Barbara heirateten im Juni des Jahres 1969. Sie feierten kein rauschendes Fest wie die Hochzeit ihres Bruders mit Viktoria.

In den folgenden Jahren bauten sie nach und nach den Gräftenhof zu einem Reiter- und Ferienhof aus. Georg arbeitete sich mit Fleiß und Geschick in die Arbeit auf dem Bauernhof ein. Als geprüfter Reitlehrer unterstützte er seine Frau beim Unterricht der Kinder im Voltigieren.

Conrad wurde Sonderschullehrer und widmete sich besonders den behinderten Kindern. Oft besuchte er Barbara und Georg und kümmerte sich spielerisch um die von ihnen betreuten Kinder.

Alexa überlebte die Leukämie dank der Rückenmarkspende ihrer Schwester, blieb aber schwach und lange Zeit auf die Hilfe ihrer Eltern angewiesen, sodass Franziska nur selten auf dem Ferienhof ihrer Tochter aushalf.

Ludger bewirtschaftete erfolgreich den elterlichen Hof mit dem Anbau von Saatgetreide; er spezialisierte sich auf verschiedene Weizenarten, dem Thema seiner Diplomarbeit, und machte Experimente mit Dinkel, einem Getreide aus dem Mittelalter, das wieder modern wurde.

Nach der Geburt ihres ersten Kindes, einem Sohn, gingen Barbara und Georg zu ihrer Eiche auf dem elterlichen Hof, die ihr Großvater fünfundzwanzig Jahre zuvor für sie gepflanzt hatte, und suchten einen kräftigen Sprössling, den sie auf der Insel des Gräftenhofs einpflanzten.

Paul war glücklich, wenn er bei den Pferden war, und kümmerte sich trotz seines kindlichen Gemüts liebevoll um die Kinder, die auf dem Grätenhof die Ferien verbrachten und das Reiten erlernten.

Böse wurde er nur, wenn Kinder ihn hänselten oder die Tiere zu hart angingen. Maria versorgte ihn trotz ihres Alters, und Paul kehrte abends nach der Arbeit immer zu seiner Mutter ins Torhaus zurück. Franziska und Johannes schauten regelmäßig nach ihr. Aber auch Ludger, Viktoria, Barbara und Georg ehrten das Vermächtnis ihrer Eltern.

Die früheren Streitigkeiten mit den Besitzern der angrenzenden Höfe spielten bei der jungen Generation keine Rolle mehr; jeder Hof fand seine Lücke in der Landwirtschaft.

Nach ihrer Heirat zogen Barbara und Georg auf den Gräftenhof. Sie restaurierten das Haupthaus auch innen nach den Plänen des Architekten Berghaus und führten es in den ursprünglichen Stand zurück.

Das gesamte Ensemble mit Haupthaus, Torhaus und Fachwerkspeicher wurde später als Denkmal eingestuft.

Danksagung

Mein Dank gilt als Erstes Lena Siemann, der Editorial Managerin des Landwirtschaftsverlages Buch sowie ihren Kolleginnen Hanna Storm und Jana Neubert, die den Roman von Anfang an, bis zur Veröffentlichung, betreut haben. Bei ihnen fühlte ich mich gut aufgehoben.

Danken möchte ich allen Mitarbeitern und Mitarbeiterinnen des LV-Verlages, die mit dem Erscheinen des Romans zu tun hatten.

Danke auch an meine Lektorin Marit Obsen für die Feinarbeit am Text.

Nicht zuletzt danke ich meinem Freund Horst Grosse. Bei unseren wöchentlichen Fahrradtouren durch unser Münsterland stoppten wir bei beeindruckenden Herrenhäusern und Gräftenhöfen, um die Lage und Architektur zu bewundern, gebaut aus Fachwerk oder in symmetrischer Weise aus rotem Backstein mit Sandsteinverzierungen.

Daraus ist die Idee für den Titel des Romans entstanden, obwohl die Geschichte mich schon lange beschäftigte. Ich danke den Eigentümern verschiedener Höfe, die uns einen Einblick gewährten.